琼 瑶

作 品 大 全 集

在水一方

琼瑶 著

作家出版社

琼瑶，本名陈喆，作家、编剧、作词人、影视制作人。原籍湖南衡阳，1938年生于四川成都，1949年随父母由大陆赴台生活。16岁时以笔名心如发表小说《云影》，25岁时出版首部长篇小说《窗外》。多年来笔耕不辍，代表作包括《烟雨蒙蒙》《几度夕阳红》《彩云飞》《海鸥飞处》《心有千千结》《一帘幽梦》《在水一方》《我是一片云》《庭院深深》等。

多部作品先后改编成为电影及电视剧，琼瑶也因此步入影视产业。《六个梦》系列、《梅花三弄》系列、《还珠格格》系列等，影响至深，成为几代读者与观众共同的记忆。

琼瑶以流畅优美的文笔，编织了众多曲折动人的故事。其作品以对于梦的憧憬和爱的执着，与大众流行文化紧密结合，风靡半个多世纪，成为华文世界中极重要的文学经典。

我为爱而生，我为爱而写
文字里度过多少春夏秋冬
文字里留下多少青春浪漫
人世间虽然没有天长地久
故事里火花燃烧爱也依旧

复禄

绿草苍苍，白雾茫茫，
有位佳人，在水一方。

我愿逆流而上，依偎在她身旁，
无奈前有险滩，道路又远又长。
我愿顺流而下，找寻她的方向，
却见依稀仿佛，她在水的中央。

绿草萋萋，白雾迷离，
有位佳人，靠水而居。

我愿逆流而上，与她轻言细语，
无奈前有险滩，道路曲折无已。
我愿顺流而下，找寻她的踪迹，
却见依稀仿佛，她在水中伫立。

I

我永远无法忘怀第一次见到杜小双的那一夜。虽然已经是那么多年前的事了，虽然这之间发生了许许多多的变故，但是，那夜的种种情景，对我而言，仍然历历在目，清晰得恍如昨日。

那年的冬天特别冷，那年的雨季特别长，那年的杜鹃花开得也特别早。不过是阳历年以后的几天，小院子里的篱笆边，已开遍了杜鹃花。雨点从早到晚淅淅沥沥地打在花瓣上，没把花儿打残了，反而把花瓣染艳了。只是，随着雨季，寒流也跟着而来。我和奶奶，是家里最怕冷的两个人，从年前起，就在屋里生了个炭钵子。奶奶口口声声怀念她在大陆的火盆，在台湾长大的我，可怎么样也闹不明白那火盆的样子："外面是木头的，里面是铁的，外面是方的，里面是圆的。"我给奶奶下了结论，她永远无法当画家或作家，因为她毫无形容及描绘的天才。

我们的火钵是绿色的，像个大缸，里面垫着灰，灰上燃着旺旺的木炭。我常把橘子皮埋在炭灰里，烤得一屋子橘子香。

那夜，我们全体都围在火盆边。奶奶在给我打一件蓝白相间的格子毛衣，妈妈帮着绕毛线团。姐姐诗晴和她那位"寸步不离"的未婚夫李谦在下象棋，当然诗晴是从头到尾地赖皮，李谦也从头到尾地装糊涂，左输一盘，右输一盘，已经不知道输了第几盘了。棋虽然输了，却赢得诗晴一脸甜甜蜜蜜的笑。男人就有这种装糊涂的本事，知道如何去"骗"女人。但是，哥哥诗尧不同，诗尧是君子，诗尧是书呆子，诗尧深藏不露，诗尧莫测高深，诗尧心如止水，诗尧不追求女孩子，朱诗尧不是别人，朱诗尧与众不同，朱诗尧就是朱诗尧！现在，我这位哥哥朱诗尧，燃着一支烟，膝上摊着一本刚从美国寄来的《世界民谣选集》，眼睛却直直地看着电视机，那电视的荧光幕上，罗伯特·瓦格纳所扮演的"妙贼"又在那儿匪夷所思地偷"世界名画"了。我百无聊赖地用火钳拨着炉火，心烦意躁地说了句：

"哥哥，家里有电视机，并不是就非看不可！电视机上设着开关，开关的意思，就是可开可关也！"

诗尧微锁着眉头，喷了一口烟，对我的话根本没听到，妈妈却接了口：

"诗卉，别打扰你哥哥，人家干了这一行，不看也不行呢！"

"干了哪一行？小偷吗？"我故意找麻烦。

"诗卉这小丫头有心事，"奶奶从老花眼镜上面瞅着我，"她是直肠子，心里搁不了事，八成，今天雨农没有给她写情书！"

"奶奶！"我恼火地叫，"你又知道了？"

"哈！我怎么不知道！"奶奶一脸得意分分的样子，"一个晚上，冒着雨跑到大门口，去翻三次信箱了！"

"人家是去看爸爸有没有信来！"我脸上发热，强词夺理。

"哎哟，"奶奶笑着叫，"世界上的爸爸，就没有这样吃香过！"

"妈！"我急了，嚷着说，"你看奶奶尽胡说！"

"诗卉，你糊涂了！"诗晴回过头来，"你在妈妈面前告奶奶的状，难道还要妈去管奶奶吗？"

"反正咱们家，没大没小已经出了名了！"我瞪着诗晴，"等你和李谦结了婚，生下小李谦来，我保管奶奶会和你的小李谦抢糖吃！"

"妈！"诗晴红了脸，"你听诗卉说些什么！"

"别叫我，"妈笑着转开头去，"我不管你们的糊涂账！"

奶奶捧着毛线针，笑弯了腰，毛线团差点滚到火盆里去。诗晴转向了李谦：

"李谦，你看到了，我们家里，妈妈宠哥哥，奶奶宠诗卉，我是没人要的！"

"所以我要你！"李谦一本正经地说。

这一下，我们可全都大笑起来了，笑得前俯后仰的。奶奶一边笑，一边直用毛线针敲李谦的肩膀，说他"孺子可教"。诗尧终于看完了他的"妙贼"，关上电视，他慢吞吞地站起身来，慢吞吞地转过身子，慢吞吞地说了句：

"你们在闹些什么？我似乎听到奶奶提到信箱，这信箱嘛，我今天上班的时候开过的，对了，有封给诗卉的信，我顺手放在口袋里，忘了拿出来了！"

"哥哥！"我大叫，"还不拿来！"

诗尧慢吞吞地从口袋里掏出一个皱皱的信封来，可不是我等

了一整天的那封信! 雨农从马祖寄来的! 我一把抢过来, 气呼呼地嚷:

"哥哥, 别人的信, 你干吗放在你口袋里? 你瞧, 揉成咸菜干了!" 诗尧瞅着我, 皱了皱眉, 歉然地说:

"我不是有意的, 诗卉, 只是一时心不在焉, 希望不会误了你的事, 有什么重要的事吗?"

看到诗尧那一脸的歉意和他那副郑重的样子, 我反而不安了, 扭了扭头, 我低低说了句:

"也没什么重要性。"

"怎么不重要," 奶奶又接了口, "如果真的不重要, 诗尧, 你以后尽管把她的信藏起来!"

"奶奶!" 我喊着, 直揉到奶奶怀里去, "你专门跟我作对, 你最坏, 你最捣蛋, 你最……"

"哎哟, 哎哟, 心佩!" 奶奶叫着妈妈的名字, "你不管管你女儿, 简直没样子! 哎哟, 闹得我浑身痒酥酥的, 心佩! 你还不管! 你瞧! 你瞧你女儿……"

"你们静一静!" 妈妈忽然说, "我听到自耕的声音, 大概是他从高雄回来了!"

我们顿时间都安静了, 果然, 大门口传来爸爸的声音, 不知在对谁说些什么, 接着, 是门铃的响声, 李谦第一个跑出玄关, 到院子里去开大门, 我们全站在客厅里, 伸着脖子望着。爸爸这次去高雄, 足足去了十天, 是为他的一个老朋友赴丧去的。本来, 我们预料, 爸爸三天就会回来了, 不知道他怎么会耽搁了这么久。而且, 连封信、电话、电报都没有。我站在玄关处, 引颈翘望，爸爸进来了，李谦手上拿着口小箱子，也进来了，然后，我们大家的视线都被一个瘦瘦的、修长的、浑身黑衣的少女所吸引了。

她站在那儿，一件纯黑的大衣裹着她的身子，黑色的围巾绕着她的脖子，大衣上附带的黑色帽子，罩着她的头和脸颊。雨珠闪耀在她的帽檐和睫毛上。在大门口的灯光底下，我只看到她那裹在一团黑色里的面孔，白皙、瘦削。而那对闪烁着的眼睛，带着一抹难解的冷淡，沉默地、忧郁地、不安地环视着我们每一个。

"进来吧！"爸爸对那少女说。于是，他们走进了玄关，在爸爸的呵护下，她又轻步地移进了客厅。爸爸的手压在她小小的肩膀上，爸爸的目光严肃而郑重地掠过奶奶、妈妈、诗尧、诗晴和我，他静静地说：

"我们家多了一个小妹妹，她的名字叫——杜小双。以后，她永远是我们家的一分子。"

妈妈用疑问的眼光看着爸爸，爸爸迎视着妈妈，镇定而坚决地说：

"心佩，原谅我没和你商量，敬之死了，我再也没料到他身后萧条到如此地步。当了一辈子教书匠，带走了满腹才华，留下的是满身债务，和一个女儿——小双。我无法把她留在高雄，敬之的同事们已经凑了不少钱，为敬之付医药费、丧葬费，大家都是穷朋友，尽心而已。我唯一能做到的，是把小双带回来。她自幼丧母，现在，又失去了父亲。我想，我们该给她的，是一个真正的家。"

杜小双站立在灯光下，背脊挺得很直，当爸爸在叙述她那悲惨的身世时，她那半掩在帽檐下的面孔显得相当冷漠、相当孤傲。好像父亲所说的，是一个与她完全无关的人，她只是一个旁听者。

一时间，大家都被这个意外所镇住了。室内，有一刹那的沉寂。在几分钟前，这客厅里所充满的欢愉的气息已悄然而逝，这黑色的女孩把冬天带了进来，把寒流也带了进来，把那雨雾和阴暗也都带了进来。但是，朱家家传的热情不容许哀愁的侵袭。第一个采取行动的是奶奶，她把毛线针和毛线团都扔在沙发上，立即冲到杜小双的面前，伸出手去，她推开了小双的帽子，大声地说：

"我要看看你的模样儿！"

帽子一卸下去，小双的一头乌黑的长发就披泻了下来，顿时间，我只觉得眼前一亮。她有张好清秀好清秀的脸庞，皮肤白而细致，鼻梁小巧挺直，眉毛如画，而双眸如星。在电视上，我看多了艳丽的女孩子，杜小双给我的第一个印象，就与"美艳"无关，而是清雅孤高。本来，人类的审美观念就因人而异，我不知道别人对杜小双的看法如何，而我，我是被她所眩惑了。

"哦！"奶奶退后了一步，似乎有些惊讶，她不假思索地说，"好单薄的样儿！"说着，她握住了小双的手，又叫了起来，"怎么小手儿冻得这么冰冰冷的！啊呀，你瘦得只剩下皮包骨头了！"接着，奶奶就张开了手臂，不由分说地把小双一把抱进了她的怀里，给了她紧紧的一个拥抱和热烈的一声允诺，"小双！三个月以内，我包你长得白白胖胖的！"

经过奶奶这样一闹，我们才都回过神来了，妈妈也赶了过去，帮她脱下大衣，诗晴搬了张小椅子在火炉边，强迫她坐下来烤火，李谦忙着搬运她的箱子，我是跑前跑后，忙不迭地对她介绍：

"这是奶奶，这是妈妈，这是姐姐诗晴，我是诗卉，这是我未来的姐夫李谦，这是我哥哥……"我一回头，没看到诗尧，我愣了愣，忍不住问，"诗尧呢？"

"他走了！"妈妈说，深深地看了我一眼，"别去管他，他累了，让他先睡吧！"

我哼了一声。

"看'妙贼'的时候，他可不累呵，"我嘴快地说，"等到要见人的时候，就要犯毛病，难道……"

"诗卉！"妈妈打断了我，"我看，让小双和你睡一间屋子吧，你房里反正是上下铺。"妈转向小双："上下铺睡得惯吗？"

小双点了点头。

"你十几岁了？"奶奶问。

"十八。"这是小双进房门后说的唯一的一句话。

"噢！比诗卉还小两岁呢，真是小妹妹了，"奶奶的眼光不住上上下下地打量着她，又摇头，又咂嘴，"不行！不行！太瘦了！太小了！看样子还不到十六岁呢！"

小双低垂着头，凝视着炉火，默然不语，似乎对自己的胖瘦问题并不关心。事实上，我不觉得她对任何事情关心，她好像永远是个旁观者，而不是个局中人。

"我看，心佩，你安排小双去休息吧，这些天来，也真够她受了！"爸爸说，"今天又坐了一天火车，她才十几岁，别熬出病

7

来才好!"于是,家里又一阵忙碌,我、妈妈、奶奶、诗晴,忙成一团,给她铺床,给她叠被,给她找枕头床单,又帮她开箱子、挂衣服、拿睡衣、找浴巾……我们忙得团团转,她却始终呆呆地坐在客厅里,等我把一切布置就绪,到客厅去找她的时候,我才发现她正仰着脸儿,专心地注视着我家客厅里的那架钢琴,好像那钢琴是件很稀奇的东西,是她一辈子没见过的东西似的。

"你家有钢琴。"她简短地说,这是她来我家说的第二句话。

"是的,"我说,高兴她肯开口,就迫不及待地要告诉她许多话了,"是我哥哥的,我家虽然没有钱,但是,爸爸和妈妈总是想尽办法培植我们的兴趣,哥哥呢,尤其不同,他……唉!"我叹了口气,及时咽下了要说的话,"将来你就会懂了。走吧!洗澡睡觉去!"

她没有多问,也不再开口,只是顺从地站起身来,跟我去浴室。我们的房子还是日式建筑翻修的,榻榻米改成地板,纸门改成墙壁,浴室只有一间,而且很狭小,必须全家轮流用。她洗好澡,我带她进了我的卧室,安排她在下铺上睡好,一面笑着告诉她:

"我本来和姐姐睡一间,分睡上下铺,后来姐姐有了男朋友,嫌我在旁边妨碍谈话,总是把我赶到屋子外面去。于是爸爸把屋子翻修了,加了一间卧室给姐姐,让他们好谈情说爱,你瞧,咱们家有多开明!"

小双躺在床上,睁着一对大大的眼睛望着我,仿佛不明白我在说什么。我忽然觉得一阵扫兴,她是个冷淡的小怪物,她不会成为朱家的一分子,她浑身没有丝毫的热气!我摇摇头,说了声：

"好了，你睡吧！"

我溜出房间，走到客厅去，爸爸和妈妈正在里面谈话，我刚好听到爸爸在说：

"……这孩子也真奇怪，从她父亲开吊、出殡、下葬，她自始至终就没掉过一滴眼泪，我从没看过如此倔强的女孩子！"

"我担心……"妈妈在说，"她是个硬心肠的孩子，你瞧，她对我们连称呼都没有喊一句！"

"得了！"奶奶嚷着说，"十七八岁的孩子，没爹没娘的，够可怜了，别对人家要求太高吧，她还小着呢！"

那夜，我们没有再谈什么，爸爸太累了，诗尧犯了牛脾气，躲在卧房不出来，李谦走了之后，诗晴也睡了。我还在奶奶房里赖了半晌，才回卧室来睡觉。我蹑手蹑脚地走进房间，看到小双已经合着眼睛睡着了，一头乌黑的长发，披散在枕头上，显得那张脸特别白，小下巴瘦得尖尖的，看起来一股可怜兮兮的味道。我想到我们家，父母兄妹，祖母孙儿，一团和气，竟不知世上也有像小双这样的女孩子。一时之间，对她的冷淡也忘记了，我悄悄地走过去，把棉被轻轻地拉上来，盖好她露在被外的肩头，我的手无意地触到她的面颊，好冷！我爬上上铺，把我床上的毛毯抽了一床下来，再轻悄地盖在她的棉被上，然后我爬上床去，钻进被窝睡了。

夜半，我忽然惊醒了过来，感到床架子在轻微地颤动，恍惚中，我以为在地震，接着，我就听到一阵隐忍的、战栗的、遏抑的啜泣声。顿时间，我醒了！我听到小双那阻滞的抽噎，她显然在尽全力克制自己，以至于床架都震动起来。立刻，我不假思索地爬起床来，溜到床下面，我毫不考虑地就钻进了小双的棉被，把她紧拥在我的胸前，我热烈地说：

"小双，你哭吧！你哭吧！你要哭就尽情地哭吧！"

她立刻用她瘦瘦的胳膊抱紧了我，把头紧埋在我胸前痛哭了起来。她的热泪浸透了我的睡衣，她带泪的声音在我胸前哽塞地响着：

"你……你们为什么对我这样好？"

我无法回答，只是更紧地搂着她，因为我眼里也涌上了泪水。呵，杜小双！我那时就知道，她是多么热情，多么倔强，又多么善良的女孩子！可是，我却不知道，在她未来的道路上，命运还安排了些什么！

2

　　那夜，我们就这样挤在一张小床上，彼此拥抱着。我记得我一直拍抚着她的背脊，不住口地喃喃劝慰。在家里，我是三兄妹中最小的，再加上奶奶又宠我，自然而然养成一副爱撒娇撒赖的习惯。而这夜，第一次我发现我成了姐姐，有个如此柔弱、如此孤独、如此贫乏的小女孩在依赖我，在等着我怜惜和宠爱，我就来不及地想发挥我那隐藏在内心深处的、女性的本能了。

　　小双一直在哭，只是，她的哭泣逐渐由激动转为平静，由悲痛的抽噎转为低沉的饮泣，然后，疲倦似乎征服了她，她把头紧紧地依偎着我，合着眼睑，就这样睡着了，睫毛上还闪着泪光。我不敢移动，怕惊醒了她，于是，我也不知不觉地睡着了。

　　我这一觉睡得好沉，当我醒来的时候，窗帘早已被晓色染得透明，屋檐下的雨声淅沥和着客厅里的琴声叮咚。我怀里的小双已经不知去向，而我身上的棉被却盖得十分严密。翻身下床，我一眼看到床边的椅子上，整齐地折叠着我昨夜胡乱抛在地板上的衣服。一阵奇异的感觉穿透我的神经，还说要照顾人呢，第一天就被人照顾了。穿衣起床，我才发现我屋里已略有变动，书桌上整齐清爽，一尘不染，书架上那些凌乱的书已码好了，连上铺的棉被，都已铺得平平整整。我下意识地耸了耸肩膀，这下好了，有了小双，奶奶不会再骂我把屋子弄得像狗窝了。我四面环视，小双不在屋里。推开房门，我走了出去，客厅里，诗尧正在弹着他常练的那支柴可夫斯基《第一号钢琴协奏曲》。我往客厅走去，想提醒诗尧去电视公司上班时帮我带几张现场节目的入场券，隔壁张妈妈和我提了几十次了。可是，我的脚才跨进客厅，就忙不迭地收了回来，客厅里，一幅奇异的景象震动了我，我隐在门边，呆呆地望着屋里，几乎不敢相信我的眼睛。

是的，琴声在响着，但是，坐在钢琴前面的，不是诗尧，而是小双，她的手指熟练地在琴键上滑动，带出了一连串流动的音符。在钢琴旁边的一张椅子里，诗尧坐在那儿，正目不转睛地看着小双。小双穿着一件黑色套头毛衣，黑色长裤，披着一头整齐的长发，只在鬓边插了一朵毛线钩的小白花。随着她手指的蠕动，她的头和肩也微微晃动着，于是，那朵小白花也在她鬓边轻颤。昨夜，在灯光下，或者我并没有完全领略小双的气质，如今，在日光下，她那张干干净净、白白细细的脸庞，真像前年戴伯伯从英国带来的细瓷塑像。太细致了，太雅洁了，你会怀疑她不是真的。她那纤细修长的手指，那样不假思索地掠过琴键，仿佛琴是活的，是有生命的。一个穷孩子，一个无父无母的孤女，竟会弹一手好钢琴，看样子，我对我这位新朋友杜小双，还没有开始了解呢！

一曲既终，小双住了手，抬起眼睛来，征询地望着诗尧。诗尧，我那古古怪怪的哥哥，这时，正用一种古古怪怪的神情望着小双，好半晌，他才开了口：

"学了多久的琴？"

"不记得了。"小双轻声回答，"似乎是从有记忆就开始。爸爸教了一辈子的音乐，他对我说，他不会有财产留给我，唯一能留给我的，是音乐。所以，自幼我学琴，学得比爸爸任何一个学生都用功，也比任何一个学生都苦。家里没有钢琴，我要利用爸爸学校的钢琴，缴不起租琴费用，我常常在夜里十二点以后，到大礼堂里去练琴。"

诗尧瞪着她。

"那么，你应该练琴练得很熟了？"

"我是下过苦功的。"

"好的，"诗尧点点头，"那么，你是考我了？"

小双的面颊上蓦然涌上一片红潮，她的睫毛垂了下去，遮盖了她那对黑黑的眼珠，她用小小的白牙齿咬了咬嘴唇，低语着说：

"我听说琴是你的。"

"于是，"诗尧用重浊的鼻音说，他的语气是颇不友善的，"你立刻就想试试，像我这样的残废，到底对音乐了解多少！"

小双迅速地抬起头来了，红潮从她的面颊上退去，那面颊就倏然间变得好白好白，她的眼睛毫不畏缩地大睁着，直视着诗尧，她的声音很低，却很清晰：

"你是残废吗？"

诗尧的脸涨红了，愤怒分明写在他的眼睛里。

"别说你没注意到！"他低吼着说。

我在门边动了一下身子，一阵惊惶的情绪抓住了我。杜小双，她还完全没有进入情况，她还是个陌生人，她根本不了解我这个哥哥！朱诗尧莫测高深，朱诗尧与众不同，朱诗尧不是别人，朱诗尧就是朱诗尧！当他额上的青筋暴露，当他的脸色发红，当他的眼睛冒火，他就从一个静止的死火山变成一个易爆炸的活火山了。我正想挺身而出，给我的新朋友解围，却听到小双用坚定的声音，清清楚楚地说了一句："跛脚并不算残废，你难道没见过瞎子、哑巴、侏儒，或白痴吗？"我倒抽了一口冷气，要命！在我们家，"跛脚"这两个字是天大的忌讳，从奶奶到我，谁也不敢提这两个字，没料到这个瘦瘦小小的杜小双，才走进我们朱家的第二天早上，就这样毫不顾忌地直说了出来。我惊慌之余，还来不及作任何挽救，就听到诗尧狂怒地大叫了起来：

"闭嘴！你这个自以为了不起的、骄傲的东西！如果你对于别人的缺憾毫无顾忌，那么，你无父无母、无家可归也就是命中注定的了！"杜小双被打倒了，她直直地坐在钢琴前面，眼睛直勾勾地注视着面前的琴键，嘴唇毫无血色，身子一动也不动。我再按捺不住，直冲了出去，我叫着说：

"哥哥！"

同时间，奶奶也闻声而至，她挪动着她那胖胖的身子，像个航空母舰般冲了出来，大叫着说：

"怎么了？怎么了？诗尧，你又犯了什么毛病了？有谁踩了你的尾巴了吗？这样大吼大叫干吗呀！"

"我吗？"诗尧喊着，眼睛仍然冒着火，"我一清早起来就撞着了鬼！"

"呸呸！"奶奶慌忙呸了两声，奶奶是最矛盾的人物，她有最开明的时候，也有最迷信的时候，"大清早胡说些什么？哪儿来的鬼？"

"我就是！"杜小双站起身来，静静地说。这一下，奶奶的眼珠子瞪得又圆又大，嘴巴也张成了O形。我赶快向前走了几步，一把揽住小双的肩膀，急急地说：

"算了算了，小双，你别跟我哥哥怄气，他就是这样的牛脾气，完全……是给奶奶惯坏了！"

"哎哟，"奶奶喊，"我看你才给我惯坏了呢！"

"我们统统给你惯坏了！"我慌忙接口。

"哈！"奶奶对事情的始末是完全不知道，却最擅长于糊里糊涂地跟人扯不清，"你们这一个个小火暴脾气，看样子还是我闯的祸呢……"

"当然啦！"我嚷着，"你生了爸爸，爸爸生了我们，不是你闯的祸，是谁闯的祸呢！"

奶奶被绕糊涂了，倚着门框，她笑着直发愣。我乘机转向诗尧，现在，他的脸色发青了，满脸的懊恼和烦躁，看样子，他是真的动了肝火，我笑着说：

"哥哥，人家杜小双才来我们家一个晚上，好歹你也是个主人，怎么这样不客气呢！"

诗尧还没说话，我身边的杜小双却开了口，她仰着脸儿，静静地看着诗尧，轻声地说：

"我不是客人，不必对我客气。我不懂的只是一点，人，为什么要逃避很多事实呢？假若有命定的缺陷，不提它难道它就不存在了？是的，我无父无母，我是孤儿，或者是命定的，我不知道，我从不了解上天的意旨，不过，我也不认为孤儿是可耻或可怜的。"她垂下头，声音又轻又柔又脆，"我遇到了你们，我被收容了，是不是？和别的孤儿比起来，我仍然是幸运的。我刚刚提到瞎子哑巴，并不是为了刺伤你，只是想说明，这世界上，还有更不幸的人呢！"说完，她转过了身子，不再对诗尧看任何一眼，就自顾自地走到里面去了。

不知怎的，我是怔住了。站在那儿，我有好一会儿没有动，也没说话。奶奶是越搞越糊涂，也站在那儿发愣。诗尧呢？他僵住了，一时间，他脸上的表情是复杂的，阴晴不定的。而且，逐渐地，一种沮丧的、狼狈的神情，就浮上了他的眼底眉端，他蹙着眉，出起神来了。在这种情况下，客厅里虽有三个人，却静悄悄的一点声音也没有。直到妈妈拎着菜篮子从外面买了菜回来，一眼看到这幅局面，她惊愕得篮子都差点掉到地板上。

"怎么了？"她问，"发生了什么事？诗卉，你今天没课吗？诗尧，你不上班？怎么了，到底怎么了？"

一句话提醒了我，今天还要期终考呢！而我头发没梳，脸也没洗，我慌忙叫了一声：

"不得了了，什么都忘了。"就直冲进浴室去盥洗，再也没心情来管杜小双和诗尧的这段公案了。

我下午五点左右才从学校回到家里。家中静悄悄的，奶奶一个人坐在沙发里打毛衣，一盆旺旺的炉火，燃烧了满屋子的温暖。她身边的针线篮里，白毛线团和蓝毛线团都绕好了，堆了满满一篮子。我四面望望，就腻到奶奶身边去，在地板上一坐，伸长了腿，把头靠到奶奶腿上，伸手去火盆边烤火，一面问：

"人呢？都到哪儿去了？小双呢？"

"哎呀，"奶奶叫，"别乱挤乱挨的，当心毛线针扎了你，瞧，一头发雨水，又没打伞，也不穿雨衣，着了凉就好了。可不是，脸冻得像冰块了……"

奶奶一啰唆就没完没了，我打断了她：

"人呢？都到哪儿去了？问您话也不说！"

"你爸爸请了十天假，今天总得上班了。诗尧去电视公司，还没回来呢。诗晴下了班就直接去李家了。小双呀，"奶奶的兴致全来了，"那孩子才能干呢，一整天，不知道做了多少事儿，洗洗烫烫，针线活儿，全都会，哪像你们姐妹俩，衣来伸手，饭来张口，只会吃，不会做……"

"她现在到哪里去了？"

"在厨房帮你妈烧饭呢！"

我跳起身子，往厨房就跑，奶奶直着喉咙嚷：

"扯了我的毛线团了，跑什么跑？女孩子也没一点儿文雅样儿，瞧人家小双，斯斯文文，秀秀气气的，哪儿像你们这样毛手毛脚……"

我等不及听奶奶的长篇议论，就一下子冲到了厨房里。妈正在那儿切肉丁子，小双坐在小板凳上，安安静静地剥着玉米粒，妈妈一边切肉，一边不知在对小双说些什么，看样子说得蛮开心的。我进门就喊："好啊，妈妈，杜小双才来我们家，你就欺侮人家，尽让人家做苦工。"

妈妈回头瞅着我笑。

"看样子，你和小双还真有缘，你妈做了一辈子饭，也没听你心疼过。好吧，小双，把你的玉米交给诗卉去剥，免得说我欺侮你。"

"剥就剥！"我端起小双面前的篮子，"小双，我们到屋里去剥，我有话问你！"

"怎么的？"妈妈笑骂着，"女孩子就是这样，每天神秘兮兮的，刚见面，怎么就有秘密话了？"

我不管妈妈，拉着杜小双，到了卧室里，关上房门，我们在书桌前坐下来，我一面剥玉米，一面开门见山地说：

"小双，今天早上，你到底和我哥哥怎么吵起来的？我上了一天课，也打了一肚子的哑谜，你好端端地弹钢琴给他听，他为什么说你考他来着？"

小双垂下头去，长发半遮着面庞，好一会儿，她没说话，然后，她抬起眼睛来望着我，那黑白分明的眸子清亮而坦白，她低低地说："你问我，我就说。从小，我爸爸教我弹钢琴、抄乐谱、学作曲，还学了好几年的小提琴。三年前，爸爸得了癌症，自知不久于人世，他更把他一生所学，完全教给我。他常对我说，小双，你什么都没有，可是，你有才华，有实学，那么，你就不贫穷。爸爸是个教书匠，教了一辈子音乐，有几个人知道他也可以成为名钢琴家或名作曲家？他死得安心吗？我不知道。爸爸对我，却期望很高，因此，我发现你家有钢琴，又有个学音乐的哥哥……"

"你错了，"我打断她，"哥哥学的并不是音乐，在这里，他学的是新闻，大学毕业，他到美国去专攻大众传播，被电视公司看中，高薪聘回来当企划部副理的。音乐，只是他从小喜欢的一种嗜好而已。他说音乐只能用来陶情养性，假如用来谋生，非饿死不可。"

　　小双愣愣地看着我，半晌才说了句：

　　"哦！原来他不学音乐，怎么会懂那么多呢！"

　　"你还没告诉我，你怎么考他的？"我急着追问。

　　"也没什么，"小双低叹了一声，"我只是故意弹错了几个音，一般人是听不出来的。"她继续剥着玉米，"他说我骄傲，也是真的，除了音乐，我没有第二样可骄傲的东西了。而现在，即使音乐……"她咽住了，又低叹了一声，"从此，我不敢再小看任何人了。"

　　"哥哥是个多方面的奇才。"我忍不住要帮诗尧吹嘘和解释，"音乐、绘画、文学，他都很有研究。可惜小时一场小儿麻痹症，使他跛了一只脚，成为他一生恨事。爸爸妈妈和奶奶，都感到遗憾，难免就特别宠他，因此，把他的脾气弄得又古怪又难缠又暴躁，可是，他的心是很好的。小双，你可别因为早上这一闹，就和他生起气来。将来你跟他处久了，你就会发现他其实是很和气的。"

　　"和气吗？"小双睁着大眼睛，一眨也不眨地望着我。我立即又在她那白皙的脸庞上，看到昨晚的那种冷漠和孤傲。"我不认为他很和气，但是，你放心，我不会和他再吵，我会对他——敬鬼神而远之。"她站了起来，拿起剥好的玉米，径自走往厨房里去了。

我目送她的背影消失在门边，忽然间，有股寒意从我背脊上冒了出来，在那一刹那，我有种奇异的感觉，觉得杜小双，这个女孩，会和我们家结下一段恩怨，或者，会带来什么阴暗的影子。因为，她有多么奇怪的个性，热情的时候像火，温柔的时候像水，寒冷的时候像冰！晚餐前，爸爸回来了，诗尧也回来了，我注意到，他回家后就进了卧房，和小双一句话也没说，好像彼此不认识似的。直到吃晚饭，他才从卧室出来。诗晴和李谦也一块儿回来了，围着餐桌，我们家一到晚上，总是热热闹闹的。席间，妈妈和奶奶都不住口地夸小双，爸爸却沉吟地看着小双，一直皱着眉在想心事，半天，才突然下决心地说了句：

"进补习学校，今年夏天考大学！"

小双一愣，立即抬起头来。

"我不考大学，"她简短地说，"我要找工作。"

"小双！"爸爸喊，"你才十八岁，能找什么工作？如果你爸爸在世，他一定会要你念大学。"

"我爸爸在世，也不会让我念大学。"小双坚决地说，"他常说，大学里教我的，不会比他教我的更多。"

"可是，你爸爸已经死了，不能再教你了，是不是？"爸爸忍耐地说。

"是的，"小双垂着眼睑，恭敬而坚定，"朱伯伯，请您让我自己决定我的未来，我明白我在做些什么。你们已经给了我太多，我生来孤苦，不敢多所苛求，命定给我的，我只能默默承受，幸福太多，只怕反遭天忌。"

爸爸呆了，似乎不相信这话是从一个十八岁的女孩嘴里吐出来的，只是愣愣地看着小双。我心中一动，就不自禁地向诗尧望去。诗尧的脸色发白了，他的嘴唇动了动，似乎想说什么，又硬生生地咽了回去，眉头紧锁着，他一个劲儿地伸筷子在汤碗里夹菜。奶奶发觉空气有点沉闷，就不解地嚷了起来：

"这有什么了不起，不念大学就不念大学吧！本来女子无才便是德，不是我老古董不开明，女孩儿家念书也不过念个幌子吧，有什么用呢？心佩，你还不是大学毕业，学了个什么什么语文……"

"东方语文学系！"妈妈笑着说。

"管他什么东方西方南方北方，"奶奶倒水似的说，"我看你和冬瓜西瓜南瓜北瓜还接近得多。女人嘛，持家带孩子最重要，念了书还是会恋爱，恋了爱就要嫁人，嫁了人就要大肚子，孩子一生啊，去你的东方西方南方北方，孩子就是全世界了！"

"奶奶！"诗晴笑着嚷，"你怎么这么啰唆啊！"

"别嫌我啰唆，"奶奶指着她，"赶明儿你还不是会生孩子！去年才大学毕业，明年就要结婚……"

"奶奶！"诗晴喊。

"好，好，好，不说，不说。"奶奶笑着转向小双，"小双，我给你撑腰，别念那些厚嘟嘟的洋文书，把好好的一双眼睛念成大近视眼，有什么好？你就跟着奶奶，学学打毛衣啊，做做针线啊……"

"我要去找工作，"小双轻声说，"我不能在家闲着。"

"我不信你找得到工作。"爸爸说。

诗尧咳了一声，抬头望了望天花板。

"我或者可以去问问电视乐团，他们会需要抄套谱的人。"他轻描淡写地说。

小双紧紧地望着他。

"不劳费心，"她的声音冷冰冰的，"我自己会找。"

诗尧的脸一下子涨得通红，他恶狠狠地瞪了她一眼，整晚，他没有再对她说一句话。

我不能不佩服小双，一星期后，她果然找到了工作，在一家音乐社专教钢琴。我曾建议她干脆利用家里的钢琴，在家收学生，免得大冷天往外跑，她只简单干脆地说：

"学生穿来穿去，会影响了朱家的生活。而且，我不动你哥哥的钢琴。"

我闷了。小双一进朱家，就和诗尧闹了个势不两立。以后呢？以后会怎样呢？

3

　　那一段日子，小双的闯入，成为我们家的一件大事，家里几乎每一个人，都受了小双的影响。本来嘛，一个家庭忽然增加了个年纪轻轻的女孩子，总要受到若干影响的，何况是像杜小双那样特殊的女孩子！特殊，是的，杜小双不是一言两语可以勾画出来的那种人，她很沉静，很安详，常常一整天不说什么，但是，每当她有意见的时候，她也会侃侃而谈。在家里，她努力帮忙做家务，没几天，就成为妈妈的左右手，成为奶奶心目里的淑女典型。私下里，她是我的闺中腻友，我在她面前没有秘密，连雨农给我的信，我也和她分享。她才十八岁，我不相信她能够体会爱情，可是，当她以欣喜和祝福的眼光望着我的时候，我体会到她深深懂得雨农对我的那份挚情。

　　说真的，那段日子正是我情绪上的低潮，我不能忍受离别，而雨农却在受预备军官训练，要七月才能退伍。我和雨农是同校同学，我念大一的时候他念大三，新生注册的时候他就盯上了我。他常对我说，姻缘簿上，三百年前就注上了我们这一笔，所以他在一大群新生里，一眼就找到了我。雨农学的是法律，他倒是个律师人才，死的都能被他说成活的。反正爱人的世界里，管他真话假话，甜蜜的话总是动人的。那些日子里，我和雨农一天一封信，逐渐地，我给雨农的信里充满了"杜小双"的名字，而雨农给我的信里，也充满了他在营中新交的一个好友的名字：卢友文。

不记得雨农怎样第一次提到卢友文，这名字是渐渐出现的，一次又一次，这名字充塞在每封信里，卢友文是学文学的，他是个写作上的奇才。卢友文今天一个人包办了全连的壁报。卢友文有满脑子稀奇古怪的梦想，如果你和他谈话，会谈上一百年也谈不完。卢友文被选为全连最漂亮的预官……

我握着那些信，对小双大惊小怪地说：

"小双，你看这个人是不是发疯了？怎么一个劲儿地提卢友文卢友文，现在全世界流行什么homosexuality，他们不要也闹上同性恋了？"

小双撇着嘴角，对着我直笑，偏偏第二天，雨农给我的信里说了一句：

我开始和你的杜小双吃醋了，我计算了一下，上封信里，你提到她的名字达十二次之多，你最好对我老实招来，你是不是在和她闹同性恋？

这一下，小双大笑了。小双是难得一笑的人，本来嘛，像她这样早年丧母、新近丧父、孤苦无依、寄人篱下的女孩子，要笑也不见得笑得出来。可是，雨农的信却博得她一场好笑，笑完了，她握着我的胳膊说：

"诗卉，我虽然没见过你的左雨农，但是，我知道，你们是天造地设的一对！"

奶奶常说我们家的女孩是不害羞的，说恋爱就恋爱。诗晴和李谦，那时是打得火热，李谦原是诗尧的中学同学，和诗晴倒也算是青梅竹马，在诗晴念高中时，李谦常帮她补习英文，反正，这种补习是最容易变质的，一补二补，就把我这个碍事鬼赶出了屋子。李谦是政大外文系毕业的，本想拿奖学金出国，谁知念文学的根本别想弄到奖学金，他家只是中等家庭，更谈不上自费出国，再加上诗晴又不想出国，于是，李谦毕业后找工作就颇费周章，最后只能到中学去教英文。直到诗尧从美国回来，进了电视公司，才给李谦找到一样赚外快的好方法：写电视剧本！这竟成了李谦现在的主要收入。随着连续剧的发达，三家电视公司的竞争，李谦的财源也滚滚而来，竟然小有积蓄，计划明年年初和诗晴结婚了。话扯回来，杜小双走进我们的家庭了。我说过，几乎每个人都受了她的影响。自从第一天早上，她和诗尧吵翻了之后，有好长一段时间，他们两个像冤家似的，见了面就躲开，即使都在客厅里，两人也不说话。爸爸和妈妈对这种情况也无可奈何，爸爸只不满地说了句：

"论年龄，诗尧足足比小双大了十岁，快三十岁的人了，还和人家小姑娘怄气，真是越活越小了！"

"不是这么说，"妈妈毕竟有点偏心儿子，"别看诗尧在公司里当上了副理，年龄也不小了。他那骡子脾气，却是从小养成的，已经根深蒂固，没办法改了！何况小双年纪虽小，说起话来也很锋利呢！"

"还是诗尧不对，人家是客，投奔到我们家来，心先怯了，又是女孩子，天生心眼就小些，诗尧不好好招待人家，还去刺激人家，难怪小双要生气了！"奶奶说，这才堵住了妈妈的嘴。不是我偏小双，我倒觉得奶奶说的才是一句公道话。

可是，家里有两个见面不说话的人，总是相当别扭的。好在，这僵局在有一天晚上，总算是打破了。

那天晚饭之后，大家都在客厅里坐着，奶奶还是在打我那件蓝白格子的毛衣。电视机开着，饭后无事，大家自然而然地看着电视，那正是电视广告界所谓的"黄金时间"，三家电视台都在比赛似的播连续剧。小双一向对连续剧的兴趣不大，因为大家都看，她也就跟着看看，忽然间，她纳闷地说："为什么剧中人说话都要说两次？"

"怎么讲？"诗晴不解地问。

"你瞧，"小双说，"那老太太说：'这是怎么的啦？怎么的啦？'那姑奶奶就接一句：'是呀，咱们是得罪谁啦？得罪谁啦？'那老太爷就跟着说：'真是的，真是的，气死我了！气死我了！'那大小姐就说：'我宁愿不要活了，不要活了！'二小姐又说：'姐姐，你就认命了吧，认命了吧！'你们瞧，他们每个人都要说两次，这是什么道理？"

她不说，我们也不觉得，她这一说，我们就都听出来了。刚好电视里的一个饰泼妇的女角正在哭着嚷：

"你们把我杀了好了！杀了好了！不杀的就不是人！不杀的就不是人！算你们没种！算你们没种！"

爸爸第一个忍不住笑了起来，他回头对小双说：

"你不知道吗？这才叫做双声带！"

奶奶和妈妈也都笑了起来，诗尧尤其忍不住要笑。诗晴却瞪着对眼睛，有些不高兴，对小双说：

"你不懂，那个时代的人，讲话就是这样的！"

"胡说八道！"奶奶接了口，"它演的是民国初年，就是我年轻的时代，没听说过讲话要这样讲的！"

妈妈回头望着诗尧，边笑边说：

"诗尧，你们电视公司怎么弄的？别看小双提出的是个小问题，倒也值得研究！"

诗尧极力忍住笑，说：

"别问我，我可管不了连续剧的台词，要问，去问编剧！"说着，他用手指着李谦。

这一来，别说有多尴尬了，大家都望着李谦，又要笑，又要忍。李谦呢，涨红了脸，直着脖子，瞪着眼珠子，鼓着嘴，也不知是在生气呢，还是在不好意思。小双"哎呀"的一声叫了出来，慌忙对李谦说：

"我不知道是你编剧的，对不起，"她顿了顿，又说，"不过，即使我知道，我还是会问你的！真的，他们干吗要说两次呢？"

李谦可没办法沉默了，他挺了挺胸，一脸的无可奈何，声音里充满牢骚，大声地说：

"我有什么办法？这个连续剧又不是我一个人写的，我们有五个编剧，第一个就写成了双声带，跟下来的只好援例，这问题我早就发现了，提出来讨论的时候，我们那位编剧前辈对我说：

'小老弟，你省省吧！咱们编一集剧本拿多少钱？每一句对白都求干脆了当，你有多少情节来发展？这么单纯的故事，如何去拖它个一年半载！'好吧，他们拖，我也拖，这对白就成了这个样儿了！"李谦直视着小双，又坦白地加了句，"我这集还只有双声带，你还没听过三声带四声带的呢！"

我们都忍不住笑了起来，这次，李谦自己也笑了个不亦乐乎。诗晴最没骨头，先前还护着李谦讲话，现在看到李谦笑，她就也跟着笑了起来。一时间，满屋子笑成了一团。笑，是一件最具传染性，也最能化解尴尬和别扭的东西。我注意到诗尧一面笑着，一面瞅了小双一眼，小双正好也抬起头来，两人的眼光就碰了个正着。诗尧脸上的笑意立刻就加深了几分，这种情况下，小双可没办法绷脸，她的脸微微一红，接着就扑哧一笑，把头低了下去。再抬起头来的时候，她的眼睛亮晶晶的，脸是对着李谦，眼光却对诗尧溜了一转。

"所以我们的电视节目总不能生活化，"她说，"你看，他们演的是民国初年的事，女演员还都画了眼线，涂了眼影膏，病得快死时也照样漂漂亮亮的。"

"我们的电视是唯美派！"诗尧说，嘴角却带着股浓厚的、自嘲的意味。

"唯美吗？"小双清脆地接口，"我昨晚看到一个综艺节目，有个男演员化装成女的，搽了满脸的胭脂粉，腰上系了一条草裙，扭呀扭地出来跳草裙舞……"

"对了，我也看到了，"奶奶接口，"你说得还太文雅了点，我最不能忍受的是他那两条大毛腿……"

"哈!"我可忍不住插嘴了,"所以我常说,家里有电视机,并不是一定就要看,开关者也,可开可关也。"

"讲起我们的电视节目,"诗尧的脸色忽然沉重了起来,"也实在有很多难言的苦衷。我刚回来的时候,爸,你知道,我有多少抱负,多少计划,可是一接手,才知道困难重重。公司里最看重的是广告客户,什么洗发精、口香糖的老板都是大祖宗,这些祖宗们绝不会去看什么电视乐府,或者自然奇观,他们就喜欢大毛腿,就喜欢草裙舞,就喜欢尖声嗲气的对白。这些广告客户已经够影响进步了,偏偏管得着电视节目的机构又特别多。这个说一句话,那个说一句话,公司全要应付,一会儿男演员的头发太长了,一会儿女演员的裙子太短了,一会儿说暴力武打的节目太多,一会儿又说靡靡之音的歌唱太多……这样弄下来,电视节目是动辄得咎,简直不知何去何从。到现在,一个最基本的问题就无法解决:电视,到底是个娱乐工具,还是个教育工具?"我望着诗尧,我这个哥哥,如此长篇大论地发表谈话的机会还实在不多,难得他今晚有这种兴致!我正想也发表几句意见,还没开口,小双已经清清楚楚地说了:

"难道我们不能寓教于乐吗?在高雄的时候,我们家过得清苦,家里没电视,我也不觉得。到了这儿,看到你们天天看电视,我也跟着看,觉得最好的节目,莫过于沃尔特·迪士尼的彩色世界!那是娱乐,也是教育,有最美的画面,有最富人情味的故事。这种节目,才真正是'唯美派'的节目呢!人家沃尔特·迪士尼做得出来,为什么我们就做不出来?如果有这种节目,我包管广告客户要看,普通观众要看,大人要看,小孩也要看!"

"说得好！"诗尧激动得往前迈了两步，连他的"跛脚"都没有去掩饰，"你知道世界上有几个沃尔特·迪士尼？你知道人家为了一个电视片肯花多少制作费？别说我们缺乏一个像沃尔特·迪士尼这样的人才，即使有这样的人才，在制作费的限制下，在各种规定下，在许多忌讳下，恐怕也没办法行得通！"

"我不懂。"小双说。

"拍摄一朵花的绽放，要拍摄几十小时，拍一只蝴蝶的蜕变，要拍摄上一两个月，试问，我们有这种魄力吗？我自己在企划部，我所企划的东西，百分之八十被否决，太深了，制作费太高了，没有广告客户提供！我想弄一个新闻人物专访，专门访问最深入的问题，别人所不谈的问题，上面说有揭人隐私之嫌。我想真正拍摄一些有关渔民、盐民、山地居民的介绍，却又要申请入山证，申请批准，麻烦万状！好吧，我说，做一点儿类似《家有仙妻》和《太空仙女恋》那种纯娱乐性的东西，剧本写了六个月，完全不伦不类！有时，我甚至怀疑，我们是不是一个有幽默感的民族！"

"哎呀！哎呀！"奶奶不耐烦了，伸着懒腰，她大声地说，"诗尧，你怎么有这么多牢骚？"

"奶奶，"小双温柔地叫，"你别打断他，我听得很有兴趣，我从不知道电视界那么复杂！"

"你不知道，"诗尧说，"你不知道的事还多着呢！刚刚你说李谦写的剧本是双声带，这还是有剧本，现场临时写剧本的事还多着呢！"

"哦！"小双的眼珠睁得圆圆的，"那么演员怎么体会他今天演的角色的心情呢？"

"所以了！我们的演员都是天才！"

小双默然了，电视里的连续剧也播完了。忽然间，小双又仰起头来："还有一件事，我百思而不得其解，为什么民国初年的戏剧，幕后配乐居然是欧美目前流行的歌曲？"

"唉，你还提幕后配乐呢！"我那个哥哥这一下可大大激动了起来，他手舞足蹈地说，"这问题我已经提出几百次了，别人不重视，你有什么办法？清装的戏剧，幕后有命运交响曲，演嫦娥奔月，可以配上施特劳斯的圆舞曲。我写了报告，把事情弄严重了，这下改了，上星期演了一幕古装戏，时代是秦朝，配乐总算是国乐了，一支《苏武牧羊》。"

爸爸轻笑了一声，接口说：

"那还好呢！上次卓文君在酒楼里当垆，墙上出现大字的招贴，既卖花雕，又卖状元红，还有绍兴酒。岂不知花雕、状元红都是绍兴酒的一种，绍兴原名会稽，一直到宋高宗时才改称绍兴，因绍兴是宋高宗的年号。宋朝以前，并没有绍兴这地名。状元这名称起自唐宋年间的科举制度，汉朝的卓文君，会卖起宋朝的酒来了，真是奇哉怪也。还好，墙上没有贴出啤酒、威士忌和白兰地！"

"我们还闹过一个笑话呢！"李谦也不甘寂寞地开了口，"有次在一个大汉奸的办公室里，居然出现了大同铁柜，可见我们的国货，销售'多广'，只不知道近年来才发达的大同公司，是不是'电话一来，服务就到'！"

"别少见多怪，"诗尧自嘲地撇撇嘴，"那汉奸一定早有先见之明，知道台湾会出个大同公司！"

那晚，大家就围绕着电视的这个题目，谈论了整个晚上，谈得又愉快又热闹，把我那哥哥和姐夫赖以为生的电视给骂了个一塌糊涂，而骂得最厉害的，就是我那专学电视的哥哥！最后，李谦告辞回家了，奶奶早已一个哈欠接一个哈欠地回房睡觉了。妈妈和爸爸也回房了，诗晴明天还要去航空公司上早班，也早早地睡了觉。客厅里只剩下我、小双和诗尧，电视还没关，一个著名的女歌星正在唱：

　　　　　小薇，小薇，天衣无缝。

小双愕然地问：

"这又是什么歌词？小薇是件衣服吗？"

"别傻了，当然是个女孩的名字。"我说。

小双困惑地摇摇头，再仔细地研究那歌词：

"可以用'天衣无缝'四个字来描写一个人吗？"她问，望着诗尧。

"你如果要这样子去研究歌词，恐怕一半以上的流行歌曲都是不通的。"

"难道不能写一点好的歌词？"

"谁去写？"

"我记得……"小双沉吟地说，"我爸爸生前曾经作了一支曲，他把《诗经》里的词句改写为白话，写了一支好美好美的歌。我们为什么不学这种办法来做呢？"

诗尧的眼睛深深地盯着她：

"我能听吗？"

小双犹豫了一下，眼光轻轻地掠过了那架钢琴。诗尧走过去，先关掉了那吵闹的电视机，再走到钢琴边，他揭开了琴盖，身子靠在琴上，他凝视着小双，用一种我从没有听过的、那么温柔的声音说：

"如果我得罪过你，我的钢琴可没得罪你啊！"

小双低下头去，悄然一笑。我忽然发现，她的微笑是那么清丽，那么动人。再看我哥哥那份专注的眼神，那份郑重的表情，我就心中怦地一跳，有种又意外又喜悦的情绪抓住了我，我觉得自己留在这室内是多余的了。悄悄地，我移向门口，室内的两个人，谁也没有注意到我。小双已经在钢琴前坐了下来，她轻轻地弹了几个音符，我无法离开了，那优美的音浪淹没了我。在门边的角落里，我毫无声息地蜷缩在那儿。

"这支歌的名字叫《在水一方》。"小双低语，手指熟练地滑过琴键，"是《诗经》里的一句。整支歌，是根据《诗经·蒹葭》改写的。"然后，她低低地、柔柔地、慢慢地抚琴而歌：

绿草苍苍，白雾茫茫，

有位佳人，在水一方。

我愿逆流而上，依偎在她身旁，无奈前有险滩，道路又远又长。我愿顺流而下，找寻她的方向，却见依稀仿佛，她在水的中央。

绿草萋萋，白雾迷离，

有位佳人，靠水而居。

我愿逆流而上，与她轻言细语，无奈前有险滩，道路曲折无已。我愿顺流而下，找寻她的踪迹，却见依稀仿佛，她在水中伫立。

她唱完了，声音袅袅柔柔，余韵犹存。半晌，她没有动，诗尧也没有动，我躲在那儿，更不敢动。她的背脊挺直，面容严肃，依然是一袭黑衣，依然在发际戴着那朵小白花，她的眼睛清柔如水，面颊白嫩细致。钢琴上有一盏灯，灯光正好射在她发际眼底，给她罩上了另一种神秘的色彩，使她飘飘然、缈缈然，如真如幻。

这是我第一次听到《在水一方》这支歌，那时，我就有个预感，杜小双，她好像就是歌中那个女子，依稀仿佛，似近还远，追之不到，觅之无踪，真要去婉转求之，她却在水一方！而且，是很遥远的一方呢！

4

四月间，天气暖和了，雨季已成过去，阳光终日灿烂地照射在小院子里和窗棂上。五月，天气热了，我已换上了短袖衬衫，而院中的一棵小石榴树，绽开了一树鲜艳的花朵。杜小双是一月初来我家的，到五月中，她已经足足来了四个月了。

这四个月间，小双已由一位陌生人变成了我家的一分子，她的存在，就像我和诗晴的存在一样，成为一件理所当然的事。随着时间的流逝，随着夏天的来临，小双的变化也是很明显的。首先，她的面颊红润了，刚来台北时的那种不健康的苍白，已被朱家温暖的气氛所赶跑。其次，她的笑容增加了，很少再看到她板着小脸，一副冷淡和倨傲的表情。现在，她总是笑吟吟的，总是闪着满眼睛的光彩，抖落着无数青春的喜悦。再有，她胖了，正像奶奶最初对她所许诺的：三个月之内，要她长得白白胖胖的！她并没有真的白白胖胖，仅仅是稍稍丰腴了一些，她看起来，就更增加了几分女性的妩媚。小双，每当我静静地注视着她的时候，我就不由自主地体会出中国成语的巧妙，什么叫"我见犹怜"，什么叫"楚楚动人"，什么叫"冰肌玉骨"，什么叫"风姿绰约"。无论如何，我仍然不认为小双有什么夺人的艳丽，她只是与生俱来就有份清雅脱俗的味道。这"味道"二字，却只能意会，而不能言传了。

小双在外表上，固然有了许多变化，可是，在个性上，她却依然有她的固执和倔强。就拿她的工作来说吧，后来我们才弄清楚，她的工作性质，就是教授一些孩子们弹琴，那家音乐社类似一家私人的音乐学校，教钢琴之外，也教吉他、电子琴、喇叭、鼓和一些中国乐器。教授的地点，在一家乐器店的二楼。他们有间小教室，里面有架整脚钢琴。教钢琴这门课，是必须个别教授的，以小双的钢琴和音乐修养，她的学生竟越收越多，工作时间也越来越长。可是，她的薪水却并非计时收费，而是按月拿薪水，每月只有三千元。她常常中午就去上课，教到七八点钟，晚饭也没吃，累得筋疲力尽地回来。诗尧有次不平地说：

"这根本是剥削劳力，如果你去当家庭教师，很可能教一个孩子就能拿三千元。"

"算了，"小双却洒脱地说，"来学琴的很多都是苦孩子，家里买不起琴，又有这份兴趣，只能勉强凑合着学学，音乐社收他们的钱也很少。我不计较这些，许多人从早到晚地做工，还赚不到三千元一月呢！"

"你倒有个优点，总觉得自己比别人强！"诗尧说。

"人生要处处退一步想，"小双微笑地说，"比上不足，总是比下有余的。"

她的话又似无意似有意地扣上诗尧的心病，诗尧就默不开腔了。诗尧是与众不同的，诗尧并不那么容易原谅命运，他曾私下咬着牙对我说，他是"比下不足，比上有余"的！老天，他真忘不掉他的跛脚！

看小双奔波来奔波去，不胜辛劳，诗尧忍不住又开了口：

"家里白放着一架钢琴，我弹的时候也不多，你就干脆把学生带回家来吧！"

"那怎么行？"小双扬着眉毛说，"家里的生活多么宁静安详，如果学生来了，从早到晚'哆咪唆咪'地弹拜尔德、汤姆逊、索那提那，不把人弄得头发昏才怪！那些学生，并不是一上来就能弹西班牙狂想曲或幻想曲的！"

小双这句话倒是实情，她既然固执于她的工作，大家也就不再干涉她。她的第二项固执是对她薪水的处理，发薪的第一个月，她就把三千元全部交给了妈妈。妈妈大吃一惊，说：

"你这是干吗？"

"我看到诗晴和诗尧也把薪水交给您的，我既成为这家中的一分子，应该按规矩来做吧！"

"什么规矩！"妈嚷着，"诗晴的薪水，只够她添添衣裳、买买胭脂粉，交给我的，不过是意思意思而已。诗尧收入多，负担一下家庭是理所应该的。你一个女孩子家，自己也需要用钱，给了我，你用什么？"

"我吃的喝的都有了，我还要用什么钱呢？"

"呵！"妈提高了嗓音，"原来你想缴伙食费呀！"

"朱伯母，别这样说，"小双一脸的诚挚和坚决，"我真要缴生活费，三千元又怎么够！你们对我的恩情，又何尝需要我用金钱来补报？我之所以拿出来，只想和诗晴他们一样，成为朱家的一分子，尽点心力而已。"

"既然如此，"妈说，"给我五百元，象征一下，剩下的你自己用。天热了，你也该做做衣裳了，虽然是戴孝，也不必天天穿黑的，蓝色啦、白色啦、绿色啦……都可以穿，女孩子，总是打扮得漂漂亮亮才好。""那么，"小双说，"我留五百元零用好了，交两千五百元给您。"

"胡闹！五百元够干吗？"

"所以我怎能只交五百元给您？"

看她们两个一直扯不清，我不耐烦地喊：

"你们都不要，就给我算了，反正我还在读书，是伸手阶级！"

"不害臊！"奶奶嚷，"听我说一句，三千元除以二，一半交给心佩，一半小双留着，别再吵不清了。心佩，你拿着那一千五，等小双有了人家儿，咱们好给她办嫁妆！"

"哼！"我轻哼了一声，"好人情哦，拿人家的钱给人家办嫁妆，说不定啊，还办到自己家来呢！"

奶奶伸手在我面颊上死揪了一把，笑着直摇头：

"诗卉这小丫头越来越坏！雨农又没个妈，你真该有个恶婆婆来管管你！"

"我被恶婆婆欺侮，你又有什么好？"我对奶奶做了个鬼脸，"只怕恶婆婆还没碰我一根手指头，我家的恶奶奶就要打到人家的门上去了！"

"哎哟，心佩！"奶奶又笑又骂，"你瞧瞧，你也不管管你女儿！生了这么一张利牙利嘴，将来她那个雨农啊，不吃亏才怪呢！"

"嗳嗳，"我直咂嘴，"人家还没成为你的孙女婿，就要你来心疼了！"

奶奶望着我，又笑又摇头。经我和奶奶这样一闹，小双的薪水也就成了定局，以后，每月都是一半缴库，一半自用。小双似乎还很过意不去，每次下课回来，不是给奶奶带点糖莲子，就是给爸爸带点熏蹄，诗晴爱吃的牛肉干，我爱嗑的五香瓜子儿，妈妈喜欢啃的鸡爪子，她全顾到了，就不知道她那一千五百元怎么如此经用。妈妈和奶奶呢，也没白收她那一千五，妈给她剪了布，奶奶帮忙裁着。四月里，小双就换上了一身新装，白色的长袖衬衫，天蓝色的长裤，套着一件蓝色小背心。明亮的、清爽的颜色，一下子取代了她那一身黑衣。她站在小院子的篱笆前面，掩映在盛开的扶桑花下，阳光直射在她发际眼底，她亭亭玉立，纤细修长，飘逸得像天空的白云，清雅得像初生的嫩竹。那天早上，我注意到，我的哥哥对着院子足足发了一小时的呆。

总之，夏天来临的时候，小双已成为我们家不可或缺的一分子。我不知道妈妈爸爸和奶奶怎么样想，我自己却存下了一份私心，命运既然把小双带到我们家里来，她就应该真正成为我们家的一分子，不是吗？明里暗里，我比谁都注意我那个哥哥。可是，朱诗尧莫测高深，朱诗尧心如止水，朱诗尧是书呆子，朱诗尧与众不同，朱诗尧不是别人，朱诗尧就是朱诗尧，他不追求女孩子！

诗尧真的不追求女孩子吗？五月中，他忽然忙碌起来了。公司采用了他的建议，新辟了一个大型的综艺节目，其中包括歌唱、舞蹈、人物专访、生活趣事，以及世界民歌和风光的介绍。这节目长达一小时半之久，每星期推出一次，诗尧兼了这节目的制作人。这一下，就忙了个不亦乐乎。最初，是收集各种资料，然后，是选拔一个节目主持人。

诗尧第一次对家里提到黄鹂的时候，我并没有怎么注意，只觉得这个名字怪怪的。但是，女孩子为了上电视、演电影，取个艺名，怪一点才能加强别人的印象，这也无可厚非。何况她只是许多参加选拔的准主持人之一，与我可一点关系也没有，原也不值得我去注意。只是，当诗尧经常不回家吃晚饭，当黄鹂的名字被天天提起，当她担任主持人的呼声越来越高的时候，我觉得这件事有点问题了，而真正让我感到不安的，还是黄鹂来我家玩的那个晚上。

那晚，诗尧已经预先打过电话回家，说要带黄鹂回家来坐坐，我心里就有点儿嘀咕，主持人应该到公司里去主持，怎么主持到制作人家里来了？但是，诗尧在电话里对我说：

"我要你和诗晴、小双大家帮我看看，这个人到底能不能用？"想到我也有暗中取决一位电视节目主持人的权力，我就又乐起来了。因而，当黄鹂来的时候，我们全家倒都是挺热情、挺高兴地待以贵宾之礼。

不可否认，那黄鹂长得可真漂亮。事实上，用"漂亮"两个字来形容她还不够，她是"艳光四射、华丽照人"的。她的眉毛又黑又浓，眼睛又黑又大，再加上，她经过了细心的修饰，就更加引人注目，唇轻点而朱，眉淡扫而翠，眼细描而秀，颊微染而红。我这样说，并不是说她的美都经过了人工，就事论事，现在哪个女明星不化妆？化妆也要有美人底子才化得出来。如果一张大嘴巴涂了口红岂不成血盆大口？如果生来是扫把眉，再画它一画，岂不变成芭蕉叶子了？黄鹂是真的很美，不只她的脸，还有她的身材，她穿了件紧身宽袖的鹅黄色锻子衬衫，一件黑色曳地长裙，真是该瘦的地方瘦，该胖的地方胖。她坐在那儿，笑吟吟地端着茶杯，微微地翘着个小手指头，真是明艳万端。如果我硬要横下心来挑她的错处，我只能说，她虽然很美，却不属于我们朱家这个世界里的人，她令人联想到夜总会与香槟酒，而朱家的世界里，只有艺术与诗歌。

爸爸很客气地问了问她的家庭，她也很客气地答复了，她带着点儿上海口音，有江南人那种特有的嗲劲儿。原来她的父亲服务于工商界，还是个小有名气的人物。

奶奶最会倚老卖老，她一眨也不眨地直盯着人看，也不管人家会不会不好意思，好在黄鹂并不在乎，我看她已经被人看惯了。半晌，奶奶才冒出一句话来：

"老天爷造人越造越巧了。画里的人儿也没这么漂亮的，真不知道她爹妈怎么生出来的！"

我们都笑起来了，我直说：

"奶奶，你说些什么？"

黄鹂倒大大方方地对奶奶弯了弯腰：

"谢谢朱老太太夸奖，我什么都不懂，还要各位多多指教呢！"李谦坐在黄鹂对面，对她从上到下地看了一个饱。

"黄小姐，我看你也别去当什么主持人了，"他说，"我那部新连续剧里缺个女主角，干脆你来当女主角吧！"

黄鹂眼珠一转，很快地对李谦抛来一个深深的注视，嘴角一弯，就甜甜地笑了笑，露出两排整整齐齐的牙齿和一对小酒窝。

"李先生别说笑话，"她翘了翘嘴唇，"你们连续剧里一定早就定了人了，您不过和我开开玩笑罢了，我这种丑八怪，哪里能演连续剧？"

"不盖你，"李谦慌忙说，不知道他热心个什么劲，"如果你不信，咱们约一天，和制作人一起吃个晚饭，大家谈谈。"

黄鹂转过头去，望着诗尧笑。

"朱副理，你说呢？李先生是骗我们，是不是？"

"诗尧，你知道的，"李谦急急地说，"我们现在正缺女主角，本来要请某女明星来客串，偏偏她又轧戏轧不过来，我看黄小姐倒很合适。"

"李先生，"黄鹂娇娇地说，"我怎么和人家女明星比？你要是有心栽培我嘛，给我个小角色试试，不过……"她又转向诗尧，笑得更甜了，"还要朱副理批准呢！朱副理，你说呢？恐怕主持节目已经够忙了，是不是？"

"当然，最好是又演戏，又主持节目，我并不觉得这之中有什么冲突呀！"诗尧说。

"真的吗？"黄鹂的笑容又抛向了李谦，"朱副理说可以，我就遵命，你可别逗人家玩！"

李谦正要说话，我注意到诗晴悄悄地把手绕到李谦身后，在他背上死命地掐了一把，脸上却不动声色地笑着对黄鹂说：

"黄小姐，你放心，他们都会支援你的，凭你的条件，当电影明星也绰绰有余呢！"

"朱小姐拿我开心呢！"黄鹂接口，"全电视公司的人都知道，朱副理有两个如花似玉的妹妹，只是请不出来，要不然，什么节目主持人啊，什么女主角啊，还不都是两位朱小姐的份儿！"

我这一听，可真有点"飘飘然"，恨不得马上跑到卧室里去照照镜子，到底自己长得如何"如花似玉"法？想想雨农也常夸我"明眸皓齿"，我总说他是情人眼里出西施，现在，听黄鹂这样一说，我可能真有明星之貌也说不定呢！我这里的自我陶醉还没完，爸爸可泼起冷水来了。他安安静静地说了句：

"黄小姐谬赞了，她们两个，说是会念点书，还是真话，漂亮嘛，那就谈不上了。"

爸爸就会扫人家兴！我暗暗地耸了耸鼻子，还没说话，黄鹂又接了口：

"朱伯伯家学渊源，两位小姐当然学问好，大家都说，朱伯伯教子有方，一门俊秀！您看，朱副理是全公司最年轻的副理，两位小姐又才貌双全，"她转向奶奶和妈妈，"朱老太太、朱伯母，您两位好福气哦！"

奶奶乐了，她拍着手，兴高采烈地说：

"这位小姐，不但人长得漂亮，又会说话，真是的，将来不知道哪个有福气的男孩子修上你！"

"朱老太太，别说笑话！"黄鹂的脸红了。

我现在有点明白黄鹂的名字为什么叫黄鹂了，原来她和黄鹂鸟儿一样善鸣善叫。不管怎样，那晚上，黄鹂的表现实在不错，她能言善道，落落大方，周旋在每一个人间，把大家都应酬得服服帖帖。只有小双，我记得她一直笑吟吟地躲在唱机旁边，当大家谈论的时候，她就默默地倾听着，一面注意着那摞唱片，每当唱片唱完了，她就换上一张。整晚，她只是微笑、倾听、换唱片，一句嘴也没有插。

最后，黄鹂告辞回家了。等黄鹂一走，大家就热闹了起来，七嘴八舌地讨论她，从她的头发，到她的服装，到她的谈吐，到她的容貌，点评得没个完。诗尧站在屋里，望着大家，神采飞扬地问：

"我的眼光不坏吧？她来主持这个节目，成功率已经高达百分之八十。"

"失败率也达百分之八十！"

一个声音清清楚楚地说，大家都吃了一惊，看过去，却是整晚没说过话的小双。她依然笑吟吟的，斜倚在唱机边，眼睛望着诗尧。

"为什么？"诗尧问，"她不够漂亮吗？"

"很够，太够了。"小双说，"可惜你不主办选美节目。"

"怎么讲？"诗尧盯着她，"一个节目主持人该具备的条件，应该要应对自如，要漂亮，要能言善道，要八面玲珑，要人见人爱……"

"为什么？"小双睁着对大大的眼睛，"我觉得，她该具备的是丰富的常识、纯熟的普通话、高贵的气质、优美的风度、高深的学问，最要紧的一项，是必须言之有物！黄鹂，选她做交际组组长，很不错；选她饰演漂亮的交际花，也不错；选她当女朋友，可以引人注意；选她当太太——"她笑了，"可以飞黄腾达；

选她当你的节目主持人，不够资格！"

"我还是不懂。"诗尧蹙起眉头，显得十分不快，"我觉得，你对她有那种女性直觉的敌意！"

小双脸上的笑容蓦然消失了。她转过身子，关掉唱机，冷冷地说："那么，我就不说了。"

她转身就向房里走，诗尧一下子拦在她前面。

"慢一点，你说清楚，为什么她不行？给我一个最具体的理由！"小双站住了，她沉吟了一下。

"你那个节目的重心是什么？"

"音乐。"

"我放了一晚上的唱片，放些什么？"

"就是我选出的那摞民谣唱片呀！"

"她主持你的节目，竟对你选的唱片丝毫不研究吗？无论如何，她也该有一些兴趣啊！事实上，她不喜欢音乐，或者，她根本不懂音乐，因为她对这些唱片毫不注意。要不然，她就是太急于表现她自己了。你要知道，电视观众对节目内容的注意更胜于主持人的美丑。而访问节目必须针针见血，并不是阿谀谄媚，假若你让她主持访问，只怕所有的话被她一个人讲光了，被访问者还来不及说话呢！老实说，我早看厌了电视上访问明星：'你越来越漂亮啦，你越来越年轻啦，你是不是有男朋友啦，能不能告诉我们你的另一半是谁呀？'假若你的节目水准，也不过如此，那么，是我多管闲事！假如你真想制作一套有深度、有水准的东西，你就必须请一个有深度、有水准的人出来！"

"很好。"诗尧的脸涨红了，额上的青筋又暴露了出来，呼吸沉重地鼓动着他的鼻翼。他冒火了，他又冒火了："你聪明，你能干，你懂音乐，告诉我，哪儿去找这个有深度、有水准的人，你吗？"

"别取笑我，"小双挺着背脊，扬着眉毛，眼睛清亮而有神，"我有自知之明，我当然不够格去当你这个主持人，但是我认识一个人，却有足够的资格，假若你能冷静一点，我倒可以向你推荐！"

"是谁？你说！"诗尧大声问。

"是你！"小双清清脆脆地说。

室内静了两分钟，然后诗尧仰天大笑了。

"哈哈！你真会开玩笑，你真会讽刺人。不要黄鹂那样的美女，却要一个男人，一个跛腿的、残废的男人！你要我去博取同情票吗？"

"哼！"小双轻哼了一声，下巴抬得高高的，"别让我笑话你，朱副理，别让我轻视你，朱副理。埃德·苏利文又老又丑，又是男人，他的节目在美国已风行了十几年！打不破观念上的症结，当什么企划部副理！"

小双说完，头一仰，长发在空中画下一道弧线，掉转身子，她向室内就走。这次，诗尧没有拦阻她，他呆了，他整个人都呆在那儿了。小双走到客厅门口，她又回过头来，用手扶着门框，她脸上的线条放柔和了，眼底，却又浮上她常有的那种冷漠与倨傲，她轻声地再说了几句：

"不过，我还是应该告诉你，以审美的观点来看，黄鹂确实是个美丽的女人，也确实能言善道，八面玲珑，你的眼光真的不错！假若你能压制下她想上电视的虚荣心，倒很可以娶回来做个贤内助！"

她走了，走进屋子里面去了。当她的身影消失在客厅门口之后，我们大家仍然静悄悄地站在屋里，连平日爱说爱笑的奶奶，都被噤住了。好一会儿，爸爸才轻呼出一口气来，转头对妈妈说：

"这一代的孩子，你还能小看他们吗？一个晚上，领略了两种截然不同的女孩子！真是后生可畏呢！"

诗尧仍然站在那儿发愣，显然，小双把他完全弄迷糊了，他脸上逐渐浮起一层迷惘的、嗒然若失的神情。爸爸走过去，用手重重地在他肩上压了一下，一句话也没说，就进屋里去了。我迫不及待地冲进浴室，对着镜子默立了三秒钟，然后，我折回到客厅里，站在诗尧面前，我重重地说：

"哥哥，我投小双一票，不，投她一百票、一千票，因为她是真实而不虚伪的！"

我回到卧室去给雨农写信，我有太多太多的话要告诉他，最主要的，我要说明，我虽然长得明眸皓齿，却并非如花似玉，我是个平凡的女孩！写完了信，我回过头去，望着已经蒙眬欲睡的小双，我在信上又加了一句："小双是个不平凡的女孩！"

5

　　六月中旬，诗尧的综艺节目推出了，他并没有完全采用小双的建议，自己来当节目主持人。但是，他也没有用黄鹂。他找到了一个毕业于"中国文化学院"的男孩子，那年轻人长得不算漂亮，却很清秀，难得的是，他对音乐的修养和常识的丰富，而且，他很稳重，很沉着，主持节目的时候，他颇给人一种从容不迫的舒服感。私下里，我倒觉得他比诗尧合适。因为，诗尧总给人一个很主观、很自负、很骄傲的印象，没有那男孩子的谦和与恬淡。当我问小双的时候，小双却笑笑说："你哥哥并不骄傲自负，假若他给你这个印象，那只是因为他要掩饰自己的自卑感！"

　　有时，我觉得小双的思想好成熟，成熟得超过了她的年龄。她常常随随便便说的一句话，我就要想上好半天，然后，才会发现她话中的真理。或者，是艰苦的环境磨炼了她，或者，是上天给予了她超过常人的天赋，反正，我欣赏小双！

　　诗尧的节目相当成功，获得了一致的好评。那期间，诗尧忙得昏头转向，每天奔波于录影室、录音室，之外，还要策划节目的内容和访问的嘉宾。连访问稿，他都要亲自撰写。那位黄鹂小姐，虽然没有主持这节目，诗尧却把她郑重地推介给节目部，像小双预料的，黄鹂不会是个久居人下者。果然，她挑起大梁，饰演了新连续剧的女主角。这种情况下，黄鹂是常和诗尧一同出入于电视公司的。我开始听到李谦在拿黄鹂和诗尧来开玩笑了，也开始听到他们一块儿吃宵夜的消息。别提我心里有多别扭，我很想给诗尧一点儿忠告，但，诗尧那份牛脾气，如果话不投机，准会弄巧成拙，我不能不三思而后行！

就在我三思而未行的这个期间，雨农受完军训，从马祖回来了！一年相思，乍然相聚，我的喜悦是无穷无尽的。管他什么害羞不害羞，管他什么庄重不庄重，我是又闹又叫又跳又笑。诗晴一直骂我"三八"，奶奶说我"十三点"，妈妈笑我"宝气"，爸爸说我"没涵养"，只有小双，她说我是个"心无城府的、热情的、坦率的好姑娘"。于是，我搂住她的脖子，大叫"生我者父母，知我者小双也"。小双却又笑嘻嘻地接了句：

"知你者，雨农也！"

天下还有比小双更灵慧的人吗？天下还有比小双更解人意的人吗？我拉着小双的手，把她介绍给雨农：

"瞧瞧，雨农，这就是杜小双，我向你提过一百次、一千次、一万次的杜小双，她不是又灵巧又清秀又可爱吗？是不是？雨农，你说是不是？"

雨农深深地打量着小双，笑着。小双也大大方方地回视他。事实上，他们彼此在我和雨农的通信中，都早已了解得很清楚，因此，他们看来并没有陌生的感觉，也没有虚伪的客套。雨农仔细地看过小双之后，回头对我说：

"诗卉，她比你描写的还好！"

我心中一动，慌忙把雨农一直拉扯到客厅外面去，我低声对雨农说：

"你可不许移情别恋啊！"

雨农大笑，也不管有人没人，就把我一把抱进了怀里，在我耳边说："很靠不住，我对她已经一见倾心了。"

"你敢！"我说。

"为什么不敢？"他把头凑向我，"让我们来个'三人行'，不是也很不错吗？"

"好啊！"我叫，死命地在他胳膊上扭了一下，"你这个丑样子，配我还马马虎虎，追她吗？你是癞蛤蟆想吃天鹅肉！我先警告你，免得你转坏心眼！"说着，我又扭了他一下，扭得又重又狠。

"哎哟！"雨农居然毫不隐忍，竟尖声怪叫了起来，"怎么才见面，你就想谋杀亲夫！"

奶奶在客厅里笑得咯咯咯的，一面笑，一面大声说：

"你们两个宝贝，还不给我滚进来呢！在外面商量些个什么歪话，我们全听得清清楚楚！诗卉！你这个小丫头真是越来越宝了！进来吧！别让小双听笑话了。"

这一下，尽管我脸老皮厚，也弄了个面红耳赤，赶忙拉着雨农跑回客厅里。一看，满房间的人都在笑，爸爸是一边笑，一边对我直摇头。小双抿着嘴角儿，笑得红了脸。我急了，一把拉着小双，我悄悄说："你可别生气哦，我是代你着想，你看他那坏样儿，贼头贼脑，一股心术不正的样子！"

"你自己心术不正，想入非非，"雨农非但不帮我掩饰，反而拆我的台，"怎么说我贼头贼脑？其实，不是我贼头贼脑，是你傻头傻脑！"好哇！他连面子也不给我留一留，我走过去，对着他的脚踩了下去，他大叫一声，抱着脚满屋子跳，不但跳，还毫无风度地乱嚷着：

"奶奶，怎么一年不见，诗卉成了野蛮人了？又抓又咬的，简直是母老虎投胎！将来我这日子还能过吗？"

奶奶捂着肚子，笑得喘不过气来。妈妈和爸爸相对摇头，准是在心中暗暗骂我不成体统。诗晴和李谦依偎在一块儿，故意装出文雅样儿来气我。诗尧远远地躲在一边，笑了笑就去弄他的唱片，这人的脑子里准少了一个窍，否则雨农拿小双取笑，他怎么也无动于衷？小双呢？她最大方了，站在妈妈身边，她笑吟吟地、斯斯文文地说：

"朱伯母，您瞧，婚姻准是老天安排好了的，人也是物以类聚，诗卉和雨农，生来就是一对儿！"

奶奶高兴地拍着小双的肩，同意地说：

"可不是，一个粗枝大叶，一个心无城府，两个都是直肠子！咱们家的女孩子，找伴都找对了，现在，就轮到你了。小双！我可告诉你，交男朋友呵，要仔细，先带给奶奶瞧瞧，奶奶批准了，你再交！"

"奶奶！"小双腼腆地叫了一声。

"不是我倚老卖老，小双，"奶奶自顾自地说着，"你这模样儿，你这心地儿，奶奶可真不放心你嫁到别家去，依我看啊，你最好就做我家的……"

"奶奶！"小双这一下急了，慌忙打断了奶奶，"您老人家乐糊涂了，好端端的扯到我身上来干吗？"

"奶奶！"我热心地喊，"你说！你要小双做我们家的什么？你说呀！"

"诗卉！"小双叫，瞪了我一眼，"你们拿我开心吧！我今晚还要教两个学生，我出去了。"

我一把扯住她。

"好没意思，真生气吗？"我说，"从没听说你晚上还要上课的。"

"真的，临时加了两个学生，时间排不过来！"

小双认真地说，小脸板得正正经经的，我可不敢和她拉拉扯扯了，怕耽误她的正事。她抱了琴谱，真的出去了，等她走了，我心里就有点别扭，狠狠地瞪着诗尧，我说：

"哥哥，你是有眼无珠呢，还是没心少肺呢？"

"我吗？"诗尧抬起头来，脸上又是那种莫测高深的表情，"我告诉你，诗卉，不关你的事，你最好少操心，我们家这位杜小姐哦，不是一个等闲人物，她是眼高于顶的，你不要白热心，诗卉。你想想看，她心里会有我这个'比下不足，比上有余'吗？"

"问题是，"我说，"那位姓黄的，能言善道、人见人爱的电视红星，心里有没有你这位'比下不足，比上有余'呢？"

诗尧勃然变色。

"诗卉！"他严厉地说，"我想你还没权利来干涉我交朋友！"

"啊唷，啊唷，"奶奶连忙打岔，"人家雨农才回来，一家人可得和和气气，你们兄妹要拌嘴，改一天再拌吧！啊？"

我还想讲话，雨农暗中扯了我一下，在我耳边悄悄私语：

"诗卉，好歹给我一点单独的时间，我总不能当着你一大家子人的面吻你！不过，如果你不在乎，我就……"

"啊呀！"我叫，"不行不行！"

奶奶愕然地回过头来：

"什么事不行不行？"

"小两口在商量，"诗晴多嘴地说，"如何摆脱我们这一大家子人呢！所以，李谦，我们出去散散步，怎样？"她拉着李谦，"走吧！"

"我看啊，"奶奶瞅着他们说，"是你们这小两口想摆脱我们吧？"

我拊掌大乐：

"对了！对了！就是的，就是的！"

"小妮子毫无良心，"诗晴咬牙说，"好吧，让我今晚跟你耗着，你走到哪里，我走到哪里！"

"少讨厌了！"诗尧接口，"看人家小双，都知道识趣地躲了出去。诗晴，忘了你赶诗卉出房间的事了？所以，诗卉，把你的未婚夫，带到你房里去吧，没人会笑你的。"他走到我面前，对我轻眨了一下眼睛，又低声加了一句，"讲和了，怎样？"

我忍不住对他笑了，他也对我笑了，不知怎的，我觉得诗尧的眼神里颇有深意，似乎有什么心事要取得我谅解似的。但是，我来不及去弄清楚他的意思了，拉着雨农，我们真的退进了我的小屋里。

哦，一年的离别，几许的相思！多多少少急于要诉说的言语，来不及说，来不及笑，来不及注视和绸缪！整晚上，我们不知道怎么会跑出那么多话来，说了又说，笑了又笑，像两个大傻瓜。又重复地和他谈杜小双，他也和我谈他的军中好友卢友文，我们又彼此取笑同性恋……然后，我们一下子拥抱在一起，吻着，笑着，流着泪，发着誓，喃喃地说今生今世，天涯海角，我们是不再分开了。接着，我们又谈起雨农的未来，军训受完了，马上面临的是就业问题，他说他要去法院工作，再准备高考，将来再挂牌当律师。我们就谈着，谈着，谈着……根本忘了时间，忘了夜色已深，忘了万籁俱寂，忘了我房里还有另一个房客！直到客厅里响起一阵钢琴声，才惊动了我，我猛地跳了起来，看看窗外，繁星满天，月色朦胧，我惊慌地叫了一声：

"糟了！再谈下去，天要亮了！"

"怎样？"雨农不解地问。

"小双！"我说，"好可怜！她只好在客厅里弹钢琴了！"我推着雨农，"你快走吧！我去叫小双来睡觉！"我往客厅走去。

雨农一把拉住了我。

"诗卉！"他叫。

我回过头去。他一脸的正经：

"你家需要再加盖一间屋子出来了！"

"胡闹！"我笑着推开他，走到客厅门口，我向里面伸了伸头，立即，我猛地向后一退，差点把雨农撞个大筋斗，我把手指按在唇上，嘘了一声。雨农吓得直往后退，瞪着眼睛，悄悄地、一迭连声地问：

"怎么了？怎么了？"

"不要进去！"我说，喜悦使我的声音发抖，"他们在里面。"

雨农不知所以地站住了，我悄立在那儿，向客厅里静静地看着。是的，有人在弹琴，只是，我猜错了，弹琴的并不是小双，而是我的哥哥朱诗尧！那是一支很熟悉的曲子，仿佛在哪儿听过，只是，我一向没有记钢琴曲的习惯。靠在琴边的是小双，她的身子紧贴着琴，手支在钢琴上面，眼睛亮晶晶地、温柔地、默默地看着诗尧。那琴上的台灯，依然放射着柔和的光线，映在她那对剪水双瞳里。

诗尧弹完了一曲，抬起头来，他看着小双。

"怎样？"他问。

小双微笑着，像一个小老师。

"出乎我意料，"她说，"没想到你会把谱记下来，我似乎只弹过几次。"

"我听过三次，"诗尧说，"第一次是大家批评电视的那个晚上；第二次是五月里，你清晨坐在这儿练琴；第三次是上星期二的晚上，刚好我的节目播出一个月，那晚我回家很晚，你一个人坐在这儿，弹了好几遍，我在房里，用笔记下了每一个音符。"

"是的，"小双柔声说，"那晚诗卉在给雨农写信，我怕在旁边妨碍她，就坐在这儿弹琴。"

我忽然明白了，这不是一支普通的练习曲，这是那支《在水一方》！一个无心地弹，一个有意地记，这，不是很罗曼蒂克吗？我回头对雨农直眨巴眼睛。

"我已经交给乐团去写套谱，"诗尧继续说，"但是，这是你父亲的曲子，是不是版权所有？"

小双轻叹了一声，睫毛垂了下来。

"你拿去唱吧！能唱红这支歌，爸爸泉下有知，也会高兴的。你如果喜欢，爸爸生前还写了许多小曲，只是没有配歌词，等我哪一天有时间的时候，整理出来，一曲一曲地弹给你听！"

"你说真的？"诗尧说，"我们何不合作一番，给它填上歌词？"

"填歌词哪有那么容易！"

"你说过的，我们可以改写古诗词，就像这支《在水一方》，又典雅，又含蓄，又——宣扬了中国固有文化，总比那些'我的爱情，好像一把火'来得舒服。"

"你有兴趣做，我奉陪！"小双爽朗地说。

"咱们一言为定？"诗尧问。

"一言为定！"小双说。

诗尧伸出手去，小双含笑地和他握住了手。我站立的地方，只看得到诗尧的背后，我心里可真急，傻瓜！还等什么？机会稍纵即逝，还不晓得利用吗？我急只管我急，我那傻哥哥仍无动静，只是，他也没有放开小双的手，我发现，小双的脸上渐渐泛上一层红色，她的眼睛逐渐变得柔柔的、蒙蒙眬眬的，像是喝了酒，有点儿醺然薄醉的样子。我踮起脚，伸长脖子，大气也不敢出，只希望诗尧能有一点"特殊表现"。但，他准是中了邪，因为他既不说话也不动。于是，小双轻轻地抽回自己的手，这一抽，才把我哥哥抽出一句话来：

"小双，你觉得我是很难处的人吗？"

要命！笨透了！问的话都是废话！这当儿，只要手一拉，把人家从钢琴那边拉过来，拉到你朱某人的怀里去，岂不就大功告成！我心里骂了几百句，眼睛可没放松小双的表情。她的脸更红了，眼睛更蒙眬了，一抹羞涩浮上了她的嘴角，她的声音轻得像蚊子叫：

"我什么时候觉得过？"

"可是，你总是那样盛气凌人啊！"诗尧的声音里竟带着点儿震颤。小双的睫毛完全垂了下去，把那对黑蒙蒙的眼珠完全遮住了。

"是吗？"她低语，"我是有什么话说什么话的，我可不会像黄小姐那样八面玲珑，知道别人爱听什么，我就说什么。"

"黄鹂？"诗尧深抽了一口气，"难道你也和诗卉一样，认为我对黄鹂有什么吗？"

"你对黄鹂有没有什么，关我什么事呢？"小双轻哼着说。

"小双！"诗尧重新握住了她的手，声音加重了，"让我告诉你……"我屏住气，竖着耳朵，正想听他那句节骨眼上，最重要的表白，忽然间，我后面紧挨着我，也伸着头在呆看的雨农站立不稳，向前一滑，我的身子就被推得向客厅里直冲了进去，我忍不住"哎哟"叫了一声。我这一叫可叫得真煞风景，小双倏然间跳了起来，往后直退了八丈远，诗尧那句重要的话也来不及出口，回过头来，他恶狠狠地盯着我，那样儿好像我是世界上最可恶的人。我急于要挽救大局，就慌慌张张地、乱七八糟地叫：

"哎呀，对不起，对不起！你们继续谈，我和雨农回房间去！你们尽管谈，放心地谈，我包管——再也没有人来打扰……"

"诗卉！"小双喊，脸涨得通红，一脸的恼羞成怒，"你瞎吵瞎叫些什么？要把全家人喊醒吗？我们才没话可谈呢！假如你和雨农用完了房间，希望可以放我去睡觉了。"

"别……别……别……"我急得口吃起来了，直伸手去拦她。偏偏雨农又没有转过脑筋来，居然一个劲儿地对小双道歉，鞠躬如也地说：

"真对不起，小双，害你没睡觉，我这就走了，房间不用了，你请便吧！"

小双滑得像一条鱼一般，从我手底一钻，就钻了个无影无踪。我眼见她跑到里面去了，气得拼命对雨农瞪眼睛、踩脚。

"你老先生今天是怎么回事？"我恨恨地说，"平常还蛮机灵的，怎么突然呆得像块大木头？"

雨农睁着眼睛，愣愣地看着我。

"怎么了？我说错什么了？"

诗尧合起了琴盖，一声不响地站起身来，转身也往屋里走去，我拉住了他，赔了满脸的笑，我急急地说：

"别生气，哥哥，一切包在我身上！只要我知道你的心意，事情就好办了！我就怕你们捉迷藏，明明心里喜欢，表面又要做出一副莫测高深的样子来，让人摸不清你的底细，何苦呢？假若我早知道……"

"你知道！你知道个鬼！"我那哥哥也恼羞成怒了，甩开了我的手，他头也不回地走了。

我呆了，生平第一次，这样被人碰钉子，这样被人讨厌，我望着雨农，都是他闯的祸，如果没有他那一推……我气得真想把他好好地臭骂一顿。但是，看到他那一副傻呵呵的、莫名其妙的样子，我就又心软了。本来嘛，他站在我后面，看也看不清楚，听也听不清楚，今天才受完训回来，根本对小双和诗尧的事，完全没有进入情况，怎能怪他呢？我叹了口长气。

"怎么了？"雨农纳闷地问，有些明白了，"我驴了，是不是？我做了傻事，是不是？"

"噢，没关系！"我笑着说，用手揽住他的脖子，"没关系，一点儿关系都没有！他们是两个骄傲的、自负的、任性的人，但是，再骄傲的人也会恋爱！明天，我会给他们制造机会，明天，一切就会好转了！"是的，明天！我是个聪明的傻瓜！世界上有谁能预料第二天的事情呢？我居然以为自己是命运之神了！明天，天知道"明天"有些什么？

6

我记得，李谦的父亲有一次开玩笑地对爸爸说：

"人家生了儿子，可以娶一个媳妇到家里来，但是，我们的儿子碰到你们家的小姐，那就完了，要找他，到朱家去找！我们李家就没了这个人了。真不知道你们家有什么特殊的地方，可以把孩子拴在家里！"

真的，我家就有这种特性，可以把人留在家里，不但自己家的孩子不爱往外跑，连朋友也会带到家里来。李谦自从和诗晴恋爱后，除了工作和睡觉的时间之外，几乎全待在我们家。雨农当然也不例外，受军训以前，我家就是他停留最多的地方，结训归来之后，我这儿更成了他的"驻防之地"。雨农常说：

"你们家最年轻的一个人是奶奶！"

我想，这句话就可以说明我家为何如此开明和无拘无束了，有个像大孩子般的"奶奶"，爸爸妈妈也无法端长辈架子，于是，全家大大小小、老老少少，可以叫成一团，嚷成一团，甚至闹成一团。不了解的人说我们家没大没小，我们自己却深深感到这才是温暖所在。

因此，当雨农回来的第二天早上，我一觉醒来，就听到雨农在客厅里说话，我是一点儿也不惊奇的。披衣下床，我发现小双已不在屋里了，昨晚那么晚睡，她今天仍然起得早！我想起昨夜那场煞风景的闹剧，心里就浮起一阵好歉疚、好遗憾的感觉。但是，我并不担忧，爱情要来的时候，你是挡也挡不住的！如果爱神需要点儿助力，我就是最好的助力。我到浴室去盥洗、梳头，嘴里不由自主地哼着歌儿，我满心都充满了愉快，满身都充满了活力，满脑子都充满了计划，让普天下的青年男女相爱吧！因为爱情是那么甜蜜、那么醉人的东西！我一下子冲进客厅，人还没进去，我的声音先进去，我大声嚷着：

"雨农！我要和你研究一桩事情！解铃还需系铃人，你昨晚闯了祸……"

我顿时咽住了话头，客厅里，小双正静静地、含笑地坐在那儿，除了小双及雨农以外，客厅里还有一个完全陌生的年轻男人！

我站着，瞪大眼睛，一眨也不眨地望着那陌生人，很少看到如此干净、如此清爽、如此英挺的男性！他穿着件浅咖啡色的衬衫，深咖啡色的西服裤，敞着领口，没打领带，挺潇洒、挺自在的样子。他的眉毛浓而密，眼睛又黑又深，大双眼皮，挺直的鼻梁，薄嘴唇，略带棱角的下巴……好了！我想，不知道李谦那个连续剧里还缺不缺男主角，什么秦祥林、邓光荣都被比下去了。我正站着发愣，那男人已站起身来，对我温和地微笑着，我初步估计：身高约一八〇公分，体重约七十公斤，高、瘦而结实的典型。

"我想，"他开了口，很标准的普通话，带点儿磁性的嗓音，"你就是诗卉！"

"答对了！"我说，"那么，你一定就是卢友文！"

"也答对了！"他说，爽朗地笑着。

这样一问一答，我和卢友文就都笑了，雨农和小双也都笑了。不知怎的，我觉得有种和谐的、舒畅的气氛在室内流荡，就像窗外那夏日的阳光一般，这天的天气是晴朗的、灿烂的、万里无云的。

"卢友文，"我说，"雨农把你乱形容一通，我早想看看你是何方神圣！"

"现在你看到了，"卢友文笑嘻嘻地，"并没有三头六臂，是不是？"看不出来，这家伙还挺会说笑话的。我走过去，挨着小双坐下来，小双抿着嘴儿笑，眼睛里闪耀着阳光，面颊上流动着喜悦。她在高兴些什么？为了昨晚吗？我一时转不过脑筋来，卢友文又开了口：

"雨农，天下的钟灵秀气，都集中到朱家来了！"

"人家小双可不姓朱！"雨农说。

"反正我在朱家看到的。"卢友文笑得含蓄。

"别卖弄口才，"小双说话了，笑意在她眼里跳跃，"你们要夸诗卉，尽管去夸，别拉扯上我！我就不吃这一套！诗卉，你没看到他们两个，一早上就是一搭一唱的，像在演双簧！"

"瞧，雨农，挨骂了吧？"我说，"不要以为天下女孩子，都像我一样笨嘴笨舌……"

"哎呀,"雨农叫,"你算笨嘴笨舌?那么,天下的男人都惨了,惨透了,惨不忍睹了,惨不堪言了,惨无天日了,惨……"他把"惨"字开头的成语一时讲光了,接不下去了。我瞪着他:

"还有些什么成语?都搬出来吧,让我看看你这个草包脑袋里,到底装了多少东西。"

"这就是多话的毛病,"卢友文低声说,"这可不是'惨遭修理'了?"小双扑哧一声笑了出来,我也忍俊不禁,雨农傻傻地瞪着我笑,我就更按捺不住,大笑了起来。一时间,房里充满了笑声,充满了喜悦。这一笑,就把我那位哥哥也笑出来了。他趿着脚,走进屋里,一看到有生客,他就站住了,卢友文立刻站了起来,我赶紧介绍:

"这是我哥哥,朱诗尧。"

"我是卢友文,"卢友文对诗尧伸出手去,热烈地和诗尧握手,"我常听雨农提到你,对你的一切都很仰慕的。"

诗尧显然有点儿糊涂,他可不知道雨农有这样一位好友,他纳闷地看看卢友文,又看看大家。随着他的视线,我注意到小双悄然地低下头去,脸上笑容也收敛了,好像急于要回避什么,她无意地用手抚弄着裙褶。诗尧好不容易把眼光从她脸上转开,他对卢友文伸伸手:

"请坐,卢先生在哪儿高就?"

讨厌,我心里在暗骂着,一出来就问些官场上的客套话,他那个副理再当下去,非把他的灵性都磨光不可。卢友文坐了回去,很自然地说:

"我刚刚才退役，我是和雨农一块儿受预官训练的。目前，我还没有找工作，事实上，我也不想找工作。"

"哦?"诗尧愕然地看着他，似乎听到了一句很稀奇的话，我们大家也有点出乎意料，就都转头望着他。

"我是学文学的，"卢友文说，"念大学对我来说很不容易，因为我在台湾是个孤儿，我是被我叔叔带到台湾来的。按道理，高中毕业我就该进职业学校，谋一点儿求生的本领，但是，我疯狂般地爱上了文学，不管有没有能力缴学费，我考上台大外文系，四年大学，我念得相当辛苦。不瞒你们说，"他微笑着，一丝凄凉的意味浮上他的嘴角，他的面容是坦白而生动的，和他刚刚那种幽默与洒脱已判若两人，"四年间，我经常受冻受饿，经常借债度日，我这一只老爷手表，就起码进过二十次当铺!"

小双抬起头来了，她的眼睛定定地望着卢友文，里面充溢着温柔的同情。

"你的叔叔不帮你缴学费吗?"她问。

"叔叔是有心无力，他娶了一个新婶婶，旧婶婶留在大陆没出来。然后接连生了三个孩子，生活已经够苦了，我婶婶和我之间，是没有交流的，她不许我用脸盆洗脸，不许我用茶杯喝茶，高三那年，我就卷铺盖离开了叔叔家。"

"哦!"小双轻声地哦了一句，眼里的神色更加温柔了，"那么，你住在哪儿呢?"

"起先，是同学家，东家打打游击，西家打打游击，考上大学以后，我就一直住在台大宿舍。"

"哦! 还好你考上了大学!"小双说，"为什么不想找工作，预备出国留学吗？"

"出国留学！"卢友文提高了声音，有点激动地嚷，他的脸色是热烈的，眼睛里闪着光彩，"为什么一定要出国留学？难道只有国外才有我们要学的东西？不，我不出国，我不要出国，我需要的，是一间可以聊遮风雨的小屋，一支笔，和一摞稿纸，我等这一天，已经等了很久了！现在，我毕了业，学了很多文学理论，念了很多文学作品，够了！我剩下的工作，只是去实行，去写！"

"哦，"诗尧好不容易插进嘴来，"原来卢先生是一位作家。"

卢友文摇了摇头，他深深地看着诗尧，十分沉着，十分诚恳，十分坦率地说：

"我不是一个作家。要称得上'作家'两个字，谈何容易！或者，我只是一个梦想家。但是，天下有多少大事，都是靠梦想而成就的。我要尽我的能力去写，若干年后，说不定我能成为一个作家，现在，我还没有起步呢！"

"你要写些什么东西呢？"诗尧问，"我有个准妹夫，现在帮电视公司写写电视剧。"

"噢，电视剧！"卢友文很快地打断了诗尧，他的眼光锐利地直视着他，"朱先生，你真认为我们目前的电视剧，是不朽的文学作品吗？你真认为，若干若干百年以后，会有后世的青年，拿着我们现在的电视剧本，来研究它的文学价值吗？"

我那年轻有为的哥哥被打倒了！我那骄傲自负的哥哥被弄糊涂了，他身不由己地摸着沙发，坐了下去，燃起一支烟，他用困惑的眼光看着卢友文，微蹙着眉头，他深思地说：

"你能不能告诉我，怎样的文学作品，才算是不朽的呢？怎样才算有价值的呢？"

"一部文学作品，最起码要有深度，有内容，要提得出一些人生的大问题，要反映一个时代的背景，要有血、有肉、有骨头！"

我的哥哥是更困惑了，他喷出一口烟，说：

"你能举一点实在的例子吗？你认为，现在我们的作家里，哪一个是有分量的？"

"严格说起来，"卢友文近乎沉痛地说，"我们没有作家！五四时代，我们还有一两个勉强算数的作家，例如郁达夫、徐志摩等，五四以后，我们就根本没有作家了。"他沉吟了一下，又说，"这样说或者很不公平，但，并不是出过书、写了字就能算作家，我们现在的一些作家，写些不易取信的故事，无病呻吟一番，不是爱得要命，就是恨得要死，这种东西，怎能藏诸名山、流传百世呢？"

"那么，"诗尧盯着他，"你心目里不朽的作品是怎样的？没有爱与恨的吗？你不认为爱与恨是人类的本能吗？"

"我完全承认爱与恨是人类的本能，"卢友文郑重地说，"我反对的是无病呻吟，不值得爱而爱，不值得恨而恨，为制造故事而制造高潮，男主角撞车，女主角跳楼……"他摇头叹息，"太落伍了，太陈旧了。不朽的文学作品并非要写一个伟大的时代，最起码要描写一些活生生的人。举例说，一些小人物，一些像小丑般的小人物，他们的存在不受注意，他们的喜乐悲欢却更加动人，莫泊桑的短篇小说常取材于此，卓别林的喜剧可以让人掉泪……这，就是我所谓的深度。"

诗尧深深地望着卢友文，拼命地抽着香烟，他脸上的表情是复杂的，有怀疑，有惊讶，有困惑，还有更多的折服！要收服我那个哥哥是不容易的，但是，我看出，他对卢友文是相当服气了。岂止是诗尧，我和雨农也听得呆呆的。小双呢？她更是满面惊佩，用手托着下巴，她一眨也不眨地看着卢友文的脸。在这一刹那间，我明白雨农为何对卢友文佩服得五体投地了，他确实是个有内涵的青年，绝非时下一些花花公子可比。他的眼光镇定地扫了满屋子一眼，端起茶杯，他喝了一口茶，那茶杯里的水已快干了。小双慌忙跳起身来，拿过热水瓶，她注满了卢友文的杯子，这是我第一次看到小双对客人如此殷勤。卢友文抬头看了她一眼，轻声说了句谢谢，他脸上依然是严肃的表情，他还没有从他自己那篇谈话中恢复过来。

"在台湾，我们所谓的作家太多了，"他放下茶杯，继续说，"可惜的，是仍然逃不开郎才女貌那一套。于是，你会发现大部分的作品是痴人说梦，与现实生活完全脱节，毫无取信的能力。近代作家中，只有张爱玲的作品比较成熟，但是也不够深刻。我不学文学，倒也罢了，既然学了文学，又有这份狂热，我发誓要写一点像样的东西出来，写一点真正能代表中国的文学作品出来，不要让外国人，认为中国只有一部《红楼梦》和一部《金瓶梅》！"

"卢友文，"雨农深吸一口气，钦佩地说，"你做得到，你一定做得到，以你的才华，以你对文学的修养，你绝对可以写出一些轰轰烈烈的作品来。我就不服气，为什么小日本都可以拿诺贝尔文学奖，而我们中国，居然没有人问鼎！"

"这是我们的悲哀，"卢友文说，"难道我们就出不了一个川端康成？我不信！真不信！事在人为，只怕不做。你们不要笑我不知天高地厚，我要说一句自不量力的话，诺贝尔文学奖，又有什么了不起？只要下定决心，好好努力做一番，还怕它不手到擒来！"

卢友文这几句话，说得真豪放、真漂亮、真洒脱！再加上他那放着光彩的眼睛，神采飞扬的脸庞，他一下子就收服了我们每一个人，使我们全体振奋了起来。我可不知道诺贝尔文学奖是什么样子，但是，我好像已经看到那座诺贝尔文学奖，金光灿烂地放在我们屋子里，那奖牌下面，镌着闪烁的金字："一九七×年，诺贝尔文学奖得主：中国的卢友文。"

小双不由自主地向前走了两步，坐到卢友文对面的椅子里，她直视着他，热烈地说：

"为什么你要说'自不量力'这四个字呢？既然是事在人为，还有什么自不量力？但是，卢友文，你说你要不工作，专心从事写作，那么，生活怎么办呢？即使是茅屋一间，也要有这一间呀，何况，你还要吃呀喝呀，买稿纸买钢笔呀！"

卢友文凝视着小双。

"你过过苦日子吗？小双？"他问。

"我……我想，"小双嗫嚅地说，"在到朱家之前，我一直过得很苦。"

"那么，你该知道，人类的基本欲望是很简单的，别想吃山珍海味，别想穿绫罗绸缎，一百元就可租一间小阁楼。人，必须吃得苦中苦，方能成为人上人！何况，我自幼与贫穷为伍，早已炼成金刚不坏之身了！小双，别为我的生活担心，我会熬过去的，只要我有作品写出来，生活上苦一点又算什么，精神上快乐就够了！你看，我像一个多愁善感，或者很忧郁的人吗？"

小双眩惑地注视着他。

"不，你看来开朗而快乐。"

"你知道是什么力量在支持我？"

小双摇摇头。

"信心！"卢友文有力地说，"信心！这两个字里包含的东西太多太多了，造成的奇迹也太多太多了，这两个字使伊斯兰教徒一步一拜地到麦加朝圣。这两个字使基督徒甘心情愿地喂狮子，钉十字架。这两个字使印度人赤脚踩过燃烧的烈火。这两个字让许多绝症病患不治而愈。这两个字——也使卢友文开朗快乐地去写作！"

"梵高。"我的哥哥轻声自语。

"你说什么？"小双问诗尧。

"他像梵高，梵高固执于画工，他固执于写作。"

"不，我不是梵高，"卢友文扬着眉毛说，"梵高有严重的忧郁症，我没有。梵高精神不正常，我正常。梵高的世界里充满了挣扎和幻觉，我也没有。你既然提到梵高，你念过《生之欲》那本书吗？"

诗尧一怔，他又被打败了，他看来有些尴尬和狼狈。

"我没有，那是一本什么书？"

"就是梵高传，"卢友文轻松地说，"那是一本好书，很值得一读的好书。如果你看过《生之欲》，你就知道我绝不是梵高。"

"再有，"我笑着插嘴说，"梵高很丑，你却很漂亮。"

卢友文笑了，他对我摇摇头。

"你又错了，"他说，"梵高不丑，梵高很漂亮，一个画得出那么杰出的作品的艺术家，怎么可能丑？在我眼光里，他不但漂亮，而且非常漂亮！"

"谁非常漂亮？给奶奶看看，鉴定一下。"一个声音忽然插了进来，奶奶已经笑嘻嘻地走进屋里，一眼看到卢友文，她"哎哟"一声站住了，把老花眼镜扶了扶，她对卢友文深深地打量了一番。"果然不错，果然不错，"她一迭连声地说，"诗尧，你的节目又要换主持人呀？他和那黄鹂，才是郎才女貌的一对呢！"

"奶奶，"我慌忙喊，"你乱七八糟地说些什么呀？这是卢友文，是雨农的好朋友，不是哥哥的节目主持人，你别混扯！人家也不认识黄鹂。"

"是吗？"奶奶再看看卢友文，笑嘻嘻地说，"不要紧，不要紧，不认识也没关系，我给他们做媒，管保……"

"奶奶！"这回，是小双在叫，她那小小的眉头蹙了起来，腮帮子也鼓了起来，好像这句话侮辱了谁似的，"您怎么回事吗？两个世界里的人，您怎么把他们扯到一堆里去？什么都没闹清楚，您就瞎热心！"

"哦！"奶奶这才觉得此君有些不平凡之处了，她第三度打量着卢友文，"挺面熟的，对了！"奶奶拊掌大乐，"长得有点像柯俊雄！这么多男明星里，我就觉得柯俊雄顶漂亮！"她望着友文，"你演电影啊？"

"奶奶！"小双重重地、有些生气地说，"人家不演电影，也不演电视，人家是位元作家！"

"哦!"奶奶依然望着卢友文,"写电视剧本啊?"

"奶奶,"我笑着说,"不要因为我们家有了两个吃电视饭的,你就以为全世界的人,都靠电视为生了。"

奶奶有点讪讪地笑着,卢友文倒大大方方地对奶奶点了点头,笑着说:

"雨农早告诉我了,您就是那位'天下最年轻的祖母',有最年轻的心和最开明的思想。"

"噢,"奶奶眉开眼笑,"雨农说得这么好听,也不枉我把诗卉给他了!"

"哎哟,"我喊,"我又不是礼物,原来谁说得好听,你就把我给谁呀!"

"你才不知道呢,你爷爷就因为说得好听,我妈就把我给他了,结婚的时候,我们一共只见过三次面呢!所以呀,说得好听也很重要呢!"奶奶一眼看到坐在那儿发愣的诗尧,就又接口说,"诗尧这孩子就老实,假若嘴巴甜一点啊……"

"奶奶,别谈我!"诗尧站了起来,一脸的郁闷。

"瞧!马上给人钉子碰!"奶奶说,"这孩子,是刺猬转世的,浑身有三万六千根刺!"

我们大家都笑了。诗尧悄悄地转眼去看小双,而小双呢?她完全浑然不觉,因为,她正在望着卢友文,眼底是一片温柔。卢友文呢?他也看着小双。他在微笑,一种含蓄的、若有所思的微笑。于是,小双也微笑了起来,笑得甜蜜,笑得温存,笑得细腻……诗尧猛地转过身子,向屋里冲去,他走得那样急,以至于他的手碰翻了桌上的茶杯,洒了一桌子的水。我喊了一声,他没有理，径自向屋里走去。我注意到，他那天的脚步，似乎跛得特别厉害。

　　我心里涌上一阵难言的情绪，既苦涩，又酸楚。仅仅一个早上，仅仅隔了一夜，我那可怜的哥哥，已经失去了他几乎到手的幸福！我再望向小双和卢友文，他们仍然在相对微笑，一对年轻人，一对出色的年轻人，像一对金童玉女，命运是不是有更好的安排呢？我迷糊了，我困惑了。

7

　　那天中午，卢友文是在我们家吃的午餐，在餐桌上，他表现了极好的风度和极文雅的谈话，不再像餐前那样激动。当他知道爸爸在"中央研究院"服务，学的又是中国历史之后，他就向爸爸请教了许多有关历史的问题，使爸爸难得地也演讲了一番。平常，在我们这群多话的"老母鸡""中母鸡""小母鸡"之中，家里的男性就一向比较沉默。人，一定有潜在的表现欲，我记得爸爸发表了一篇谈话之后，就颇为扬扬自得而心情愉快，餐后，爸爸还对整个人类的历史作了一番结论："总之，人类的历史就在不断地重演，因为，历史是人创造的，人却永远有人的共同弱点。要避免历史上的悲剧，只有从过去的经验中找出问题的症结，以免重蹈覆辙。"

　　卢友文听得津津有味，他对爸爸显然是极端崇拜而尊敬的。诗尧整餐饭没说过一句话，饭没吃完，他就先走了，电视公司里等着要录下星期的节目。临走的时候，他回头对小双深深地看了一眼，小双也回复了他一个注视，我不知道他们的"目语"中交换了些什么，但是，诗尧的脸色不像饭前那样难看了。然后，小双要去音乐社教琴，卢友文也跟着跳了起来，说：

"正好，我也该告辞了，小双，我送你去音乐社，怎样？"

小双有些犹豫，她的眼中掠过一抹淡淡的不安，迟疑地说：

"你住在哪儿？我们不会同路吧？我要去搭五路公共汽车。"

"没关系，"卢友文爽朗地说，"我反正没事，闲着也是闲着，送你去音乐社，我就逛逛街，四面看看。今天，认识了这么多好朋友，吃了一餐我几年都没吃到的好饭，谈了许多话，我已经收获良多了。"

"将来，"雨农说，"这些都是你的写作资料。当你写书的时候，千万别忘了提我一笔。我虽然当不成主角，最起码可以当个配角吧？"

"为什么你当不成主角？"卢友文正色地说，"在人生的舞台上，每个'自我'都是主角！"

他似乎讲了一句很有哲理，而且颇为深奥的话，我一时间就愣愣地坐在那儿，慢慢地咀嚼着这句话，越想还越有道理。就在我思索的当儿，卢友文和小双什么时候一起出的门，我都不知道，直到妈妈说了句：

"这孩子挺讨人喜欢的！我如果有第三个女儿哦，准要他当我的女婿！"我猛然间醒悟过来了，心中就像被什么东西撞了一下，我立即说：

"别讲这种话，小双等于是你的第三个女儿，卢友文再好，应该好不过另外一个人去！"

妈妈对我深深地看了一眼，我们母女交换了一个会心的微笑。雨农暗中扯了扯我的衣服，示意我跟他离开，奶奶年纪大了，眼睛偏偏来得尖，马上说：

　　"去吧！去吧！别拉拉扯扯了！"

　　"奶奶最讨厌！"我笑着抛下了一句，却依然脸老皮厚地和雨农躲进了房间里。

　　一关上房门，我就开始清算雨农：

　　"雨农，你现在把个卢友文弄到我们家来，算是什么意思？"

　　"奇怪了！"雨农说，"我的好朋友，介绍给你们认识，这又有什么稀奇？难道人与人间，不就是这样彼此认识，交游才能广阔吗？"

　　"我不是说你不该带卢友文来，"我烦躁地说，"只是，你带的时间不大对，你难道不能晚一两个月，等我们家大局已定的时候，再带他来呀？"

　　"大局已定？"雨农傻傻地望着我，"什么大局已定？你打什么哑谜？"

　　"好了！你少对我装傻！"我重重地跺了一下脚，"难道你看不出来，这个卢友文一进我们家门，就对小双发动了攻势，我老实告诉你，我不喜欢这件事儿！男孩子一见到女孩子就追，毫无涵养！"

　　"哎哎哎，"雨农怪声乱叫，"别指着和尚骂贼秃好不好？我如果当初不是一见到你就猛追，怎么会把你追到手呢！男孩子发现了喜欢的女孩子，就得当机立断，分秒必争！这是个弱肉强食的社会，你不追，给别人追跑了，你就只好望人兴叹了！"

"别贫嘴！"我说，"雨农！你听我的，我们必须好好研究一下这件事……"

"别研究了！"雨农打断了我，拉着我的手，他望着我的眼睛，正色说，"你心里在想些什么，我完全明白。让我告诉你一件事，卢友文并不是个普普通通、平平凡凡的男人，你承认吗？"

"承认。"我勉强地说。

"那么，他如果追小双，也不见得配不上小双，是不是？"

我不以为然地耸耸肩膀。

"好了，你的小心眼里，当然偏你的哥哥，我和你说，你也不会服气。我告诉你吧，卢友文在大学里就是出了名的人，文有文才，人有人才，大学念了四年，难道就没有女孩子喜欢他？怎么他到现在还没女朋友？说真的，他对女孩子挑剔得才厉害呢！我和他当了一年的朋友，在军营里面，大家闲来无事，就是谈女孩子，他常说：'做官不做执金吾，娶妻当娶阴丽华。'这就是他的思想，他不慕富贵，不想做官，但是，对娶太太，却看得比什么都严重，他说，大学四年，没有一个女孩子让他看得入眼。所以，诗卉，你先别着急，我根本不认为卢友文会对小双一见倾心，他送她去音乐社，不过是一时心血来潮，他向来就想到什么做什么，并非是有计划用心机的那种人。"

"那……"我扬扬眉毛，"那就好了！"

"你也别说'那就好了'！"雨农又接口，"男女间的事，咱们谁也说不定，就像奶奶说的，姻缘是前辈子注定的，月下老人系就了红线，谁也逃不掉……"

"你又搬出奶奶的老古董来干吗？"

"我只是要让你明白一件事，"雨农着重地说，"小双有她自己的看法，有她自己的命运，不是你或我可以操纵的。我说卢友文不见得会喜欢小双，但是他也可能喜欢小双，而小双呢？她会不会喜欢卢友文，我们也无从知道。我奉劝你，对小双这件事，完全不要过问，让它自然发展，好不好？"

"说来说去，"我懊恼地说，"你还是帮着卢友文！我告诉你，"我大声说，"卢友文就不可以喜欢小双，否则，我的哥哥就要失恋了！"

"这又奇怪了，"雨农说，"如果你哥哥喜欢小双，他已经比卢友文多了七个多月的时间，这些时间里，他在干什么？冬眠吗？"

"雨农！"我生气地喊，"你就是偏心卢友文！"

"我才不偏心呢！"雨农轻松地靠在椅子里，"我只是比你冷静，比你公平，比你看得清楚，我甚至认为，诗尧根本就没有爱上小双！小双也没有爱上诗尧！"

"你怎么知道？"

"你想，有个你所爱的女孩子，和你朝夕相处了半年多，你怎么可能至今不发动攻势？人又不是木头，又不是石头，所以，他根本就不爱小双！小双呢？如果心里真有诗尧，她也不会对别的男孩子注意。不管怎样，诗卉，你来操心这件事，才是傻气呢！一句话：狗拿耗子，多管闲事！"

我有些糊涂了，雨农所说的话，多少也有一些道理。想想诗尧和小双之间，一上来两人就闹了个不说话。接着，诗尧又弄了个花蝴蝶似的黄鹂，至今还绯闻不断！到底他对小双是怎么样？我也不能只凭昨晚的一丝印象，就骤下结论。男人有时也很贪心的，女朋友多多益善，未始不可能！我那个不交女朋友的哥哥说不定忽然开了窍，在外面弄个黄鹂，在家里弄个小双，左右逢源，不亦乐乎！想着想着，我就生了气，一拍桌子，我叫着说：

"不可以！没良心！"

雨农一把抓住我的手，笑着说：

"傻丫头，谁没良心呀？"

"还不是你们男人没良心！"我哑着嘴说。

"哦哦，"雨农瞪大了眼睛，"什么逻辑，什么中心思想嘛！女人，你永远别想去了解她们！"

我忍不住笑了，不过，心里仍然怪别扭的，一整天，我就记挂着，我非要找到诗尧，和他谈个一清二楚才好。但是，那天诗尧在电视公司录影录到深更半夜，我根本没见着他。小双呢？又由于晚上我和雨农去看了场晚场电影，回来时小双已经睡着了，就也没机会谈什么。第二天早上，小双并没提起卢友文。雨农十点多钟来了，就和我一直研究他的工作问题，他已接受地方法院的聘请，八月一日就要去上班。然后，我又和雨农去他家看他爸爸，一直到吃晚饭的时候我才回家。回到家里，诗晴、李谦、诗尧都在家，小双却还没有回来。

晚饭摆在桌上的时候，电话铃响了，我抢着接起电话，是小双，她第一句话就说：

"诗卉，让家里别等我吃晚饭，我不回家吃饭了！"说完，她似乎急着想收线。

"等一等！"我喊，"你给我说清楚，小双，你在忙些什么？"

"我有一点事……"

"别敷衍我！"我说，"你趁早给我从实招来，否则晚上我跟你没了没休！"

"好吧，你别嚷嚷，"小双压低声音说，"卢友文来音乐社接我，我们在外面吃饭了，晚上，我可能回来晚一点……总之，我回来再和你谈！"

"喂喂！等一等……"我叫着，小双却"咔嗒"一声挂断了电话。我回过头来望着大家，我想，我的脸色一定不大好看："小双不回来吃晚饭了！"我说完坐上了餐桌，全桌没有一个人多问什么，我看看诗尧，他低着头，研究着面前的那一双筷子，似乎想找出哪一支筷子长，哪一支筷子短似的。

饭后，诗尧不像往常那样，和大家一块儿在客厅里谈谈说说、看看电视。他说他还有工作，就退回了他的房间。我坐在那儿，眼睛瞪着电视机，情绪却相当低落，电视上到底在演些什么，我是一点儿也不知道。过了半响，我再也按捺不住，就重重地拍了一下沙发扶手，对李谦说："李谦，你告诉我，"我的声音一定很严厉，因为李谦吓得脸上都变了色，全家人都愕然地瞪着我，"哥哥是不是和那个黄鹂很要好，你说！"

李谦呼出一口长气来。

"三小姐，"他说，"你吓了我一大跳，我还以为我有什么把柄被你抓住了呢！"

诗晴立刻用怀疑的眼光望着他。

"好呀，"她说，"你有什么把柄怕她抓住？你先说出来吧！"

"我有什么把柄？"李谦瞪大了眼睛，"我什么把柄也没有！"

"那你为什么要做贼心虚？"

"我怎么做贼心虚了？"

"还说没做贼心虚呢，诗卉一句话就让你黄了脸，我看你满怀鬼胎，准是做了什么见不得人的事……"

"喂喂，"妈说，"你们这场架吵得可有点无聊吧？诗晴不好，就会无中生有找麻烦！"

"就是嘛！"李谦低低说，话没说完，诗晴伸手在他胳膊上狠掐了一把，痛得他直从齿缝里向里吸气。妙的是，坐在我身边的雨农，也跟着他"嘶"呀"嘶"地吸气，这一下我可火了，我回头问雨农："你干吗？"

"我……我……"雨农吞吞吐吐地说，"我在想，姐妹两个有一样的毛病，我和李谦是……是同病相怜……哎哟！"他那声"哎哟"，不用说，是我的"指下功夫"了。给他们这样一混，我那个问题，李谦就始终没有答复。我又追着问：

"李谦，别顾左右而言他，我问你话呢！"

"诗尧跟黄鹂吗？"李谦说，"我也不常去电视公司，我怎么知道？"

"你总会知道一点的！"我生气地说，"你别帮哥哥隐瞒！"

"诗卉，"李谦正正经经地说了，"你不用担心，像黄鹂那种女孩子，早被电视熏染得走了样，见了谁都亲亲热热，心里想的又是另外一套。诗尧在公司中待了那么久，对这种女孩子早看多了。所以，你放心，诗尧即使跟她玩玩，也不会认真的！何况，即使诗尧认真，她也不会对诗尧认真的，因为她在电视上刚蹿起来呢！"

是吗？听了李谦这篇话，我是更加发愁了。假如我那傻哥哥是认真的呢？他别弄得两头成空啊！那天晚上，我就整晚如坐针毡，我注意到，妈妈也很沉默。小双到十点钟还没有回来，李谦和雨农倒都先走了。我独自坐在客厅中发呆，妈妈走过来，用手扶着我的肩膀，她低声说：

"诗卉，各人有各人的姻缘，这是件无法强求的事，我们听其自然吧！"

是的，听其自然！听其自然！每个人都说应该听其自然，我朱诗卉干吗要听评书掉泪，替古人担忧？可是，我长叹了一声，我的哥哥是我哥哥，他不是古人呀！发生在我周围的事件也不是评书呀！我无法呆坐在客厅中等那个杜小双倦游归来，站起身子，我走去敲敲诗尧的房门。

"进来！"诗尧说。

我走了进去，一屋子的烟雾迎接着我，呛得我直咳嗽。诗尧坐在书桌前面，身子深深地靠在椅子中，正在那儿一口又一口地吞云吐雾，他桌上的烟灰缸里，早已堆满了烟蒂。

我走过去，站在他面前，深深地望着他。他一动也不动，只是静静地迎视着我。我们兄妹二人，就这样相对地注视着，谁也不说话。好久好久，他熄灭了手里那支烟，伸过手来，他抓住了我的两只手，就一下子闭起了眼睛，满脸的痛楚，把我的手握得好紧。我扑过去，挣开他的掌握，我用手抱住他的头，喃喃地、急急地、语无伦次地说：

"哥哥，不要紧，不要紧，还来得及，还来得及。他们只认识两天，你已经认识她七八个月了，别灰心，哥哥，千万别灰心，这是一场竞争，你参加过那么多竞争，你没有失败过，这一次，你也不会失败！"

"我失败过。"诗尧惨然地说。

我推开他，望着他的眼睛。

"什么时候失败过？"我问。

"参加赛跑的时候。"

我静了几秒钟。

"哥哥，别把小双看得那么现实，她不是那样的女人，她从没有在意过你的缺陷，唯一在意的，是你自己！你有自卑感，你心心念念不忘记你的跛脚……"

诗尧猛地跳了起来，他的脸色发白了。

"够了！"他粗鲁地打断了我，"不要再说了，不要再提一个字，这事已经过去了！事实上，根本就没有事情发生过！为什么你要对我提小双？我说过我喜欢她吗？我说过吗？我说过吗？"

"哥哥！"我喊道，眼泪溢进了我的眼眶里。

"笑话！"诗尧的脸色由白而红，额上的青筋又在那儿跳动，他的声音恼怒而不稳定，"你为什么在我面前流泪？你在怜悯我，还是可怜我？你以为我怎样了？失恋吗？笑话，简直是天大的笑话！我告诉你！诗卉，"他恶狠狠地盯着我，"管你自己的事！再也不要去管别人！永远不要去管别人！知道吗？知道吗？"

"哥哥，"我挣扎着说，"我是想帮助你……"

"帮助我？"诗尧叫着，痛楚燃烧在他的眼底，他却恼怒地对我大吼，"谁要你的帮助？谁说过需要帮助？你如果真要帮助我，你就滚出我的屋子，让我一个人待着！"

"你……你……"我气得话都说不出来，"你……不识好歹！"

"我从来就不识好歹，我自幼就不识好歹，我不需要你来提醒我！你走吧！你请吧！别来烦我！别来烦我！"

我逃出了他的房间。妈妈正站在房门外，对我默默摇头。我懊恼地冲回自己屋里，爬上了我的上铺，我就平躺在那儿生气，我气哥哥，我气小双，我气我自己。

十一点钟，小双回来了。我听到她开房门，拿睡衣，去浴室，再回房间，关房门……我在床上重重地翻身，重重地喘气，把床弄得吱吱响。

"诗卉！"小双低低地叫。

我不理她，"腾"的一下又翻了一个身。

"诗卉！"她再叫，声音温温柔柔的，可怜兮兮的。

我还是不理她，只是一个劲儿地在床上翻来覆去。

小双轻轻地叹了口气。

"你生气了。"她低声说，"就这样生气了，人家也不知道你为什么生气。"

我把枕头蒙在头上。

"好了。"她再叹了口气，"我今晚也不跟你说，等你气消了，我们再谈。"

她上了床，我依然不说话。那一夜，我们两个谁也没有睡好，我在上铺翻来覆去，她在下铺翻来覆去，两个人都一直这样折腾到天亮。

8

一连好几天，我和小双都处在冷战的局面中。我持续地和她恢气，不跟她说话，谁知小双也是个倔脾气，居然也不来理我。这样，我们间的僵局就很难打开了。她那些日子，下了课总是不回家，回了家就已十一二点，她洗了澡就上床。我心里越想越气，女孩子变起心来原来是这样容易的，男女之间还谈什么天长地久！雨农看我整天闷闷不乐，他忍不住地说：

"诗卉，你什么都好，就是喜欢认死扣！你想，小双和你哥哥到底恋过爱没有？"

我耸耸肩。

"你说呀！"雨农追着问，"他们曾经海誓山盟过吗？他们曾经如胶似漆过吗？他们曾经像我们这样公开地承认是一对儿吗？你说！"

我呆了。半晌，我闷闷地说：

"我知道哥哥喜欢小双，小双也该知道！"

"呵！说得好！"雨农叫着说，"你知道！你知道又有什么用！你又不是小双！即使小双知道，她不爱你哥哥也没办法！从头至尾，她和诗尧就没进入情况，男女之间，连接吻都没接过，怎么算恋爱？你硬给小双扣上一个变心的罪名，才是滑天下之大稽！诗卉，你醒醒吧！这件事，不是凭你一厢情愿就办得到的！何况，你热心了半天，弄得小双生气，你哥哥也不领情，你这是何苦呢？"

一语提醒梦中人，真的，这又是何苦呢？小双不理我，诗尧也成天板着脸，从早到晚往外跑，家里连他的面都见不着了，看样子，我是剃头挑子一头热，完全瞎操心！我叹口气，决心不管这件事了！偏偏那天晚上，我和雨农看了场电影，散场后，天气热得我发昏，我就一直闹着要吃冰淇淋。雨农说有家新开的咖啡馆气氛不错，我们就决定破费一番，到了"明星"。我才坐下来，就一眼看到诗尧和黄鹂坐在一个角落里，两人正面对着面、鼻子对着鼻子地谈得好亲热。我这一下火冒十八丈，气得我冰淇淋也不吃了，咖啡也不喝了，掉头就走出了咖啡馆，嘴里还叽里咕噜地诅咒个不停：

"从此，我朱诗卉如果再管哥哥的闲事，我就不是妈妈爸爸养的！我就是混账王八蛋！我就不是人！"

雨农跟在我后面追，直着脖子叫：

"你怎么了？怎么了吗？这也犯得着生气？应该大大方方走过去打个招呼，一来表示风度，二来，我们的冰淇淋费也省了，你哥哥准请客！"

"好啊！"我站住了，瞪着眼睛大嚷，"原来你连请我吃冰淇淋都小气，想占我哥哥的便宜！你啊，你真是个小气鬼！"

接着，我就一连串地骂了起来：

"小气鬼，喝凉水，砸破缸，割破嘴，娶个太太……"我慌忙咽住了，因为，下面的句子是说"娶个太太吊死鬼，生个儿子一条腿"。想想，将来他的太太是我，我岂不是自己骂自己？如果再生出个"一条腿"的儿子来，我非跳河不可！这可不能任着性子说下去了。雨农瞅着我直笑，一个劲儿地说：

"说啊！说啊！看你还有什么好话，你就都说出来吧！干吗又不说了呢？"

我对他龇牙咧嘴瞪眼睛，他大笑了起来，一把挽住了我，说："娶个太太叫诗卉，生个女儿要最美！好不好？"

我忍不住笑了。于是，这天夜里，我主动地和小双讲和了。那晚我回去的时候，小双已经躺在床上，还没睡觉，她正拿着本《张爱玲短篇小说选》在床上看着。我走过去，拿开了她手里的书，不由分说地往她身边一挤，我说：

"小双，你真打算一辈子不理我了哦！"

小双嫣然一笑，用胳膊挽住了我的脖子。

"怪不得奶奶常说，你这丫头最没良心呢！"她说，"到底我们是谁不理谁啊！"

"唉！"我低叹了一声，"事实上，我是天下最有良心的人，不但有良心，还有热心。只是，所有的事情都不按理想发展，我的热心都碰到了冰块，全冻住了。"

小双翻过身来，和我面对面躺着。由于天气燠热，我们在床边开了一扇电风扇，风吹着她的长发，在枕际飘拂晃动，她的眼睛明亮生动，清柔如水。她用手抚弄着我的短发，低低地、幽幽地、细声细气地、诚诚恳恳地说了：

"诗卉，你的心事我全了解。你想，我自幼没个兄弟姐妹，三岁失母，十八岁丧父，我几乎从没享受过家庭的温暖，自从来到你家，我才知道什么叫家庭，什么叫手足之情和天伦之乐。难道我不希望永远属于朱家，永远成为你们家一分子？但是，我无法勉强我的心啊！你想，诗尧的脾气暴躁易怒，我虽出身贫困，却傲气十足，我和他是弄不好的，诗卉，你懂吗？何况，他的工作环境，使他朝夕相处的，都是一些善于逢迎和交际的女孩子，我又心直口快，难免常出不入耳之言，他怎会喜欢我呢？诗卉，你想想看吧！"

我凝视着她，有句话一直在我口腔中打滚，我真想告诉她，诗尧是喜欢她的，只是强烈的自卑感和傲气在作祟。可是，我想起咖啡馆里诗尧和黄鹂，我忍了下去，我才二十一岁，我并不能完全了解人心啊！

"那么，"我说，"你是爱上卢友文了？"

她转开头去，低叹了一声。

"这么短的时间，怎么谈得上爱情！"她坦白地说，"不过，我承认，卢友文很吸引我。他和我有相同的身世，有相似的感触。他有他的优点，他有雄心，有壮志，有梦想，有热情。跟他在一起，你会不由自主地受他影响，觉得普天之下，都无难事。再加上，他懂得那么多，和他谈文学，会使我觉得我像个幼稚园的小孩子！"

我望着她，她脸上绽放着光彩，眼睛里燃烧着火焰。还说谈不上爱情呢？她根本就在崇拜他！我吸了口气，忍不住闷闷地说了句：

"你有没有和他谈谈音乐呢？"

"音乐！"她低呼，脸红了，好像我提到了一件使她羞惭的事似的，"音乐只是用来陶情养性的一种娱乐品而已，怎么能和文学相提并论呢？"

哦！我望望天花板，想到她曾经如何骄傲于她自己的音乐修养！想到她曾怎样热心于钢琴和作曲！现在，这一切都微不足道了！爱情，爱情的力量有多么伟大！在那一瞬间，我明白了一件事，我的哥哥已不战而败了，因为，卢友文甚至拔除了小双身上的那份傲气！诗尧是永远也做不到的。

"这些天，你们都在一起吗？"

"是的。"

"他有没有开始他的写作？"

"他租了一间小阁楼，真正的小阁楼，"她笑笑，"这些天，我帮他布置，等一切就绪，他就要开始写了。只是，他仍然在一个补习班兼了两节英文，他说理想是理想，现实是现实，不兼课，连房租都付不出！"

"稿费呢？"我问。"要写出稿子来，才有稿费啊！"小双笑着说，望着我，使我觉得我说了傻话。

"好吧，小双，"我想了想，正色说，"我接受了你的卢友文！代表我们全家接受他！以后，你可以把他带到家里来，我们家的女孩子交男朋友，从不躲避长辈。奶奶说的，男大当婚，女大当嫁，这是件光明正大的事！无须乎害羞的！"

小双深深地望着我，望了好久好久，然后，一层泪光浮上了她的眼珠，她骤然用双臂抱紧了我，啜泣着、呜咽着说：

　　"诗卉，你不要再和我怄气了吧！我们永远不要怄气了吧！不管发生了些什么，不管我们将来是分散还是团聚，我们永远是好姐妹，是不是，诗卉？"

　　我一下子就热泪盈眶了，抱紧了她，我们紧紧依偎着，紧紧环抱着，就像她来我家的那第一个晚上一样。只是，我们的眼泪却与那晚大不一样了。我虽代她欣喜，我却也有数不清的惆怅和遗憾！小双，她是应该姓朱的！她应该是我们朱家的人！这样，几天后的一个晚上，小双和卢友文一起从外面回来了。那晚，诗尧并不在家。卢友文坐在客厅里，依然那样容光焕发，依然那样神采飞扬，依然那样出众拔萃，依然那样侃侃而谈。

　　"中国的文字，因为不同于西洋的拼音字，许多文学上的句子，就不十分口语化，这是很可惜的。西洋文学，则注重于口语化，因此，外国的文学作品，往往比中国的来得亲切和生活化。"

　　"我不同意你，"李谦说，他也是学文学的，"文学不一定要生活化，中国文学，一向注重于文字的修饰和美，这是西洋文学永远赶不上的。"

　　"你所谓的中国文学，指的是古代的文学，像唐诗、楚辞、元曲、宋词一类的。"卢友文说，"我指的，却是现代的小说。假若小说不生活化，对白都来个文绉绉，实在让人受不了。"

　　"但是，你不能否定中国文字的优点！"李谦有点为抬杠而抬杠。

　　"我并没有否定中国文字的优点呀！"卢友文谦和地说，"我只说写小说不能拘泥于文字。因为文字是表达思想的工具，词能达意，才是最重要的。如果你尽在文字上做功夫，非弄出一篇'太窥门夹豆'来不可！"

我们大家都愣了愣，不知道这个"太窥门夹豆"是个什么玩意儿。雨农首先忍不住，问：

"什么'太窥门夹豆'？"

"以前有个人作诗，"卢友文说，笑了起来，"他写了四句话，是：'太窥门夹豆，丫洗盆漂姜，况腰三百假，肉头一黄香。'所有的亲戚朋友，没有一个人看得懂，问他是什么意思，他才解释说：'太太在门外偷看我，眼珠夹在门缝里像颗豆子一样。丫头在洗脚，三寸金莲在水盆中像漂着块生姜。况腰的意思是二哥的腰，因为况字拆开来是二兄二字，二哥腰里有三百两银子，那银子是假的。肉头的意思是内人的头，因为肉字拆开来是内人二字，内人头上插了一朵黄花，那花是香的。'大家听了，这才明白过来了。作诗作到必须解释才能懂，也算是走火入魔了。"

我们大家都笑了起来，想着这首诗，越想就越好笑。爸爸的兴致最高，他拿了支笔，硬把这首诗记了下来，说要拿去讲给同事们听。因为这首诗，话题就转到中国的文字游戏上，像字谜、宝塔诗、对联、拆字、回文等。因而谈起苏蕙的织锦回文，谈起"无边落木萧萧下"的字谜。爸爸一时高兴，忽然说：

"我出一个文字游戏给你们，看看你们这群年轻人对中国文学和文字的修养到底到什么地步。你们这里有两个是学文学的，诗晴、诗卉和小双也都够聪明。这游戏一半要利用点猜字谜的本领，一半要有律诗的常识。"说着，他拿出一张纸来，在上面写下了一个古古怪怪的"文字塔"：

月

沽月上

魄兔月童朣

幽光日月忽散一

银垂已向月兆朒秋天

钓圆绽今其月漾玉球馥郁

收中镜色山胧月蒙落外云芬桂

凭阑深夜看逾良月何处笙箫作胜游

我们大家传观着这张纸条，说实话，满屋子的人全是莫名其妙。正念也好，倒念也好，直也好，横也好，反正是糊糊涂涂的，怎么念都念不顺。爸爸说：

"别急，别急，我给你们一点儿提示，这图形中的文字，是一首七言律诗，最顶尖上的那个'月'字，是题目，用不着放入正文，现在，你们把正文念出来吧！"

这下好了，全体都挤在那张纸条边，满屋子的"月"呀、"魄"呀、"幽光"呀地闹了个没完，挤得谁也看不清楚。最后还是李谦把这"文字塔"拷贝了好几份，让大家分组研究。正在满屋子七嘴八舌、又闹又叫的讨论中，诗尧回来了。爸爸一见到诗尧，就立即叫住了他：

"来，来，来，诗尧，你也加入一个！"

诗尧站住了，望着那张纸条发愣，半晌才说：

"这是干什么？"

"爸爸在出题目考我们呢！"我嘴快地说，立刻把提示告诉了他，把他拉在我和雨农身边，让他参加我们这组一起研究。卢友文正和小双挤在一块儿，两人头并着头，肩并着肩，在那纸上指指说说，悄声地研究着。诗尧看了他们两个一眼，就一声不响地在我们身边坐下，把那张纸拿了过去，取出笔来东勾一下，西勾一下。好一会儿，屋子里只有大家细声细语的研究声，显然谁也没有得到结论。奶奶手里在钩着桌布，眼睛望着电视，笑嘻嘻地说：

"放着电视不看，去弄那个文字谜儿！自耕这书呆子，弄出一大堆书呆子来了。"

诗尧忽然抬起头来：

"爸，你必须再给一个提示，这首律诗用的是什么韵？"

爸爸点点头，用赞许的眼光望着诗尧：

"不错，这是个关键问题，找出韵来，就容易断句了。我就告诉你们吧，这是十一尤的韵。"

"尤字韵？"卢友文说，"那么第一句一定断在'幽'字上，第二句应该断在……断在'秋'字上……有了！"他忽然大叫了起来，"这东西很容易引人走入歧途，事实上，它是回文再加上'分书合读'的玩意儿。每个中间的'月'字都要拼到别的字上去。"于是，他朗声地念出了整首诗：

湖上朣朣兔魄幽，光明忽散一天秋，

胐朓[1]向已垂银钩，圆绽今期漾玉球。

馥郁桂芬云外落，朦胧山色镜中收，

凭栏深夜看逾朗，何处笙箫作胜游！

爸爸高兴地笑了，走过去，他重重地拍着卢友文的肩，热烈地说："到底不愧是学文学的！卢友文，我一直以为你念西洋文学，对中国文学不会有什么研究，现在，才知道你毕竟不平凡！"他回头望着妈妈，"心佩，这一代的孩子，实在是人才辈出，不能不让人刮目相看呢！"

我望着小双，她的眼底流转着喜悦的光彩，好温柔好温柔地望着卢友文，手里紧握着那张纸条，仿佛那纸条是个多么珍贵的东西一般。卢友文倒被爸爸称赞得有些不好意思，他笑了笑，谦虚地说：

"这不过是好玩罢了，从小我喜欢猜字谜，因此，什么卷帘格、徐妃格，也去研究了一番，这首诗里最唬人的就是那中间的一排月字，只要知道那月字不能单独成立，也就容易了。"

老实说，我很笨，一直等卢友文把整首诗念了出来，我还对着那张纸左念右念，半天才恍然明白过来，说：

"原来是绕着圈子念的！这东西根本是骗人的玩意儿，没意思！"

"你自己不学无术，"爸爸笑着对我说，"反而去批评人家骗人，想想看，要作这么一个宝塔文出来，还不容易呢！古人挖空

---

1. 胐：月初时的月亮。朓：月尾时的月亮。

心机，只换得你一句'没意思'吗？"

被爸爸这样一说，我还真闹了一个没意思。于是，我就讪讪地转向诗尧，没话找话说：

"你从哪儿来？"

"公司！"诗尧答得好简单，连"电视"两个字都省略了，他的眼睛直直地望着卢友文和小双，然后，他慢吞吞地站起身来，慢吞吞地说，"你们聊聊吧，我忙了一天，很累，想先去休息了。"他对卢友文点点头，难得那么礼貌，"不陪你了，卢先生！"

"您请便，朱先生！"卢友文慌忙说。

一个喊"卢先生"，一个喊"朱先生"，这两句"先生"显得真别扭、真刺耳。我愣愣地望着他们，诗尧已经站起身来，往后面走去，临走时，他很快地看了小双一眼。小双接触到他的目光，就悄然地垂下了眼睫毛，嘴唇微动了一下，似乎想说什么，却终于没有说出口来。我听到，诗尧低叹了一声，就一脚高、一脚低地走到里面去了。我望着他的背影，一时间，我觉得他那身形好孤独、好落寞、好凄凉。回过头来，我注意到妈妈也望着他的背影出神，妈妈脸上，充满了一种怅惘的、关怀的、慈爱的，又无可奈何的怜惜。

诗尧走了，室内又恢复了热闹，好像诗尧的存在与否，与大家都没有什么关系似的。大家继续热心地讨论"文字游戏"，爸爸又出了好几个字谜给大家猜，大部分都猜不出来，因为爸爸的字谜太深了。卢友文也出了几个字谜给爸爸猜，我记得，其中有一个是：

"远树两行山倒影，轻舟一叶水准流。"

可把爸爸弄得头昏脑涨，他又不肯认输，也不许卢友文公布答案，拼命在那儿绞脑汁，左猜也不对，右猜也不对，最后，还是卢友文说出来了，原来是个"慧"字，那"远树两行"，据卢友文的说法，是：

"国画里的树！"

而那"轻舟一叶"就纯粹是象形的了。

那晚，玩得最开心的，是我那书呆子爸爸，我记得，他回房去睡觉的时候，还在那儿喃喃地赞美着卢友文：

"一个优秀青年！这些孩子里，就数他最优秀！"

我想，他把他自己那个"年轻有为"的儿子都忘了。小双很安静，整晚，她就安安静静地靠在卢友文身边，用她那对清清亮亮的眼睛，含笑地注视着他。当长辈们回房之后，李谦和诗晴也跟着关进房里去亲热了。客厅里剩下我和雨农、小双和卢友文。窗外，夏夜的天空里，正璀璨着满天繁星，不知名的虫声，在外面的野地里此起彼伏地鸣叫。远远地，传来一阵阵蛙鼓，有个卖馄饨面的，正一声声地敲着梆子。夏夜，就有那么一股特殊的韵味。卢友文伸手牵住了小双的手：

"小双！我们出去散散步吧！"

小双看了我们一眼，我说：

"去吧！我帮你等门！"

小双顺从地跟着卢友文出去了。我走到窗边，坐在窗台上，把两只脚都弓起来，双手抱着膝，凝视着窗外的小院。许多流萤，在玫瑰花丛中穿梭，我吸了一口气，感到那夏夜的凉风，轻拂着我的头发，我心里迷迷茫茫的。雨农走过来，把我的头揽进了他的怀里，他温存地、怜惜地说：

"我的诗卉太善良，她的小心眼里装满了心事。"

我把头依偎着他，说：

"每个人有每个人自己的幸福，是不是？"

"每个人也有每个人自己的不幸。"雨农说。不知怎的，他这句话使我打了一个寒战。

雨农告辞的时候，我送他到大门口。打开大门，我一眼看到小双和卢友文，他们正依偎在围墙边一棵大榕树下，两人拥抱得紧紧的，卢友文把小双那小小的身子，完全拥抱在他的怀中，他的嘴唇紧贴着她的。月光斜斜地照射着他们，在他们的发际肩头，镶上了一道银白色的光芒。

9

　　九月里，我开学了，大学四年级，不再像以前那样轻松，什么管理会计、线性规划、国际贸易、会计制度……一下子就忙得我头昏脑涨。同时，雨农一方面准备司法官考试，一方面到地方法院去当了书记官，每天要上班，要研究案子，要听审，要记录，也忙得不亦乐乎。我和雨农只有每晚见见面，见面的时候，他还捧着他的卷宗研究，我也捧着我的书本苦读，生活是相当严肃而紧凑的。

　　虽然我很忙，我却并没有忽略小双和卢友文的进展。卢友文现在在我们家的地位是公开了，俨然成了第二个李谦或雨农。但是，他却不像雨农和李谦，天天往我们家跑，一星期里，他顶多来个一次两次，大部分时间，反而是小双逗留在他的小阁楼里。我想，原因在于诗尧，尽管诗尧和小双之间并没发生什么，却总有那么一些微妙之处，卢友文见了谁都坦坦然然，只有见了诗尧，他就有些不对劲儿。至于诗尧见了卢友文呢，那就更不用说了。小双是善解人意的，她早就看出这种尴尬，因而，她宁愿和卢友文待在外面，也不愿带他回来。对我，小双的借口却是这样的：

"你想，友文要忙着写作，他是不能整晚往外跑的，写作完全是案头工作，他每晚都要伏案好几小时！"

"那么，"我多嘴地说，"你在旁边，岂不妨碍他写作？"

小双的脸红了红，颇不自然地说：

"我尽量不妨碍他呀，我就在一边帮他收拾收拾屋子，整理整理书籍，有时也帮他抄写抄写，给他缝缝补补衣服，我一句话也不说，大气也不出呢，怎会妨碍他呀！"

好一幅"和谐"的、"生动"的画面。我不由自主地想起《大卫·科波菲尔》里那个小"朵拉"，不知道小双的卢友文会不会成为"朵拉"的"大卫·科波菲尔"！

"他写了多少字？"我这学会计的人，难免"现实"一些，对成果的价值观比耕耘的价值观来得重。果然，小双大不以为然地说了："你以为写作好简单呀，诗卉？你以为只要坐在那儿写，就一定有作品出来呀？你才不知道写作的艰苦呢！以前，我也不知道，看到报纸副刊上，每天都有那么多文章发表，书摊上，左一本厚厚的小说，右一本厚厚的小说，就以为写作是件再容易不过的事儿。谁知，看了友文写，才明白要当个作家，真是不简单呢！"

"怎么呢？"我还是不了解，"再怎么不简单，台湾的职业作家也不少呀！例如……"

我正要举出一大堆职业作家的名字来，小双已微蹙着眉头，面带不豫之色地打断了我：

"要学那些作家，写些毫无分量的东西，风花雪月一番，骗口稿费饭吃，当然也不难！可是，友文说，写作的人必须要有艺术良心，作品先得通过自己这一关，再推出去。否则骗人骗己，非但没意义，也没道德！所以，友文对自己是相当苛求的，常常写了一整天的东西，第二天又全部作废了，他说宁缺毋滥。"

我不由自主地对卢友文肃然起敬，想起李谦写电视剧，动不动来个三声带四声带，再加上废话一大堆，看了半天还不知所云，他可真该和卢友文学习学习！即使学不到人家的写作技巧，也可以学习人家的写作精神。

"那么，"我依然不改"现实"的毛病，"他在写长篇呢，还是在写短篇呢？他'通过自己'的作品有多少？发表了没有？"

小双有点扭捏起来。

"哪有作家一开始就写长篇呀？当然是从短篇开始啦！昨天晚上，他列了个人物表……"

"人物表？"我吓了一跳，"短篇小说还需要人物表吗？又不是写《水浒传》，有一百零八个好汉！"

"不跟你说了！"小双有些生气，"你根本不了解小说和写作。如果你不严格要求，马马虎虎的，只求写出来就算数，那么，长篇小说也可以没有人物表！你看那些武侠小说，打来打去，常常写到后来，前面已经打死了的人，又活过来了，再打他个落花流水。有的小说里，同一个人可以死好几遍呢！"

我瞪大了眼睛，愣愣地说：

"我不知道你还看武侠小说！"

小双的脸又红了。

"我才不看呢！"她轻声说，"是友文告诉我的。"

这卢友文还真见多识广，中外文学、世界名著、诗词歌赋，都能懂一点不说，连武侠小说也一样涉猎！一个念过这么多书，又能刻苦自励的人，必然是有所成就的。我不禁也代小双高兴，庆幸她终于有了一个好伴侣！

十月，秋风起兮，天气有了点凉意。小双待在家里的时间更少了。这晚，雨农提议说，我们何不闯到卢友文的小阁楼里去，做一对不速之客！我也很有兴致，却有些犹豫地说：

"会不会影响人家工作呢？小双说，卢友文写作的时候是不欢迎别人打搅的！"

"管他呢！"雨农说，"像我这样的老朋友，他总不能拒我于门外吧！这卢友文真不够意思，到现在，连杯谢媒酒都没请我喝过！到他家去喝杯茶，总不能算是过分吧！"

于是，这晚，我们拜访了卢友文那著名的小阁楼。这小阁楼真是个小阁楼，原来高踞在一栋四层公寓的阳台上，是四楼那家住户搭出来，原来准备做储藏室用的，不知怎么心血来潮，把它出租了。我们气喘吁吁地爬上了四层楼。这些年来，公寓林立，我家那栋日式改良屋，是公家配给爸爸的，早就有建筑商建议合建公寓，爸爸却不答应。爬了这四层楼，我下定决心，还是不改为妙，否则，爬起楼梯来，实在有些吃不消。真亏得小双弱质娉婷，每晚这样上上下下，爱情伟大！爱情万岁！敲开了小阁楼的门，小双看到我们，惊讶得瞪大了眼睛。卢友文慌忙从书桌边跳起来，一迭连声地笑着嚷：

"稀客！稀客！真是稀客！"

"你们这儿还有熟客吗？"雨农笑着问。

"有呀，怎么没有！"卢友文说。

"是谁？"我问，"别说小双，小双可不算客！"

"是老鼠！"

我们都笑了起来，我觉得卢友文的个性倒蛮乐观的，颇有"颜回精神"，一箪食，一瓢饮，在陋巷，人不堪其忧，回也不改其乐！我打量着那小屋，说真的，我从没见过这样简陋的房子。整间房子是木板搭的，墙上还露着木板缝儿，冷风直从缝隙里往里面灌。屋内，一块大木板搭在两摞砖头上，算是床。好多块窄木板叠在好多块砖头上算是书架，那书架上倒还摆满了书。屋里唯一像样的家具是一张书桌和两张藤椅。书桌上，散乱地放着稿纸，写了字的，没写字的，写了一半字的……笔筒里插满了两块钱一支的原子笔，桌上还码了一排，我狐疑地望着，实在不太了解写作干吗要那么多笔？小双似乎看出我的疑问，就笑着解释说：

"那些原子笔总是漏油，要不然就写不出来，我先帮他试，好用的就放在他手边，免得写得顺手的时候没笔用！"

原来如此！有个人儿体贴到这种地步，要不成功也难！我再打量那桌子，一杯茶倒是热气腾腾的。一碟花生米、一碟五香豆腐干、一碟小脆饼，就差没有一个酒壶和酒杯。小双又解释了：

"他写东西总爱吃零食，有时写晚了，又没有宵夜可吃，给他准备一点，免得饿肚子！"

怪不得！最近奶奶爱吃的糖莲子，诗晴爱吃的牛肉干，我爱嗑的五香瓜子儿，都没了影儿了！原来供到这边桌子上来了。卢友文把唯有的两张藤椅推到我们面前，笑着说：

"坐呀！别尽站在那儿。"

"我坐床上。"我说，往床上一坐，"咯吱"一声，木板大大地"呻吟"起来，吓得我慌忙跳起身子，小双笑弯了腰，说：

"谁要你去碰那张床！不过，它不会垮的！你放心好了，真垮了也没关系，离地只有那么一点点高，不会摔着你的！"

我小小心心地再坐了下去，那床仍然低低地叹息了一声。小双给我和雨农倒了两杯茶来，茶叶还蛮香的，一闻就知道和家里的茶叶一样，是"全祥"出品！那么，也准是小双代办的了。我喝了口茶，指指书桌，对卢友文说：

"你忙你的，别让我们来打断了你的文思，我和雨农只是心血来潮，要来看看你们两个，假如耽误你做事的话，我们马上就走！"

"别走，别走，"卢友文说，"大家坐坐、聊聊，我这儿难得有客来。你们来得也正好，我的文思刚好不顺，写也写不出，乐得休息一下。"

雨农走到书桌边，翻了翻那摞稿纸，问：

"这是篇什么小说？叫什么题目？"

"你别动他的，"小双赶紧阻止，笑着说，"待会儿他又要说找不着头了！"

"什么找不着头了？"雨农慌忙收回手来，瞪着那稿纸，"不是已经有十几页了吗？"

"你不知道，"卢友文说，"每一页都只是个头，这篇东西我已经起了十几个头，还没决定用哪一个头呢！写小说啊，就是起头最难，如果头起好了，下面就比较容易了！"

"而且，"小双接着说，"头是最重要的……"

"那当然，"我又嘴快地插了进去，"你瞧，人没手没脚还能活着，没头可不行了！"

"就是这么说！"卢友文欣然同意，"好的开始，是成功的一半，所以，开始是不能随便的，我写东西，最注重的就是这个起头了。"

"这些日子来，你写了多少篇东西？"雨农问。

卢友文笑了，一面笑，他一面用手指着小双，说：

"你问她，就是她害我！"

小双涨红了脸，又要笑，又要忍，又害羞，又抱歉，又高兴，又尴尬，不知道是一种什么表情。我和雨农面面相觑，都有点丈二和尚摸不着头脑。我是最笨的人，生平就不会猜谜语，瞪着小双，我直截了当地问："你怎么害他了？"

小双直往一边躲，笑着说：

"你听他的！他在胡说呢！"

"怎么胡说？"卢友文嚷着，转头看着雨农，"雨农，你是知道的，以前在马祖，我累了一天，晚上还涂涂抹抹地写一点儿东西。回到台北来，原准备好好大写一番的，结果，认识了这个小双，从此，就完蛋了！"

"怎么讲？"我更迷糊了，"为什么认识了小双，你就完蛋？"

"写作和一般工作不同，写作要专心一志，要全神贯注，要心无二用，对不对？"卢友文看看我们，"可是，我现在每天早上起来，脑子里想的是杜小双，心里记挂的是杜小双，嘴里念叨的是杜小双！她不来，我就牵肠挂肚地想着她、盼着她，茶不思，饭不想，还有什么精神写文章？等到好不容易把她盼来了，看到她一举手、一投足，就是那样惹人爱，文思就全飞了，一心一意只想和她谈天，和她说话，就是不谈天说话，和她坐在一块儿，静静地你看着我、我看着你也是好的。这种心情下，我怎么写得出东西？以前没恋爱过，不晓得恋爱原来这样占据人的心灵和精神。我不怪她，我怪谁？"

小双只是笑，一个劲儿地笑，头低俯着，眼睛望着书桌，笑得两个肩膀直哆嗦。她的面颊红扑扑的，眼睛水汪汪的，嘴角笑吟吟的。

"听他说！"她说着，"就是嘴里说得好听！八成是自己写不出东西，乱找借口！"

"天地良心！"卢友文叫着，"我如果说的不是真心话，让雷把我劈死，汽车把我撞死，房子倒下来把我压死，吃东西哽住喉咙把我哽死……"

"喂！喂！喂！怎么的吗？怎么的吗？"小双急急地跑过去，伸手去捂住卢友文的嘴，急得脸都白了，"谁要你发誓诅咒的嘛！哪儿跑出这么一大堆疯话来？"

卢友文看到小双伸手来捂他的嘴，他的个子高，就低下头来，顺势在小双的手上吻了一下，这么一来，倒好像小双是伸手过去给他吻似的。小双立刻就弄个满脸通红，一面退开，一面叽咕着说：

"瞧瞧这个人，瞧瞧这个人！一天到晚这么疯疯癫癫的，也不怕别人看了笑话!"

我和雨农交换了一个注视,这小屋挡不住风,也不见得遮得了雨,但是,屋里却洋溢着春天的气息。我看看桌上那些乱七八糟的稿纸,想着卢友文说恋爱使他无法写作的问题,会不会幸福真能阻碍艺术的发展?似乎很多伟大的艺术作品都产生在痛苦中。假若真的如此,卢友文得到小双,岂不变成了他的不幸?这问题太复杂了,我那简单的头脑有些转不过来,摇摇头,我不去想它了。

那晚,从卢友文的小屋里出来,我和雨农手挽着手,散步在秋夜的街头。夜风在我们的身边穿梭,街灯在暗夜的街头闪亮,我的头靠在雨农的肩上,带着几分我自己也不了解的隐忧,我说:

"你觉得,卢友文和小双,将来会幸福吗?"

"现在他们就很幸福了,不是吗?"雨农说,他的声音里充满了信心。挽紧了我,他分享着从卢友文那儿感染到的快乐,"相爱就是幸福。诗卉,他们幸福,我们更幸福。"

"可是我的经济观在作祟,卢友文假若不想想办法,只是一个劲儿地等灵感,恐怕他永远没有能力结婚成家,他总不能让小双跟着他住到这小阁楼里来吧!"

"别太现实,好不好?"雨农不满地说,"只要两心相许,贫穷又算什么?越是贫穷,越能考验爱情的伟大!何况,卢友文不会永远贫穷,他不成功则已,一成功就会名满天下!我们现在的社会不会埋没人才,只要你真有才华,你总有出人头地的一天!"

"是吗？"我问，我不像他那样有把握。老实说，我觉得任何社会里，都或多或少有几个被埋没的人才。

"我们等着瞧吧！"

我耸耸肩，当然，我是等着瞧的。世界上只有一样东西，永远不会加快变慢或停止移动，那就是时间。分分秒秒，时间固定在消失，所有事情，无论好的、歹的，总会到眼前来的。那晚，我回到家里已经很晚了，出乎我意料的，是诗尧还没有睡，他正一个人坐在客厅里抽烟。我很惊奇，因为诗尧如果要独自抽烟，他总是关在自己房里，不会跑到客厅里来。我走过去，问：

"你在干吗？"

"我在等小双。"他沉静地说。

我心头一凛，忍不住深深看了他一眼。

"等她干吗？"我又问。

"有话谈。"他简短地说，喷出一口烟来。

我在他对面坐了下来，我望着他的眼睛。他不说话，只是一口又一口地吐着烟雾，他的脸孔整个都隐藏到烟雾里去了，又是那种令人不可捉摸而又深不可测的样子。我迟疑了一会儿，想着那小屋里的春天。

"我今晚去了卢友文家，"我终于说出口来，"小双也在那儿，卢友文写稿，小双帮他抄。那屋子好小好破，可是他们好快活。"

诗尧熄灭了烟蒂，他紧紧地盯着我。

"你告诉我这段话是什么意思？你以为我想对小双说什么？事到如今，你以为我还能对她说什么吗？"

"我不知道你要对她说什么，"我闷闷地说，"哥哥，我从来不了解你，你永远是莫测高深的。我告诉你这段话也没有什么意义，你明知道，我是有点傻里傻气的，难免常做些没有意义的事情。"

诗尧瞪了我好一会儿，终于，他站起身来。

"诗卉，"他说，凝视着我，声音好落寞、好低柔，"你是家里最了解我的一个人！"沉吟片刻，他转身往屋里走去，在客厅门口，他站住了，回头说，"好吧！我不等小双了，请你转告她一句话，明天晚上六点十分，请她收看歌之林的节目！"

他走了，我在客厅里仍然坐了一会儿，小双还没回来。我不知道歌之林的节目与小双有什么关系，或者，那又是诗尧精心设计的节目。

十一点半，我回到房间里，很累，想睡了，我躺在床上，自己告诉自己说，我要一面睡，一面等小双，可是，我的头才挨上枕头，我就蒙蒙眬眬地睡着了。小双是什么时候回来的，我完全不知道。

一觉醒来，天已大亮，小双又已不在床上了。书桌上，小双留着一张纸条：

"我要陪友文去新竹访朋友，今天不回家吃午饭，也不回家吃晚饭。"

糟糕！我忘了告诉她看电视的事！我赶到诗尧房里，用非常非常抱歉的口气告诉了他。诗尧怔了，望着我，他竟半晌说不出话来。终于他苦笑了一下，摇摇头，故作轻松地说：

"算了，没什么关系，反正……"他的声音低得几乎听不出来，"什么事都是命定的。"

听出他语气中那份不寻常的失望，我真懊恼得要命，但是，现在总无法跑到新竹去找小双！晚上六点十分，我倒看了那个节目，我们全家都看了，我想，没有人会对那节目有什么特殊的印象，除了我以外。因为那只是个单纯的歌唱节目，在那节目里，唱出了一支新歌，歌名叫《在水一方》。画面上，是一个长发披肩的少女的背影，站在一片茫茫水雾中，几枝芦苇，摇曳在水波的前面，使那少女的背影，更加缥缈，更加轻盈，画面美得像梦境，风吹过来，水波荡漾，少女的长发飘飞，衣袂翩然，那歌声配合着画面，清晰地唱着：

　　　　绿草苍苍，白雾茫茫，
　　　　有位佳人，在水一方。
　　　　我愿逆流而上，依偎在她身旁，
　　　　无奈前有险滩，道路又远又长。
　　　　我愿顺流而下，找寻她的方向，
　　　　却见依稀仿佛，她在水的中央。

　　　　绿草萋萋，白雾迷离，
　　　　有位佳人，靠水而居。
　　　　我愿逆流而上，与她轻言细语，
　　　　无奈前有险滩，道路曲折无已，
　　　　我愿顺流而下，找寻她的踪迹，
　　　　却见依稀仿佛，她在水中伫立。

歌声一完，镜头就定在那少女的背影上，然后化成一片模糊。那背影，依稀仿佛，就是小双的背影！

我冲进了我的卧室，因为，忽然间，我满眼眶都是泪水。

10

那天深夜，小双回来了。

我坐在书桌前面，桌上摊着我的《线性规划》和笔记本，但我一个字也没有看进去，我在存心等小双。

小双走进屋来，脸颊被太阳晒得红红的，眼光是醉意蒙眬的，嘴角是笑容可掬的。她穿着件浅紫色的毛衣，纯白色的喇叭裤，长发中分，披挥在肩上和背上，在她发际，那朵小白花始终戴着。她说，要满一年，她才除孝，算算日子，离一年的孝期也不远了，我真无法想象，小双到我们家已快一年了。合上眼睛，小双满身黑衣，伫立在我家客厅里的样子，依稀仍在眼前。现在的小双，却全身闪耀着光华，满面流露着喜悦，一转身、一举步、一语、一笑、一颦眉，全抖落着青春的气息。

"诗卉，"她笑着说，"怎么还没睡？"

"新竹好玩吗？"我答非所问，"去拜访了什么朋友？一定是个很重要的人物，是吗？"

"算了!"小双笑着说,把房门钥匙、皮包、手绢等物都抛在桌上,倦怠地伸了个懒腰,"什么朋友也没拜访,他在新竹根本没朋友!"

"哦?"我愕然地瞪着她。

她走到床边,把身子掷到床上,踢掉了拖鞋,她用双手枕着头,眼睛望着上铺底下的木板。

"是这样的,"她说,"这些日子友文总是写不顺手,他写一张撕一张,就没有一页是他自己认为满意的。昨晚,他说,他工作得太累了,我也觉得如此,一个人又不是机器,怎么能成天关在小屋里,和原子笔稿纸打交道。你看,杰克·伦敦因为当过水手,所以写得出《海狼》;海明威因为当过军人,所以写得出《战地钟声》;雷马克深受战争之苦,才写出《凯旋门》和《春闺梦里人》这些不朽名著。写作,不能脱离生活经验,他如果总是待在小屋里,只能写《老鼠觅食记》了!"

"没料到,你成为小说研究专家了!"我说。

小双得意地笑了笑,用手指划着上铺的木板。

"我也是听友文说的,他什么都知道。那些名作家的出身和历史,他都能历历说来。真不明白,他脑子里怎么可以装得下那么多东西?"

"这么说来,"我闷声说,"法国名作家左拉,一定是个交际花!"

"胡说八道!"小双笑着,"左拉是个男人,怎么能当交际花?你就会乱扯!"

"那么,他怎么写得出《小酒店》和《娜娜》。托尔斯泰一定是个女人，否则写不出《安娜·卡列尼娜》。杰克·伦敦除了是水手之外，他还是只狗，否则写不出《野性的呼唤》。海明威当过渔夫，才写出《老人与海》。我们中国的吴承恩，就准是猴子变的了！"

"吴承恩？"小双怔怔地看着我。

"别忘了，是他写的《西游记》! 不是猴子，怎么创造得出一个齐天大圣孙悟空来！"

小双望着我，然后她大笑起来。

"你完全在和我乱扯一通，"她说，点了点头，"我知道，你心里自始至终，就在潜意识里反对卢友文，只要是友文说的话，你总要去鸡蛋里挑骨头！"

"我并没反对卢友文。"我耸耸肩，仍然闷闷的，"好吧，你说了半天的杰克·伦敦、海明威、雷马克，到底他们和你的新竹之行有什么关联？"

"我只是举例说明，"小双翻身望着我，"写作不是一件完全靠闭门造车，就写得出来的事情。既然友文最近写不顺手，我就建议干脆出去走走，到郊外逛逛，散散心，把自己放松一下，这样，或者就写得出来了。所以，我们今天去了青草湖，又逛了狮头山。呵！走得我浑身骨头都散了。"她掠掠头发，虽然倦意明写在她脸上，她仍然看来神采飞扬，"今天天气真好，不冷不热的，你们也该出去走走，不要整天闷在家里！这种秋高气爽的季节，才是郊游的好天气呢！"

原来她是出去郊游了！我从来不知道，出去郊游还要先弄出这么一大套理论来，于是，我的声音就更加低沉，更加无精打采了：

"说什么访友，原来是去玩了！"

"也不完全是玩呀！"小双睁着对黑白分明的眼睛，直瞅着我，"按照友文的句子，是出去'捕捉灵感'了。"

"哦，"我用铅笔敲着书本，"想必，今天这一天，他一定满载而归了。"

小双笑了一声，把头半埋在枕头里，长发遮了过来，拂了她一脸，她闭上眼睛，一副心满意足的样子。忽然间，我觉得关于诗尧安排了半天的《在水一方》，是不必告诉她了。对她而言，那是件毫无意义的事情！我望着她，她太忙了！她要忙着帮人抄稿，忙着帮人准备纸笔，忙着帮人准备宵夜，还要忙着陪人去捕捉灵感，她还有什么心情来过问《在水一方》呢？于是，这晚，我什么话都没说。

几天之后，《在水一方》第二次播出来，小双依旧没有看到。等到小双终于看到《在水一方》的播放时，已经是十一月中旬了。那晚的节目播得很晚，小双凑巧在家，正拿着毛线针，和奶奶学着打毛衣。我一看那毛线是咖啡色的，又起了三百多针的头，就知道毛衣是卢友文的了。她坐在沙发里，一面打毛衣，一面漫不经心地看电视。卢友文那晚也来我家坐了一会儿，就说要赶一篇小说，先走了。诗晴和李谦，那阵子正忙着找房子、看家具，筹备结婚，所以不在家。妈妈和爸爸早回房休息了。客厅里，那晚只有我、雨农、小双和奶奶。诗尧也在他自己房里，这些日子来，他是越来越孤僻了。当《在水一方》播出来时，小双忽然整个身子一跳，毛线团就滚到地板上去了。她立即坐正身子，瞪大眼睛，一眨也不眨地望着电视机。她那样注意，那样出神，使奶奶也扶了扶老花眼镜，扑过去望着电视机说：

"这是哪个歌星呀？我好像从来没见过！"

我慌忙把手指压在嘴唇上，对奶奶轻"嘘"了一声。奶奶瞅着我，又转头看看小双，再瞪大眼睛看看电视，莫名其妙地摇摇头，叽里咕噜了一句：

"不认得！完全不认得！"

奶奶归里包堆，认得的歌星也只有一个白嘉莉！这歌星她当然不认得。事实上我也不认得，因为他是个新人，不是女孩子，是个男歌星！画面上，已完全不同于以前的方式，这次，对着镜头的是那个男歌星，歌喉相当嘹亮，而且，相当有韵味。但是，在这歌星的背后，却有个隐隐约约的女孩子，站在一片水雾之中。那女孩依然长发垂肩，穿着一件白纱的衣服，迎风而立，飘飘然，盈盈然，如真如幻，似近还远！当那男歌星唱完最后一句"我愿顺流而下，找寻她的踪迹，却见依稀仿佛，她在水中伫立"的时候，小双回过头来了，她的眼睛紧盯着我，她的脸色苍白，呼吸急促，而神情激动。

"你怎么不告诉我？诗卉？"她责备地说，"诗尧为什么也不告诉我？"

"告诉你什么？"我说，"告诉你今晚要播《在水一方》吗？我根本不知道今晚会播，诗尧大概也不知道，因为这支歌已经播出好多次了！第一次播出的时候，哥哥确实要我告诉你。但是，那天你和卢友文'捕捉灵感'去了。以后，哥哥也没提。你呢？你反正整晚不在家，你反正对电视不感兴趣，你反正任何电视节目都不看，而且，音乐是什么？音乐不过是娱乐品而已，告诉你又有什么用呢？"

小双望着我，半晌，她没有说话，然后，她站起身来，拾起沙发上的毛线针和地上的毛线团，一声不响地走进房里去了。雨农拉拉我的衣服，在我耳边说：

"帮个忙，别再惹麻烦了，现在，早是大局已定了！你别再制造出一点问题来！"

"那么，你担心些什么呢？反正大局已定了！"我瞪了他一眼。奶奶看看我们，看看电视，说：

"你们在吵架吗？诗卉，你怎么一忽儿和小双吵，一忽儿和雨农吵？你这个脾气啊，是越惯越娇了！"

"奶奶！"我生气地喊，"你什么都弄不清楚，就少管我们的闲事吧！"

"瞧吧！"奶奶说，"现在又和我吵起来了！好啦，好啦，我走，我回房间去，别让小两口看着我这副老骨头讨厌！"

"哎呀，奶奶！"我慌忙扑过去，一把抱住奶奶的脖子，猴在她身上说，"奶奶，你怎么的吗？人家又不是和你生气！"

奶奶用手指戳了我的鼻尖一下，亲昵地望着我，笑着对我说："别以为奶奶是老糊涂，奶奶心里也明白。诗卉，几个孩子里，就你心地最善良、最傻、最爱管闲事。我告诉你吧，凡事都有个天数，人算总是不如天算的！你别扭，奶奶心里也别扭，可是，人总拗不过天去，是不是？"

我笑笑，摇摇头，叹口气。奶奶也笑笑，摇摇头，叹口气。然后，奶奶回房间去了。我走过去，关掉了电视，坐在沙发上发呆。雨农明天早上八点钟就要出庭，审一件"公公告儿媳妇遗弃"的怪案子。他走过来，揉揉我的短发，怜惜地说：

"少操别人的心了，好不好？如果你时间有得多啊，就想想我们的未来吧！"

我勉强地笑笑，心里是一百二十分的"心酸酸"，自己也不知道为什么。雨农走了以后，我仍然独自坐在客厅里，用手托着下巴，我只是默默地出着神。我不知道这样坐了多久，诗晴回来了，我还是坐着，满屋子都关灯睡觉了，我还是坐着。最后，小双出来了，望着我，她说：

"诗卉，你不准备睡觉了吗？"

我看着她，她的眼圈红红的，似乎哭过了。为什么？为她死去的父亲，为那支《在水一方》，还是为了诗尧的一片苦心，我不知道，我也不想知道了。回到房里，我们都没再说什么，就睡了。

几天以后一个深夜，我和小双都在卧房里，我正在做会计制度的笔记，小双在打毛衣。忽然间，有人敲门，我还没说话，诗尧已经闯了进来，他的脸发红，呼吸粗重，一进门，就是一股浓烈的酒味！他喝了酒，这么晚，他不知道从什么地方喝了酒来！在我的记忆里，诗尧是从不喝酒的。我站起身，惊愕地叫了一声：

"哥哥！"

诗尧不理我，他的眼睛直勾勾地望着小双，好像房里根本没有我这个人的存在。小双坐在床沿上，毛线针和毛线团都放下了，她呆呆地抬着头，有点惊惶地、茫然地、不知所措地看着诗尧。我望望他们，悄然地退到屋子最暗的一个角落里，我缩在那儿，一动也不动。

"小双！"诗尧叫，走了过去，重重地坐在我刚才坐过的椅子里，转过椅子，他把椅子拉到床边，面对着小双，"我有一样东西带给你！我想，这件东西，对你和卢友文，都非常有用！"说着，他从口袋里掏出一件东西来，放在桌上。我伸长脖子看了一眼，是一张支票！

小双的脸色雪白，眼珠乌黑，她凝视着诗尧，嘴唇颤抖着，低声问："这是什么意思？"

"一张一万元的支票！"诗尧说，"你马上可以到银行去领现款，支票是即期的，也没有画线！"

小双的脸色更白了。

"你……你认为我们没有钱用？"她低问。

"我'知道'你们没有钱用！"诗尧重重地说，"你每天早上徒步走四十分钟，到卢友文家，路上，你要帮他买烧饼油条。中午，你们大概是靠生力面维生，然后，你徒步一小时去音乐社上课，因为这中间没有直达的公共汽车！下了课，你又要买面包、牛油、火腿、花生米等东西，再徒步一小时去卢友文家！你最近加了薪，每月也只有四千元，一千五百交给了妈妈，你还能剩多少？"

小双连嘴唇都失去了颜色，她的眼睛睁得又圆又大，那眼珠显得又黑又深。她重重地呼吸，胸腔在剧烈地起伏着，她的声音好冷好沉，低得像耳语：

"你在侦察我！"

"不要管我有没有侦察你！"诗尧的声音恼怒而不稳定，空气里有着火药的气息。我浑身紧张，全身心都戒备了起来，我的哥哥喝醉了，他是真的醉了，醉得不知道自己在做什么。"我讲的都是事实，对吧？所以，这里有一万元的支票，你最起码可以坐坐计程车，和你的男朋友去吃吃小馆子！"

小双的背脊挺得好直好直，脸色板得像一块寒冰，她的眼睛死死地盯着诗尧，愤怒和屈辱明显地燃烧在她眼睛里，她的声音颤抖着，充满了激动和悲愤：

"因为我们穷，你就有权利来侮辱我们吗？因为友文热衷于写作，你就看低了他的人格吗？因为我们刻苦奋斗，你就嘲笑我们没有生活能力吗？因为我们没钱用，你就认为我们会接受你的施舍吗？……"她一连串地说着，长睫毛不停地颤动，眼珠是濡湿而清亮的，眼神是锐利而凌厉的。

"慢着！"诗尧叫，打断了小双的话，"我何时轻视过你？我何时嘲笑过你？我又何时施舍过你？我告诉你！"他提高了声音，几乎是在吼叫，"我朱诗尧再窝囊，再糊涂，再浑球，也不至于拿钱去支援我的情敌！"

小双蹙起了眉头，愕然地张开了嘴，颤声说：

"那么，那么，你……你拿支票给我干吗？"

"这是你的钱！"诗尧吼着，紧紧地盯着小双，"我已经尽了我最大的能力，钱是歌林公司拿出来的，他们买了《在水一方》的唱片权，连作曲带作词，一共算一万元！我无法使他们出得更高，不过，我已经尽了我的全力！你懂了吗？这是你的钱，是你爸爸给你的遗产！不是我给你们的恋爱费，你那样骄傲，你那样自负，我敢去侮辱你吗？我敢去施舍你吗？即使我为你心痛得全身发抖，我又何尝敢给你一毛钱？"

小双的眼睛越睁越大，困惑在她眉端越聚越深，听到诗尧最后的一句话，她已经完全怔了。她的眼光定定地望着诗尧，她摇头，起先是慢慢地、缓缓地摇头，接着，她的头越摇越快，她的声音艰涩、喑哑而震颤：

"不，诗尧，这不可能！"

诗尧迅速地抓紧了小双的手，他的酒似乎醒了一大半，他两眼发红，脸色却变白了，胸部剧烈地起伏着，他紧张地、沙哑地、口齿不清地问：

"什么事不可能？你认为歌林不可能买这唱片权吗？"

小双眼里浮上了泪影，她费力地不让那眼泪滴下来，睫毛往上扬着，她的眼睛又圆又大。

"不是歌林，是你！你不可能对我这样！"她不信任地说，"你心里不可能有我！不可能！"她又摇头，飞快地摇头，把长发摇了满脸，"我不相信这个！我无法相信这个！"

"你必须相信！"诗尧大声地说，突然激动地用手捧住了小双的脸，稳定了她那颗拼命左右摇摆的头颅，他嘶哑地说，"你必须相信！小双，我做错了许许多多的事，我像个傻瓜，居然允许那个卢友文闯进来，我愚不可及！我笨，我傻，从你走进我家的大门，我就没有做对过一件事！但是，小双，请你相信我，你带给了我一生没有忍受过的痛苦！"小双的眉头轻蹙在一块儿，眼中泪光莹然，她却始终不让那泪珠滑下来，她的眼睛就那样睁着，闪着泪光，带着凄楚，怀疑地、做梦似的望着诗尧。这眼光显然使诗尧心都碎了，因为，他猝然把她的头揽进了怀里，痛楚地喊了一声：

"小双！请相信我！请相信！"

小双轻轻地推开他，抬眼瞅着他，依然做梦一样的，不信任似的说："你……你知道吗？诗尧，你从来没有对我表示过什么，我……我一直以为，你心里的人是……是黄鹂！"

"你——你怎么也这样傻！"诗尧粗鲁地说，"诗卉知道，妈妈知道，我想，连奶奶都知道！而你，你——"他咬牙，咬得牙齿发响，"你居然敢说你不知道？"

"我为什么该知道？"小双幽怨地问，"你一直那样骄傲，那样冷冰冰，那样就事论事！我以为……以为这只是诗卉的一厢情愿！"

"那么，"诗尧的声音颤抖了，颤抖得非常厉害，他的眼睛里燃烧着希望和渴求，他似乎一下子振奋了起来，"那么，现在表示，还不算太晚，是不是？小双，是不是？"

小双不语，却悄然地想从诗尧怀里挣脱出来。诗尧慌了，他一把拉紧了她，急促地、紧张地、语无伦次地说：

"小双，我或者很坏，或者很笨，我暴躁易怒而又不近人情。但是，小双，对于你，对于你……我怎么说呢？"他摇头，苦恼而激动，"从你第一次踏进我家大门，从你全身黑衣挺立在客厅里，我就发昏了，我就神志不清了，从没有那样自惭形秽过，从没有那样自卑过，你像个小小的神祇，庄严而端重。第二天一早，你用钢琴考我，换了别人，我是万万不会动气的，只是，你那么雅致，那么高洁，使我觉得你是瞧不起我，于是，我发火了。从此，就一步步错下去，你越吸引我，我就越错得厉害，我自己也不知道是怎么了！小双，你……你……"他喘着气，祈求地、低声下气地说，"你原谅我，我……我没有经验，我从没有恋爱过！"

小双仍然低首不语，室内静了好几秒钟，只听到诗尧那沉重的呼吸声。我紧缩着身子，大气也不敢出，生怕他们发现到我的存在而停止了谈话。但是，我显然是过虑了，他们谁也没有注意到我。小双终于推开了诗尧，她坐回到床沿上，低俯着头，她的睫毛上带着泪珠，她的嘴唇微动着，半晌，她才嗫嚅着说：

"诗……诗尧，我……我不能……"

"小双！"诗尧很快地打断了她，他紧握着她的手，脸色由苍白而又转成血红了，"你如果答复不了我，就不要答复！你想一想，想一想，好好地想一想。我并不是明知道你有了男朋友，再来和他竞争，远在他出现之前，我心里就只有你一个！只是，我笨，我糊涂，我自卑，我神经质……"

"诗尧！"小双轻声地打断了他，她的声音那样轻，却有莫大的、震慑人心的力量。诗尧立刻住了口，他神情紧张，面色阴晴不定，他死命地握着小双的手，似乎恨不得把她整个人都揉碎了，吞进肚子里去。小双的睫毛悄悄地抬了起来，她的眼睛凄然地瞅着诗尧。一看到小双这眼光，我心里已经直冒冷气。但是，我那可怜的哥哥，仍然像溺水的人，抓住浮木般不肯放松，用充满了希望的声音，他顺从地、卑微地说：

"是的，小双，你告诉我，告诉我该怎样做，才能使你不讨厌我？"

"我从没有讨厌过你，"小双轻声说，"从前没有，现在没有，以后也不会。"

"那么，"诗尧小心翼翼地说，"你会让我照顾你，让我爱你，让我宠你，让我用以后所有的生命来陪伴你，对不对？"

"不！"她的声音低而清晰，"不！"她摇着头，"诗尧，你不会喜欢一个三心二意的女孩子！"

"我不懂。"诗尧说，嘴唇已失去了血色。

"诗尧，"小双的声音虽然低沉柔和，却有股令人无从反驳的坚决，"我感激你对我的这番心，永远感激，不但感激，而且感动。那天我知道你播出《在水一方》以后，你不知道我有多感动！可是，我无法接受你的爱，因为，我已经接受了另一个男人的爱情。一个好女孩，总不能三心二意的！"

诗尧屏息了几秒钟。

"你的意思是说……"他沉着声音说，"你爱的人是卢友文，不是我，是吗？"

我的心绞扭了起来，缩在那角落里，我不由自主地用手抱住了头，不敢看他们任何一个人。然后，我听到小双的声音，那么轻柔，却像一枚炸弹般在室内炸开：

"是的，诗尧，我不能骗你！我爱的是他。我没有办法，这一辈子，我已经跟定了他！"

好一段时间，房里静悄悄的，一点儿声音都没有。我无法再抱头不理了，抬起头来，我悄然地看向他们，我看到小双静静地、凄然地瞅着诗尧，而我那哥哥，却已经变成了一尊化石！泪水涌进了我的眼眶，小双，不要太残忍！小双，不要太残忍！我忍不住了，站起身来，我冲了过去，正想劝解几句话，诗尧跳起来了，他的脸惨白如纸，眼睛里冒着火，指着小双，他一个字一个字地说：

"小双，杜小双，你结婚，你马上结婚！嫁给那个得诺贝尔奖的大作家去！今生今世，我永远不要再见到你！你既然跟定了他，你马上就跟他走！"

说完，他掉转身子，像个马力十足的火车头般，猛烈地冲出了房间。这儿，小双再也支援不住，她哭倒在我的怀里。

"诗卉，"她哭泣着喊，"为什么他那么残忍？为什么他那么残忍！难道他连我的友谊，都不肯接受吗？"

我心底一片悲哀，小双，你又何尝不残忍！我心里说着，嘴里却说不出口。爱情上的角逐，是人类心灵上最惨烈的竞争，我了解我的哥哥，他已经彻彻底底地受了伤！你看过野兽负伤后的反噬和狂嗥吗？那就是我哥哥冲出去前所唯一能做的了。

II

接连下来的许多日子，小双早出晚归，我们全家人都几乎难得见到她了。不只家里的人见不到她，连和她同房而居的我，也一样见不到她。她总是天刚亮就出去，深更半夜才回来。她出去时我还没起床，她回来时我往往已经睡了。偶然见了面，我问她忙什么，她总是轻描淡写地说一句：

"没有什么。"

她说"没有什么"，你就没办法再追问下去。何况，不用追问，我心里也有些明白，无论天气已变得多么寒冷，无论家里已生上了火炉，无论寒风彻日彻夜地飘飞，无论雨季已湿漉漉地来临……在一栋四层公寓的顶楼上，有那么一间小阁楼，里面却永远是温暖的春天。

小双成日不回家，爸爸有些不高兴了。

"这孩子是怎么回事？你们当伯母、当奶奶的，也别因为人家姓杜不姓朱，就对她漠不关心啊！"

"哎哟，什么话！"奶奶叫了起来，"我们才巴不得宠她爱她，把她整天揽在怀里呢！可是，女孩子嘛，交了男朋友就和以前不一样了！不是我们家亲生女儿，总不太好意思让男朋友在家里耗到三更半夜。何况……何况……唉！"

奶奶没有把那个"何况"说完，却化成了一声叹息，我心里倒清楚，何况我们家有个失恋的哥哥啊！带回来既不能像李谦和雨农一样受欢迎，反而增加别人的痛苦，就不如大家避开，眼不见为净了。

"哦，"爸爸的眼光满屋子转着，"交了男朋友？那么，小双是在恋爱了？和谁？卢友文吗？"

"是的，"雨农说，"是卢友文。"

爸爸点了点头，沉吟不语了，半晌，才说：

"那孩子的眼光倒不错，卢友文虽然穷一点，但是，才气高、学问好，又肯吃苦耐劳，有雄心壮志，这样的孩子，不是久居人下者。小双年纪轻，见识却不凡，一个孤苦伶仃的女孩，没有选择个有钱有势的家庭，却看上一贫如洗的卢友文，总算难得之至了！"

当然难得！我心里在叽咕着，没看上年轻有为的电视公司副理，却看上了他，怎么不难得！但愿那个卢友文，也能知道这份难得，而珍惜这份意外的幸福就好了。爸爸既然知道了小双的行踪，也就不再介意。那一阵，我们大家都忙，我又赶上了期终考，对小双的事，也就没有太注意。一晚，小双对我说：

"今天卢友文搬了家。"

"哦？"我望着她。

"天冷得厉害，"她说，"那小木屋又搭在屋顶上，冷风成天灌进来，整个房间都像冰窖，再住下去非生病不可。而且……"她迟疑了一会儿，似乎咽住了一句要说的话，"反正，是非搬不可了，现在搬到师大附近，一栋小小的日式房子里，房东本来要拆了建公寓，可是地儿太小，建不起来，隔壁人家又不肯合建，所以房子就空着。房东说空着也是空着，不如出租。房子很破很旧了，好在却是独门独院，还有个小花园呢！只是，现在，花园里长满了荒草，整理整理，种点花木，就不失为一个写作的好环境了。"

"多少钱一个月？"我又"现实"起来了。

"八百元，另外有五千元押租。"

八百元！对很多人来说可能是个小数目，对卢友文来说，就不见得了，何况还要缴五千块押租！难得卢友文缴得出来！可是，我再看看小双，心里有了数了，那一万元的唱片费，总算派了用场！两情相悦，你的就是我的，这根本是无可厚非的事。我和雨农之间，也一样不分彼此的。只是，我那傻哥哥处心积虑，希望小双能吃好一点，少走点路，不要太辛苦……而那一万元，这样用起来，又够折腾多久呢？

接着，小双似乎更忙了，有一晚，我看到她在灯下缝窗帘，深红色的窗帘又厚又重，她用手缝，一针一线地抽着，只一会儿就扎破了手指，我说：

"好了吧！让妈妈用针车给你缝一下。"

"不用了，"她红了脸，"已经缝好了。"

原来她还不好意思呢！看样子，卢友文那新居中的一点一滴，都是小双亲手布置呢！我希望，她别自己去割草种花才好。

我的"希望"刚闪过脑海没两天，小双的手指上就缠了纱布回来，我"啊唷"了一声问：

"你怎么了？"

"没什么，"她笑笑，"不知道镰刀也很利的呢！"

那晚，刚好诗尧提前回来，他们两个就在客厅中撞上了。自从发生过卧房里那一幕以后，他们两个都很小心地彼此回避着，这些日子来，几乎两人没见过面。陡然遇上，就都有些尴尬，小双立即往卧室里退，正好诗尧也想退回房间去，两人不约而同地往客厅门口闪过去，就撞了一个满怀。小双碰痛了受伤的手指，不由自主地叫了一声，慌忙提起手来甩着，这一甩，我才发现她受伤不轻，因为那纱布上迅速地被血渗透了。诗尧蓦然间脸色苍白，他一把抓住了小双的手问："怎么回事？你受伤了！"

小双涨红了脸，夺回手去，急急地说：

"没什么，根本没什么！"说完，她身子一闪，就闪进卧室里去了。诗尧仍然呆站在那儿，半晌，才重重地跺了一下脚，自顾自地走了。客厅里，我听到妈妈轻叹了一声，接着，奶奶也轻叹了一声，于是，我也忍不住地轻叹了一声。

那天夜里，我借故到诗尧房里去，看到诗尧正躺在床上，两眼瞪着天花板发愣。我叹口气说：

"哥哥，别傻了，她为别人受伤，用得着你来为她心疼吗？"

"那个卢友文，"诗尧咬牙切齿地说，"他不该让小双受伤！"

"这话才奇怪哩！"我对诗尧真是又好气，又好笑，又可怜，"难道卢友文愿意小双受伤吗？受伤总是一个意外事件呀，没人愿意好端端受伤的！"

"我不管，"诗尧闷闷地说，"卢友文就不该让小双受伤！如果是我的女朋友，我不允许她伤到一根汗毛！"

我望着诗尧，忽然觉得他有点走火入魔，已经到了不可理喻的地步。但是，我曾担心他会因为得不到小双而恨小双，这时，却明白我的担心是太多余了。

几天后，我忽然发现小双鬓边的小白花，已经取下来了，我愕然地问：

"怎么？你的孝期已经满了吗？"

"满一年了。"小双黯然低语，"那天，我往空遥拜了三拜，也就算了。我不知道人死了之后会到什么地方去，只希望，我父亲泉下有知，能指导我，帮助我，让我一生，都不要伤害任何人。"

听她的话中有话，我深深地看了她一眼，她也深深地看了我一眼。

一时间，我觉得她几番欲言又止，似乎有什么事想告诉我，但是，最后，她仍然什么都没有说。

这样，在我期终考刚考完的第一个星期天晚上，小双忽然和卢友文联袂而来。这确实是最近的一件很稀奇的事，因为卢友文已经很久没来我们家了。很凑巧，那晚，家里的人全在场，连诗尧都没有出去。一看到卢友文，诗尧勉强地点了点头，就预备退开。谁知，小双一下子拦住了他，微笑地望着他说：

"别走开，好不好？"

小双的微笑那样温柔，那样带着点祈求的味道，诗尧立刻显得昏乱了起来，他一声不响地退回到沙发里，燃起了一支烟。

我注视着小双，觉得她今晚好特别，她穿着件粉红色薄呢的洋装，这还是我第一次看她穿红色系的衣服。脸上薄施脂粉，淡描双眉，更显得唇红齿白，楚楚动人。没料到初卸孝服的小双，和初经妆扮的小双，竟是这样娇艳，这样明媚的。卢友文呢？他也相当出色！这晚，他竟穿着一套黑色的西装，里面的衬衫簇新而雪白，打着一个黑色的领花，看来衣冠楚楚，仿佛刚参加过什么盛会。他那高而帅的身材，漂亮而英挺的面貌，傍着娇小玲珑的小双，真是一对璧人！我注意到诗尧阴郁的表情，他不自觉地缩了缩自己那矮了一截的左脚，似乎想逃避谁的注意似的。

　　"朱伯伯，朱伯母，奶奶，"小双忽然开了口，站在屋子中间，她浅笑盈盈，面带红晕，眼底有一抹奇异的光芒，"诗尧，诗晴，诗卉，还有雨农和李谦……"她把我们所有的人全叫遍了，然后低首敛眉，用充满了歉意和感激的声音说，"我先要谢谢大家一年来对我的多般照拂，这段恩德和这份深情，不是我三言两语谢得了的，但是，如果我不谢，好像我心里没有你们，好像我是不知感恩的，没有人心的，事实上，我只觉得一个'谢'字，无以代表我千万分之一的心情……"

　　"啊唷！"奶奶第一个忍不住，大叫了起来，"小双，你这是干什么呀？忽然间背起台词来了！你又没演电视连续剧，怎么念叨了这么一大堆呢！"

　　我们大家也惊愕地望着小双，不知道她葫芦里在卖什么药。我第一个联想到她父亲的忌日，暗想她会不会在怪我们忘了那日子，所以来了这么一大篇"反话"！妈妈把她从上看到下，毕竟比较了解女孩的心事，她柔声说：

"小双，你有什么事要征求我们的同意吗？你放心，我们是最开明的家庭，不会为难你的！"

小双的脸更红了，低着头，她清楚地说：

"我知道朱伯伯和朱伯母都是最开明的人，所以，请原谅我不告之罪。"

"哎呀，哎呀，"奶奶一迭连声地喊，"再说下去，要成了古装戏了，成语都出来了。"

"小双，"爸爸温和却庄重地问，"你到底有什么事？"

小双抬起头来，眼光对满室轻扫了一圈，然后，她望着爸爸，柔声地、清脆地、严肃地，而又郑重地说了：

"朱伯伯，我和友文已经在今天下午结婚了！"

顿时间，满室都噤住了，大家你看看我，我看看你，没有一个人相信这件事是真的。诗尧是大大地一震，一截烟灰就落到地板上，他的脸色一时间变得像一张纸，眼睛死盯着小双。妈妈却直瞅着我，好像我参与了这件事似的。本来也是，我和小双同居一室，又最亲密，怎可能不知道！我慌了，急了，也生气了！迈上前去，我一把抓住小双的手，焦灼地喊：

"你说什么？别冤大家！你要结婚，也没有人不许你结！但是从你来我们家，你就和我们像亲姐妹一样，你怎么可以偷偷摸摸地结婚而不通知我们！难道连一杯喜酒都不让我们喝吗？你这样做实在太不够意思！你倒说说清楚看，这到底是怎么回事？"

"小双！"奶奶也叫了起来，"婚姻大事，又不是儿戏，你是真结了婚，还是开开玩笑？"

"朱伯伯，朱伯母！"这回，是卢友文开了口，往前跨了一步，他对着妈妈爸爸就一鞠躬，然后，他朗声地、不亢不卑地说了，"这不能怪小双，一切都是我出的主意。如果伯父伯母有什么见怪的地方，尽管怪我好了。"

"啊唷！"奶奶说，"难道你们是真结婚了？"

"是真的，"卢友文说，"今天在地方法院公证处公证结婚的，你们不信，结婚证书在这儿！"

大家看了结婚证书，这才相信，是真有其事了。立即，满屋子议论纷纭，每个人都面有不豫之色。我再看向诗尧，现在，他整个脸都扭曲了，眉毛紧紧地拧在一块儿。我越想越气，回过头来，我对着雨农就乱嚷乱骂起来：

"好啊，雨农，亏你还在地方法院上班，他们在那儿公证结婚，你怎么会不知道？准是你和他们串通好了的！"

"天地良心！"雨农大叫着，"他们在公证处，我在法庭，地方法院那么大，我出庭记录都来不及，我怎么管得到公证处的事？何况公证结婚天天有，难道我闲得没事干，好好地去查公证结婚名单来玩吗？"

"诗卉，你们别生气！"小双对我们说，一脸的沉静，一脸的温柔，一脸的祈谅与恳求味儿。我呆了，瞪着她，我真不知道是生气好，还是去恭喜她好。掉转头，她又注视着爸爸妈妈和奶奶，她轻声地、恳切地、清清楚楚地说："朱伯伯，伯母，奶奶，你们别生气。听我说，自从我爸爸去世，朱伯伯就把我带进朱家，一年来，吃的、穿的、用的，都和诗卉诗晴一样。想我杜小双孤苦无依，上无父母，下无弟妹，居然能享受到家庭的温暖！这一年，是我生命里最重要最重要的一年，也是我永远不会忘记的一年！难道我这样无情无义，你们如此待我，我竟然连结婚这种大事，也不和长辈们商量，就自作主张，私下办理了吗？朱伯伯，请您谅解，我实在有我的想法。认识卢友文之后，似乎是命中注定，他也是个无父无母的孤儿。我虽住在朱家，你们待我也恩深义重，但是，说坦白话，一个孤儿的心情总是比较特殊的，寄人篱下的感觉仍然深重。我和友文同病相怜，接触日久，终于谈到婚嫁。朱伯伯，您一向是很欣赏友文的，我想，如果我是您的亲生女儿，您也未见得会反对这门婚事！"

爸爸动容地望着小双，听到这儿，他不由自主地连连点头，于是，小双又继续说：

"您想，你们都待我这样好，如果我提出要结婚的要求，你们肯让我这样随便找两个朋友当证人，到法院去公证了事吗？以朱伯伯朱伯母的脾气，怜惜我是个无父无母的孩子，一定要大肆铺张一番，恐怕要做得比诗晴的婚礼更隆重，才于心平安。可是，假若那样的话，我会心安吗？一年来已经受恩深重，朱伯伯是个读书人，两袖清风，朱家并不富有，我敢让朱伯伯和朱伯母为我的婚事再破费操心吗？再加上，友文和我的看法一样，我们都觉得，结婚是两个人自己的事，两情相悦，两心相许，结为终身侣伴。这份信心和誓言更超过一纸婚书和法律的手续！所以，我们不在乎结婚的形式，也不在乎隆重与否，只在乎我们自己是否相爱，是否要永远在一起！既然决定要在一起，我们就用最简单的办法，完成了这道法律上必须通过的手续。朱伯伯、朱伯母，请你们原谅我的不告而嫁吧！假若你们还疼我，还爱我，那就不要责备我，也不要怪罪我，而请你们——给我一份祝福吧！"

说实话，小双这篇话，倒真是可圈可点。我们大家都抬着头，怔怔地望着她，简直不知道说什么好。最后，还是爸爸打破了僵局，他一个劲儿地点着头，一迭连声地说：

　　"好，好，好，不愧是敬之的女儿！"伸出手去，他一手拉着小双，一手拉着卢友文，诚恳地、热烈地、激动地说，"恭喜你们！希望你们永远记得今天说过的话，并肩奋斗，白头偕老！"

　　爸爸才说完这句话，整个房里就翻了天了，大家一窝蜂地拥上前去，把他们两个围在中间，恭喜的恭喜，问问题的问问题。我是拉住小双，又捶她，又打她，又敲她，又骂她：

　　"你坏透了！你这个心里有一百二十个窍的坏女孩，这么重要的事，你居然在我面前也瞒了个密不透风！你坏透了！坏透了！坏透了！"

　　就在我拉住小双大嚷大叫的时候，雨农也拉住卢友文闹了个没了没休：

　　"好啊，卢友文，你谢媒酒还没请呢，新娘子就已经娶过去了！记得在马祖的时候你说过什么？你说你要以笔为妻子，以作品为孩子，现在怎么说？怎么说？婚已经结了，你的喜酒到底请不请？你说！你说！"

　　诗晴一直在旁边嚷着：

　　"新房在什么地方呀？我们连礼也不送了吗？"

　　李谦喊得更响：

　　"没有喝喜酒，又没参加婚礼，我们闹闹房可不可以？干脆大家闹到新房里去！"

　　在这一大片喊声、叫声、呼喝声中，奶奶忽然排众而来，她用手推开了周围的人，一直走到小双的面前，她大声地、重重地说：

"你们都让开，我有几句话对小双说！"

我们都不由自主地退开了，我心里还真有几分担心，不知道奶奶要说些什么。奶奶的观念一向是忽新忽旧，又开明又保守的。不过，我可以断言她对这样草率的婚姻是不会满意的。但是，事已如此，我们除了祝贺他们以外，还能做什么呢？

"小双，"奶奶开了口，伸出手去，她紧握着小双的手，"当你第一天到我们朱家来的时候，我已经决定了，你是我的第三个孙女儿。我们朱家，本也是大户人家，你奶奶自幼，穿的戴的，就没有缺过，经过两次打仗，到了台湾，奶奶的家当全丢光了。现在，奶奶唯有的一点儿东西，是一对玉镯子和一个玉坠子。镯子吗？我已经决定了，分给诗晴和诗卉一人一个。这坠子嘛，今天就给了你，别说咱们家嫁女儿，连一点儿陪嫁都没有。"说着，奶奶从她自己脖子上，解下一条金链子，从棉袄里头，拉出那个玉坠子来。那坠子倒是碧绿的，我从小看熟了，是一块镌着两条鱼的玉牌。她亲手把那玉坠子往小双脖子上挂去，一面又说："这是老东西，跟我也跟了几十年了，听说，最近玉又流行起来了，我可不管流行还是不流行，值钱还是不值钱。奶奶有点小迷信，认为戴块玉可以避避邪，所以，小双呵，你戴去避避邪吧。这是家传的东西，希望你永远戴着，可别弄丢了，算奶奶给你的纪念品！"

小双用手握住了那坠子，她急急地说：

"奶奶，这怎么可以！你留着自己戴吧，这……"

"小双!"奶奶严肃地说,"你认为你是杜家的孩子,不想认我这个奶奶啊!"

"奶奶!"小双用充满感情的声音大叫了一句,就双手抱着奶奶的身子,一溜就溜到地板上去跪着了。奶奶慌忙把她拉起来,含泪拍着她的肩膀,颤声说:

"孩子,你够苦命了,没爹没娘的。现在结了婚,就是一个新的开始,希望从今天起,你再也没有悲哀烦恼了。"

小双被奶奶这样一招惹,就弄得满眼眶的泪水,她拼命忍着,那泪水仍然要滚下来。妈妈立刻赶上去,搂住小双,大声嚷着说:

"好了!好了!好日子可不许哭!今天无论如何,是小双结婚的日子,我们虽然什么都没准备,喝杯喜酒总是要喝的。大家吃过晚饭也相当久了,我提议,现在我们全体去'梅子'吃宵夜去,叫瓶酒,大家也意思一下!"

妈妈的提议,立刻获得了大家一致的欢呼。我望过去,诗尧始终一动也不动地坐在沙发里,猛抽着香烟。这时,他从椅子里直跳了起来,熄灭了烟蒂,他用颇不稳定的声调,打鼻子里哼着气说:

"是的!我们应该好好地庆祝一下,难得,朱家会有这种突然从天上掉下来的喜事!"

我听他的语气十分不妙,再看他的脸色就更不妙。我正想找个办法把他留在家里,妈妈已经先开了口:

"诗尧,你不是明天一早就有事吗?你留下来看家如何?"

诗尧用古古怪怪的眼光瞪了妈妈一眼,就直跨到小双面前,重重地、哑声地说：

"是不是我没有权利去喝你这杯喜酒？"

小双有点惊惶，有点尴尬，有点怯意，还有更多的不安。她嗫嚅着说：

"怎么会？"

"那么，"诗尧的眼光对满屋一扫，带着股浓重的、挑衅的意味，"还有谁反对我去喝这杯喜酒吗？"他的眼光肆无忌惮地落在卢友文脸上。情况相当尴尬了。奶奶拍拍手，叫了起来：

"走啊！大家一起去啊！既然是咱们家的喜事，全家谁也不可以缺席！"

给奶奶这样一叫，才算解了围了，大家一阵喧闹，拿大衣的拿大衣，穿鞋子的穿鞋子，找围巾的找围巾……好不容易，总算出了门，浩浩荡荡地，我们到了梅子餐厅，坐下来，刚好把一张圆桌坐满。才坐定，诗尧就对女侍大声地说：

"先拿五瓶绍兴酒来，我们这儿，今晚每个人都不醉无归！取大杯子来！"

我和妈妈交换了一个眼光，妈妈微蹙了一下眉，满脸的无可奈何。女侍已迅速地拿上酒瓶和酒杯，诗尧立刻注满每人的杯子，举起杯子，他直盯着卢友文：

"人生像个战场，是不是，卢友文？"

卢友文很含蓄地、很斯文地微笑着，静静地望着诗尧。对比之下，诗尧像个败兵之将，卢友文却像个谦谦君子。桌面上的气氛十分紧张，连一向会闹会解围的奶奶，都成了没嘴的葫芦，只是眨巴着眼睛，呆望着诗尧。爸爸是根本没进入情况，只觉得诗尧十分反常，就莫名其妙地望望大家，说：

"这是干吗？菜还没叫，就闹酒吗？"

诗尧根本不理爸爸，他已经旁若无人，大有"豁出去了"的趋势，他紧盯着卢友文：

"不知道你在酒量方面是不是也和其他方面一样强？我们今晚来比比酒量如何？"

卢友文仍然微笑着，温和地说：

"有此必要吗？在酒量上，我认输！我一向不长于喝酒！何况，"他看看小双，"今晚，我承认，不需要喝酒，我已经醉了。"

诗尧的眼里，迅速地燃烧着一抹强烈的火焰，痛楚和激怒飞上了他的眉梢，他站起身来，正要说什么，小双忽然挺身而起。她站在那儿，双手盈盈然地捧着一杯酒，是一大杯，而不是一小杯。她直视着诗尧，眼中充满了祈谅的、温柔的、歉然的和近乎恳求的神色。她清清脆脆地、楚楚动人地说：

"诗尧！先说明，我从没喝过酒。现在，我敬你一杯，谢谢你对我的多般照顾，谢谢你一切的一切！如果……我杜小双有何不到之处，也请你多多包涵！"说完，她迅速地举杯对口，直着脖子，像喝茶一样灌了下去，咕嘟咕嘟地大口咽着，才咽了两口，她就直呛了起来，转过头去，她剧烈地咳着。诗尧的脸色白得像大理石，他一伸手，抢下了小双手里的杯子，颤声说：

"够了！小双！"

放下酒杯，他默然片刻，抬起头来，他脸上已消失了刚刚的激怒与火气，剩下的是一份难以描述的萧索。他郑重地伸手压在卢友文肩上，直视着卢友文，他一个字一个字地说：

"恭喜你，卢友文！请你代我们全家，好好地照顾小双，爱护她，怜惜她！并且，请珍重你所得到的幸福！"

奶奶拍拍手，开始哇哇大叫了起来：

"好了！好了！叫菜吧！我可饿了！你们要闹酒啊，等一下再闹吧！诗晴，你说过的，梅子有一种丁香鱼最好吃是吗？不知道他们除了丁香鱼以外，有没有并蒂虾呀？"

"什么并蒂虾？"诗晴说，"听都没听说过！"

"今晚是好日子嘛！"奶奶笑嘻嘻的，"既然有丁香鱼，就该有并蒂虾！我们不是有句成语，什么合欢并蒂的吗？没有并蒂虾，来个合欢虾也可以！"

给奶奶这样一说，我们就都笑了起来。这一笑，桌上的气氛就放松了，刚刚那种剑拔弩张之势，已成过去。一餐饭，也勉强算是"圆满结束"。

小双就这样结了婚，小双就这样离开了我们家。她来也突然，去也突然。那夜，是我一年以来，第一次独睡一个房间，我失眠了，翻来覆去，我怎么样也睡不着。下铺上，还堆着小双的东西，她为了对婚事保密起见，东西都没拿走。我看着她的衣物，想着这一年来的种种事故，心里完全不知道是怎样一种滋味。最后，我实在熬不住了，翻身起床，披了一件睡袍，我来到诗尧的房里。

诗尧房里的灯亮着，我推门进去，发现他根本没有睡觉，他坐在书桌前面，拿着一支笔，在一张纸上画满了数目字。看到了我，他一声也不响，仍然拿笔在纸上乱涂着。我走过去，轻声叫：

"哥哥！"

诗尧再看了我一眼，他说：

"我在想，我从头到尾，没做对过一件事！"

"哥哥！"我说，"请你不要自怨自艾好不好？这事是天定的，从此，我相信姻缘前定这句话了！"

诗尧继续在纸上乱涂，他的声音冷峻而深邃：

"这是我的错，是我叫她结婚的，她就真的结了婚！我逼得她必须立刻作决定，因为在这个家庭里，她已无立足之地了！我从没有好好地爱她，我一直在逼她！"

"哥哥！"我蹙起眉头，伸手握住了诗尧的手，他的手是冰冰冷的，"你帮帮忙，别这样认死扣，行吗？我告诉你，即使没有那天晚上你跟她的一场吵闹，她仍然会和卢友文结婚的！"

诗尧再望了我一眼，他眼睛里已布满了红丝。低下头去，他不说话了，只是一个劲儿地在纸上写字。我情不自禁地伸头去看那张纸，只见上面横的、直的、竖的、斜的、正的、倒的……写满了同一个号码：

三百七十八

"这是什么？"我诧异地问，担忧他会不会精神失常了，"你在记谁的门牌号码？"

他摇摇头。

"三百七十八！"他低声说，"一共三百七十八天！从她第一天来开始，她一共在我们家住了三百七十八天！换言之，我也放走了三百七十八个机会！"

我深吸了口气，望着我的哥哥。天哪！从此，我再也不怀疑"人生自是有情痴，此恨不关风与月"的句子了。

12

　　小双结婚之后的第三天，我把小双的衣物收拾了一个小箱子，连同她常用的毯子、枕头套、被单等日用品，一股脑儿放在一起，预备给小双送去。诗晴看到了，说：

　　"诗卉，我和李谦商量过，关于小双的结婚，我们无论如何，不能这样毫无表示……"

　　"是呀！"我叫着，"我也在为这事为难呢！人家婚也结了，我们能怎么办呢？"

　　"我说，"雨农接口，"我们现在也不是讲客气、讲面子的时候，只是要表示一份心意。卢友文的情况我太了解，他既无背景又无亲友，穷得只剩下一把傲骨。小双呢？更不用说了，她是爱情至上，宁可跟他去喝白开水过日子。所以，我建议，我们大家凑个份子，能拿出多少钱，就拿出多少钱，凑出一个数目，让诗卉送去。诗卉和小双感情好，比较谈得来，送去的时候可以说委婉一点，不要伤了他们的自尊！"

"对!"李谦说,"咱们就这样办! 最实惠!"

于是,我们躲在房里,开始"凑份子",可怜大家都穷,谁也拿不出比较像样的数字。就在我们大家筹划着、研究着、商量着的时候,妈妈来叫我,把我一直叫进了她的房里,她说:

"听说你们要凑份子送给小双。"

"是呀!"我说,"凑了半天,只凑出两千块。早知道,我上个月不做那件大衣就好了!"

"诗卉,"妈妈沉吟地说,"我和你爸爸也商量了一下,这些年来,家里总是寅吃卯粮,够用就不错了,怎么还剩得下钱! 何况,诗晴结婚的时候,多少也得花钱。所以,我们凑合着,拿出个几千块,加上你们的两千,凑成一万块好了,你一起送去吧!"

"好呀!"我兴奋地喊,"这样,才算个数字,我正在发愁,怎么拿得出手呢!"

"另外,"妈妈拿出钥匙,打开了床头柜上的小抽屉,取出一个锦缎的盒子来,"这儿是一串珍珠项链,现在,日本养珠到处都是,这种项链根本不值钱了。你拿去给小双,告诉她,和奶奶的玉坠子一样,这只是我给她的一点儿纪念品。说来可笑,这还是我结婚时的陪嫁呢! 你让她收着,好歹,算她跟了我这么一年!"

"哦!"我喜出望外,一乐之下,抱着妈妈就亲了一下,"妈! 你真好,你真是个好妈妈!"

"瞧你!"妈妈笑着,"东西都给了小双了,你将来别吃醋,说我没有东西给你!"

"不要紧,不要紧,不要紧!"我一迭连声地嚷着,"我什么都不要！我有妈妈疼着，爸爸爱着，奶奶宠着，人家小双，什么都没有！"

妈妈一个劲儿地点头。

"这句话，倒也是良心话！即使我们都疼她，不是她的亲生父母，总是差了一层！"她望着我，"好了，你快去吧！"

于是，我带着一万块钱，带着珍珠项链，带着小双的皮箱及衣物，兴冲冲地走出了大门。才到门口，诗尧从后面追上了我，他气喘吁吁地拦在我前面：

"很好，诗卉，"他咬着牙说，"你认为我心胸狭小到连一份婚礼都不愿意送了吗？"

我站住了，讪讪地说：

"我觉得，已经……已经差不多了。要不然……要不然你也凑个份子。事实上，这一万块我就说我们全家凑的，我也不说谁拿出了多少。"

诗尧对我摇摇头，然后，他从怀里拿出一个密封的信封，放在我手里的一大堆东西上，说：

"把这个给她就行了。"

我慌忙退后了一步，正色说：

"不来！不来！哥哥，人家已经结婚了，我今天是送婚礼去的，我绝不能帮你私下传递情书！"

诗尧紧紧地盯着我：

"我发誓，绝不是情书好不好？"

"那么，"我一本正经地说，"我能不能当着卢友文的面前，把这信封交给小双，说是你送的婚礼？"

诗尧默立了片刻，他的眼光深深地望着我，里面有着痛楚，有着无奈，还有更多的萧索。

"诗卉，"他低声地说，"你是绝不肯把它私下交给小双了？"

"绝不！"我斩钉截铁地说。

他迟疑了一会儿。

"好吧！"他点点头说，"你就当着卢友文的面交给她，如果她不收，你再带回来。"

"哥哥！"我狐疑地说，"这是什么玩意儿，你还是先告诉我的好，我不愿意跑去碰钉子、闹笑话！"

诗尧恳求似的望了我一眼。

"诗卉，我是个闹笑话的人吗？"他无力地问。

"靠不住！"我摇摇头。

诗尧的脸涨红了，青筋又在他额上跳动，他一把抢下那信封来，恼怒地说：

"好吧！不求你，我明天自己送去！"

想想，如果会闹笑话，他自己送去，这个笑话准闹得更大！于是，我慌忙再把信封夺了回来，叽咕着说：

"好了，我送去，送去，如果要碰钉子、闹笑话，我就碰吧、闹吧，谁叫我是你的妹妹呢！"

于是，我把信封收在手提包里。叫了一辆计程车，我按照小双给我的地址，往和平东路的方向驶去。

车子停在浦城街的一条小巷子里，我很快就找到了那个门牌号码，因为，附近全盖了四层楼的公寓，就有那么两栋又矮又破的木板房子，非常不谐调地杂在林立的公寓之间。我按了门铃，很快地，小双跑来开了门，看到我，她又惊又喜又意外。

"哎哟，诗卉！你怎么来了？我正预备明天去接你和诗晴来玩呢！你倒先来了！"

"等你去接吗？"我哇哇叫，"你又不是不知道，我生来就是急脾气，如果你一年不来接我，难道我就等一年吗？还不快接过箱子去，我是送东西来了。"

小双慌忙接过箱子，我还抱着大堆毛毯、被单、太空被等东西，小双愕然地说：

"这是干吗？"

"你用惯的东西，我全给你带来了，反正家里没人用，你即使现在用不着，大概年底也用得着了！"

"为什么年底用得着？"小双不解地问。

"添了小宝宝呀！"我叫。

"胡说！"小双红了脸，"总是爱开玩笑！"

我跟着小双往屋子里面走，虽然手里抱着东西，我仍然对那小院东张西望地打量了一番。院子好小，小得可怜，新割除的杂草像没剃清爽的头，东一块西一块地丛生着，围墙的篱笆边有两排芭蕉和芦苇，倒长得相当茂盛，相反地，通往正屋的小径两旁，新栽了两整排的玫瑰，却都无精打采地垂着头，一副营养不足的样子。小双看出我在打量花园，就笑着说：

"这院子真别扭，种花它不长，杂草倒长得个快！"

我想起前一阵子，她说卢友文搬家啦、除草啦、种花啦，原来是在布置新房，就又狠狠地瞪了她一眼说：

"你如果早告诉我，你在布置新房，我来帮你除草施肥，保管现在已经开了满院的花儿了！"

小双笑了笑，也不说话。我走进了玄关，跨上地板，就一眼看到卢友文正在书桌前坐着，桌上堆满了书籍、字典、稿纸、茶杯等东西。看到了我，卢友文回头对着我一笑，说：

"我正写到一个高潮阶段，我不陪你，现在一中断，等下情绪就不连贯了，你不会生气吧？"

"不会！不会！不会！"我连忙说。小双已经拉拉我的袖子，指指里面的一间房间。我看她挺严重的样儿，吓得我连那间"客厅"是个什么样儿，也没看清楚，就跟着她走进了"卧室"里。到了那间卧室，我才大略明白，这也是栋经过改良的日式屋子，榻榻米换成了地板，纸门也已换成木板的隔间。但是，显然整栋房子都已年久失修，地板踩上去会咯吱咯吱响，风吹着窗棂，似乎整栋房子都在那儿摇晃、呻吟和挣扎。我把手里的东西堆在床上，四面看看，那张床倒是新买的双人床，除床以外，室内还有个衣橱、一张小桌子和两把藤椅。连化妆台都没有，只是，那桌上放着一面镜子。镜子旁边，有个小花瓶，里面插着两枝芦苇。我从不知道芦苇也能插瓶，看来挺别致的。小双笑了笑，坦白地说：

"这是'花园'里的特产，芦苇和芭蕉叶，我有时也插两枝芭蕉叶子，甚至，插两枝青草，让屋里有点生趣。"

生趣！听到这两个字，我才觉得这屋子是相当阴暗的，空气里有股潮湿与霉腐的味儿。这房子总共也只有两间，后面就是厨房和厕所，从卧房的窗子望出去，后面还有个小窄院儿，却完全是杂草蓬生了。小双红了红脸说：

"他忙着写东西，没时间除草。我呢？割一次草就弄破了手指头，他说不许我再去碰那些野草了。"

我点了点头，不想再深入地研究这房子了，反正，横看竖看，这房子就没有一点儿"新房"的样儿。平常，我还总觉得我们家的房子简陋，现在，才真知道什么叫"简"，什么叫"陋"，我们家的那些镂花窗格、曲曲回廊和小院里的繁花似锦，和这儿比，简直是"天堂"了。

"房子很小很破，"小双解释地说，"好在，我们两个对物质上都没有什么大要求，日子过得去就行了。"

"卢友文现在总有点稿费收入了吧？"我那"现实"的毛病又发作了。

小双的脸又红了红，顺手在床头上拿过一本杂志来，那杂志已经翻得又旧又破了。她翻开来，满脸光彩地拿给我看，那摊开的一页上，赫然是卢友文的名字，我翻了翻，是篇短篇小说，题目叫《拱门下》。

"题目就取得好，"我说，"不俗气！"

小双笑着点点头，好骄傲、好欣慰的样子。我本来还有句话，想问她这样的一篇小说，能拿到多少稿费。后来一想，别总是盯着问人家钱的问题，显得我这人满身铜臭，毫不诗意，岂不辜负爸爸给我们取名字时，加上的这个"诗"字吗？于是，我笑着从皮包里先取出我们的"份子"，再取出那串项链，我交到小双手中，笑着说：

"项链是妈妈给的，她说不值钱，让你留着当纪念。'份子'是全家凑的，当然，绝大部分是妈妈爸爸拿出来的。我知道你们对金钱看得很淡，但是，生活总之是生活，柴米油盐酱醋茶，件件要花钱，我们就'现实'一番了。何况，我们都很懒，不愿意分开去想礼物，就合起来送这一份。"

小双怔怔地望着我，半天半天，她似乎还弄不清楚是怎么回事。我反复解释，她只是瞪大眼睛，直直地望着我。最后，我一急，就直截了当地说了：

"我们猜想你缺钱用，商量着把礼物折为现款，全家推派我来做代表，认为我口才好，不会伤你的自尊。现在，钱送到了，我的口才可不行，假如你认为这钱会侮辱了你的话，你就把它一把火烧了，然后把我赶出去。"

小双瞅着我，顿时间，她竟眼泪汪汪了。一把抓住了我的手，她紧紧地握着我，只说了句：

"为什么你们都对我这样好？"

说完，就低下头去，出乎我意料地哭起来了。小双一向个性强，即使眼泪在眼眶里打转，她也有本领不让它落下来。现在，她竟然毫不克制地哭泣起来，就使我心慌意乱了，又怕她把卢友文给招惹进来，因为我皮包里还有我哥哥托带的一件"危险礼物"呢！于是，我搂着她，急急地说：

"只要你知道我们都是好意，只要你能领情，只要你高高兴兴地收下，我们也就开心了！"

小双用手绢擦了擦脸，很快地收了泪，她甩甩头，振作了一下说：

"我能不收下吗？我能拒绝吗？我还不至于那样不识好歹！何况……何况……"她又低下头去，用好低好低的声音，轻轻地说着，"我也不瞒你，诗卉，你们并非锦上添花，你们在雪中送炭呢！我……我实在弄得没办法了。人，仅凭傲骨也不能活的，是不是？"

我心里有点糊涂，我已料定小双生活很苦，但是，苦归苦，总可以过下去，她在音乐社有四千元一个月的薪水，卢友文也多少可以收入一点儿稿费了。两个人的需求都不大，何况，前几个月，诗尧才给了她一万块呢！我正在心里计算着，小双已抬起头来，深吸了口气，她把长发往后一掠，冲着我就嫣然地笑了，说：

"好了，让你第一次来，就看着我淌眼泪，好没意思！你坐好，我去给你倒杯茶来！"

"你别跑！"我拉住她的衣服，"还有一样礼物呢！"

"什么？"小双吓了一跳，"不来了，不来了，这样子，我真的不好意思了，管你是什么，我反正不收了。"

"你坐好，"我把她压在床上，正色说，"小双，这件礼物是什么，连我也不知道，是哥哥要我带给你的！"

小双的脸色蓦然惨白，她往后直退，我已取出那个信封，送到她面前去。小双迅速地跳起身子，挣脱了我的手，好像我拿着的是一件毒药似的。她退到门边，对我一个劲儿地摇头，脸色是严肃的、责备的，而且，是相当恼怒的。

"诗卉！你拿回去！如果你和我还是朋友，你就拿回去！不管这信封里装的是什么，只要是来自你哥哥处，我绝不收！诗卉，我告诉你，我嫁给友文，是因为我们深深相爱，跟着他，无论吃多少苦，我心甘情愿。这一生，我绝不做对不起我丈夫的事！"

她那样义正词严，她那样一团正气，她那样凛凛然不可侵犯，使我觉得自己好差劲、好可耻、好不应该。我讪讪地拿着信封，整个脑门子都发起热来了，我说：

"早就知道是碰钉子的事儿，哥哥偏要我做！回去，我不找他算账才怪！"

小双看我满面懊丧，她又心软了，走过来，她拉住我的手叹了口气，然后赔笑地说：

"别生我气，诗卉！"

"你别生我的气就好了！"我勉强地笑了笑，把那信封塞回了皮包里，经过这样一闹，我觉得兴致索然了，站起身来，我说，"好了，我要回去了。"

小双用手臂一把圈住了我，笑着说：

"你敢走！你走就是和我生气！坐下来，我给你倒茶去！"说着，她不由分说地把我推到床上去，我觉得，这时一走，倒好像真和她怄气似的，也就坐了下来。她走出了卧室，我依稀听到她和卢友文交谈了几句什么，只一会儿，她就端着杯热茶走了回来。我说：

"我们不会声音太大，吵了卢友文吧？"

"不会。"小双笑吟吟的，忽然恢复了好心情，就这么出去绕了一圈，她看来就精神抖擞而容光焕发，"他说他今天写得很顺手，已经写了两千字了。他要我留你多玩玩，帮他好好招待你！"

原来，卢友文的"顺手"与"不顺手"会这样影响小双的，我凝视着她，发起愣来了。

"怎么了？"小双推推我，笑着说，"不认得我了？"

"卢友文每天能写多少字?"我问。

"那怎么能有一定?"小双笑容可掬,"你在说外行话了!写作这玩意,'顺手'的时候,一天写个一千字两千字就很不错了,'不顺手'的时候,几个月写不出一个字的时候也多得很呢!"

"那么,卢友文是'顺手'的时候多呢,还是'不顺手'的时候多呢?"

"当然'不顺手'的时候多呀!"她的眼里有着真挚的崇拜,"许多大作家,穷一生的努力,只写得出一部作品来!"

"哦!"我愣了愣,不由自主地把卢友文那篇《拱门下》拿了过来,想拜读一番。小双立刻把台灯移近了我,笑着说:"可能你不会喜欢他写的这种东西。"

"为什么呢?"我问。

"你看看再说吧!"

我看了,很快就看完了,那是一篇大约八千字的短篇。没有什么复杂的情节。主要是写一个矿工的女儿,认识了一位元大学生。这女孩因为平日都和一些粗犷的工人在一起,觉得自己所认识的男友都不高尚,认得这大学生后,她把所有的希望和憧憬都放在这大学生身上。一晚,这大学生约她在一个废园的"拱门下"见面,她兴冲冲地去了,带着满脑子罗曼蒂克的思想,谁知,这大学生一见面就搂住她,伸手到她的裙子里去摸索求欢,她几经挣扎,狼狈而逃。这才知道男人都是一样的。

我看完了,放下那篇《拱门下》,我默然沉思。小双小心翼翼地看看我的表情,问:

"你觉得怎样?"

"很好。"我耸耸肩，"只是不像卢友文的作品！"

"为什么？"小双问。

"我也不知道为什么，"我说，"我不懂文学。但是，我看过很多中外文学，我觉得，他可以选择更好的题材来写！例如……"我瞪着她，"写一篇你！写一篇他心目里的小双，写你的爱情，你的纯真，你为他所做的一切，如果有这么一篇东西，会比大学生伸手到女孩衣服里去，更能感动我，也更能让我有真实感！"

"我早知道你不会喜欢！"小双不以为忤地笑着，"你是唯美派！但是，你不了解人性……"

"人性就是这样的吗？"我有点激动，"卢友文第一次约会你，就把手伸到你衣服里去了吗？"

"胡说八道！"小双叫着，涨红了脸，"你别一个钉子一个眼吧，人家是写小说呀！"

"原来小说是不需要写实的！"我再耸耸肩，"我记得卢友文曾在我家大发议论，谈到小说要'生活化'的问题，我现在懂了，所谓'生活化'，并非写实，而是唯丑！"

"没料到，"一个声音忽然在门口响了起来，我抬起头，卢友文不知何时，已笑吟吟地站在房门口，"诗卉对小说，还有很多研究呢！"

"研究个鬼！"我的脸发起烧来，"我不过在顺嘴胡说而已！"

小双一跃而起，她喜悦地扑过去，用双手握住卢友文的手，抬头仰望着他，她眼底又流转着那种令人心动的光华。她的声音里充满欢乐和崇敬。

"写完了吗？你瞧，手写得冷冰冰的，我倒杯热茶给你暖暖手。"说完，她像只轻快的小蝴蝶般飞了出去，一会儿，又像只轻快的小蝴蝶般飞了回来，双手捧上一杯热气腾腾的茶。卢友文接过茶来，怜惜地看了看小双，用手轻抚着她的头发，说：

"小双是个傻女孩，跟着我这个疯子受苦！"

"你是个疯子吗？"我笑着问。

"放着几百件可以赚钱的工作不去做，却在家里饿着肚子写小说，这种人不算疯子，哪种人才是疯子？"卢友文问，他的眼睛亮晶晶的，嘴角一直带着微笑，浑身都散发着一种不寻常的"力量"，一种属于精神的"力量"。我凝视他，难怪小双爱他，他确有动人心处。

"你不是疯子，"小双柔声说，"你是天才。"

"天才与疯子间的距离有多少？"卢友文问，洒脱地、自嘲地微笑着，"小双，我可能是天才，我也可能是疯子，我如果不是天才，我一定就是疯子，也可能，我既是天才，我又是疯子！"

小双"扑哧"一声笑了出来。

"你在说绕口令吗？什么天才疯子的一大堆！我不管你是天才还是疯子，你饿了吗？要不要我给你下碗面？天才也好，疯子也好，都需要吃东西，是不是？"

卢友文抚摩着小双的肩膀，温柔地笑了。

"我不要吃东西，我在想——我应该写一部书，书名就叫《天才与疯子》，说不定，这本书可以拿诺贝尔奖呢！"

小双抿着嘴角笑，望着我直摇头。

"你瞧，诗卉，这个人的脑海里只有写书！"

卢友文的笑容忽然收敛了，望着小双，他正色地、沉重地，几乎是痛苦地说：

"不，小双，我的脑海里还有你！明天，我要出去找工作了，写作既然不能当饭吃，我就该找个工作养活你，我不能让别人说，卢友文连太太都养不起！我去找个教书的工作，下了课，可以照样写作！"

"友文，"小双轻声地、小心翼翼地说，"朱伯伯他们全家，凑了一万块给我们作婚礼，还有一串项链呢！"她爱惜地举着那串项链，拿给卢友文看。

"哦！"卢友文一怔，望望那项链，又望望我，笑容全消失了。正要说什么，小双轻柔地叫：

"友文！"

卢友文咽住了要说的话，他再爱怜地抚摩着小双的头发，轻叹了一声，说：

"古人有句话说得最切实：贫贱夫妻百事哀！"

说完，他转身又出去写文章了。

我望着小双，一时间，觉得感触颇多，而又说不出所以然来。小双也坐在那儿怔怔地发愣，手里紧握着那串项链。我的眼角扫到那篇《拱门下》，我忍不住说：

"他稿费收入不高吗？"

小双望着那杂志，叹了口气。

"这种杂志，是没有稿费的！给稿费的杂志，只用成名作家的稿子！"

"那么，那些成名作家在未成名以前，怎么办呢？"

"就像友文一样吧。"小双说,"最伤脑筋的,还是友文太认真,每个字都要斟酌,写出来的东西就少了。"她看看我,忽然说,"不知道什么地方有旧钢琴卖,我想东拼西凑一下,去买一架钢琴,可以在家里收学生。"

"你那音乐社的课呢?"我诧异地问,"不上了吗?"

"音乐社这个月已经关门了。"小双笑笑说,"那老板认为利润太少,管理麻烦,不干了。所以,"她扬扬眉毛,"我也失业了。"

哦!怪不得她那么苦!怪不得她那么急需钱用!我望着小双,她又羞赧地笑笑,低声说:

"本来我也不至于很拮据,但是,你不知道一个单身汉……像友文,他是不大会支配生活的,结婚前,我才知道他借了许多债,这儿一百,那儿两百的,我就帮他一股脑儿全还清了。"

我点点头,说什么呢?每个人有每个人的选择,每个人有每个人的命!跟着卢友文吃苦,只要她认为是快乐,也就无话可说了!那晚,我回到家里,心中说不出是一股什么滋味。直接走进诗尧的房间,我把那信封重重地放在他书桌上。他看看信封,冷冷地说:

"连拆封都不拆吗?"

"是的,连我的友谊,都几乎送掉了。"

诗尧一语不发,拿起那信封来,他撕开了口,从里面抽出一张花花绿绿的纸张,他把那纸折叠成一架纸飞机,在满屋子里抛掷着。我按捺不住心里的好奇,一把抓住那纸飞机,我打开一看,是一张山叶公司出的钢琴提货单,凭条提取钢琴一架!在提货单上，我的哥哥写着一行小字：

宝剑以赠烈士，红粉以赠佳人。钢琴一架，聊赠知
音者！

诗尧取过那提货单去，继续折成飞机，继续在屋子里飞掷着。

13

小双婚后，就很少再回到我们家来。我们家呢？诗晴定于五月一日结婚，雨农在地方法院的工作忙得要命，又要准备司法官考试。李谦正式进了电视公司，成为编审。诗尧升任经理的呼声很高，工作也多了一倍。妈妈和奶奶整天陪着诗晴买衣料、做衣服、办嫁妆……和李家的长辈们你请我、我请你的应酬不完。我忙着弄毕业论文，去银行里实习会计。这样一忙起来，大家对于已有归宿的小双，也就无形地疏远了。这之间，只有奶奶和妈妈抽空去看过小双一次，回来后，奶奶只纳闷地对我说了一句：

"亏了那孩子，看起来弱不禁风的，怎么吃得了那么多苦！"

妈妈却什么话都没说，足足地发了一个晚上的呆。

这样，在诗晴婚前，小双却回来了一趟。

那晚，诗晴和李谦仍然去采购了，诗尧、我、雨农和妈妈奶奶都在家，爸爸有应酬出去了。小双一来，就引得我一阵欢呼和一阵大叫大跳。奶奶直奔过去，搂着她东看西看，捏她的手腕，摸她的脸颊，托她的下巴，掠她的头发……不住口地说：

"不行啊，小双，不行啊！你要长胖一点才好，人家结了婚都会胖，你怎么越来越瘦了呢？"

那晚，小双穿着一件她以前常穿的黑色长袖的洋装，领口和袖口上，滚着一圈小白花边。她未施脂粉，依然长发飘逸，面颊白皙，看来竟有点像她第一晚到我们家来的样子。她微微含着笑，对满屋子的人从容不迫地打着招呼。到了诗尧面前，她深深地看了他一眼，低低地说了句：

"谢谢你送我的礼物！"

我一怔，什么礼物？我有点糊涂，我记得，小双不是严词"退回"了他的礼物吗？怎么又跑出"礼物"来了？我望向诗尧，诗尧显得有点窘迫，但是，很快地，他恢复了自然，对小双仔细地打量了一番，他勉强地微笑着，说：

"好用吗？"

"很好。"小双说，"我收了十几个学生呢！"

我更加狐疑了，他们在打什么哑谜？我一个箭步就跨上前去，望望诗尧，又望望小双，我说：

"你们在说些什么？哥哥，你送了什么礼物？"

"一架钢琴！"小双低语，"上星期天，我刚起床，人家就抬进来了，我一直坐在那儿恍恍惚惚地发呆，心里想，原来做梦做多了就会发生幻觉的！直到听到友文在那儿哇哇叫，问我东西从哪儿来的，我才相信是真的了。后来我看到钢琴上的卡片，才知道是诗尧公司里抽奖的东西。"她望着诗尧，"这种大奖，既然没抽出去，怎么会给你呢？"

"这……这个吗？"诗尧有些结舌，眼光不敢直对小双，他显得精神恍惚而心情不定，"这是公司里的惯例，没抽出去的奖，就……就发给高级职员，代替奖金的。你……你想，咱们家已经有了一架钢琴，再要一架钢琴干吗？"

小双点了点头，望了望妈妈和奶奶：

"奶奶，我受朱家的恩惠，实在太多了！说真的，虽然这钢琴是公司给诗尧的，不是花钱买来的，但是，我无功不受禄，怎好收这么重的礼！但是，"她长叹了一声，"我可真需要一架琴。那音乐社结束之后，我……我……"她欲言又止，半晌，才吞吞吐吐地说，"我闲着没事，也怪闷的，有了琴我好开心，把以前的学生都找回来了！"她再望向诗尧，委婉地一笑，"我收了，以后再谢你！"

诗尧回过神来了，他的精神一振，小双这个笑容，显然令他心魂俱醉，他看来又惊喜、又狼狈、又兴奋、又怅然。好一会儿，他才说："小双，不要再和我客气。我知道，我有很多事情，都做得不很得体，如果我曾经有得罪你的地方，我们一笔勾销怎么样？"小双嫣然一笑，脸红了。

"提那些事干什么，"她说，"亲兄弟、亲姐妹，也会偶尔有点儿误会的，过去就过去了，大家还是一家人。事实上，我感激你都来不及呢！谈什么得罪不得罪的话呢！要提得罪，只怕我得罪你的地方比较多呢！"我望望小双，再看看诗尧，心想，这小双也狡猾得厉害，把以前那些"不愉快"，全归之于"兄弟姐妹"间的误会，这可"撇清"得干干净净了。这样也好，我那哥哥总可以死了心了。其实，不死心又怎么办呢？我注意到诗尧的表情，听到小双这几句话，他却真的高兴起来，他笑了，脸上容光焕发。我不自禁地有点可怜他：当哥哥，总比当陌生人好吧！

妈妈自始至终，就悄悄地望着诗尧不说话。当诗尧提到钢琴的来源时，妈妈才对诗尧轻轻地摇了摇头。诗尧完全看不见，这时，他又对小双热心地说：

"我还有一样东西送你！"

又来了！我暗抽一口凉气。每次，一样东西才摆平，他就又要搞出一件碰钉子的事来。果然，小双的眉头立刻蹙了蹙，脸上微微地变了色：

"诗尧，我不能再收你任何东西了！"

"这件东西，你却非收不可！"诗尧兴高采烈地说，从沙发里一跃而起，简直有点得意忘形。他一冲就冲进了屋里。小双的脸色变得非常地难看了，她望着我，有点求救的意味。我只能对她扬扬眉毛，耸耸肩膀，我能拿我这个傻哥哥怎么办！奶奶和妈妈互望了一眼，妈妈就低头去钉诗晴衣服上的亮片。室内有一点儿不自然，还有一些尴尬，就在这时，诗尧冲出来了，把一件东西往小双手里一塞，他神采飞扬地说："你能不收吗？"

小双低头看着，脸色发白了，她用牙齿紧咬着嘴唇，泪水迅速地涌上来，在她眼眶里打着转儿。我愕然地伸长脖子看过去，原来是张唱片！我心里真纳闷得厉害，一张唱片有什么了不起？值得一个兴奋得脸发红，一个激动得脸发白吗？然后，小双掉转身子来，手里紧握着那张唱片，我才看到封面，刹那间，我明白了。那张唱片的名字是：《在水一方》！

"我可以借用一下唱机吗？"小双含泪问，声音里带着点哽塞，楚楚可怜的，"家里没唱机，回了家，就不能听了！"

诗尧赶过去，立刻打开了唱机，小双小心地、近乎虔诚地，抽出了那张唱片，他们两个面对面地站在唱机前面，望着那唱片在唱盘上旋转，两人的神色都是严肃而动容的。室内安静了一会儿，《在水一方》的歌声就轻扬了起来，充满在整个房间里。全屋子的人静悄悄地听着，谁也没有说话。一曲既终，诗尧又把唱针移回去，再放了一遍，第二遍唱完，诗尧又放了第三遍。等到第三遍唱完，小双才长长地叹了口气，伸手关掉了唱机。拿起唱片，她爱惜地吹了吹上面根本不存在的灰尘，然后一层层地把它套回封套里。诗尧紧盯着她，说：

"记得你曾经答应过我的一件事吗？"

"什么？"小双有点困惑。

"你说你要把你父亲生前作的曲，填上歌词，拿给我到电视公司去唱的。你知道，《在水一方》这支歌，已经很红了吗？"

"是吗？"小双说，"我整天大门不出，二门不迈，还真的不知道呢！"

"有一天，街头巷尾都会唱这一支歌。"诗尧说，"言归正传，你以前说的话还算数不算数？最近，电视公司和唱片业都面临一个危机，没有歌可唱！很多歌词不雅的歌都被禁掉了，所以，我们也急需好歌。你说，你整不整理？一来完成你父亲的遗志，二来你也可以有一笔小收入！怎样？"

小双注视着他，然后，她毅然地一点头：

"我整理！现在有了钢琴，我可以做了！只要有时间，我马上就做！"

"别只管说啊，"诗尧再追了一句，"我会盯着你，要你交卷的！"小双笑了。我暗中扯了扯雨农的袖子，雨农就忽然间冒出一句话来：

"卢友文最近怎样？怎么不跟你一起来玩？"

我哥哥脸上的阳光没有了，眼里的神采也没有了，浑身的精力也消失了，满怀的兴致也不见了。他悄然地退回沙发里，默默地坐了下来。小双倒坦然地抬起头来，望着雨农说：

"他忙嘛，总是那样忙！"

"他那部《天才与疯子》写得怎么样了？"我嘴快地接口。

小双望着我，微笑了一下：

"他还没闹清楚，他到底是天才还是疯子呢！"

"说真的，小双啊，"奶奶插口了，"友文的稿子，都发表在报纸上呀！你知道，咱们家只订一份《联合报》，我每天倒也注意着，怎么老没看到友文的名字呀！"

"奶奶，你不知道，"雨农说，"写小说的人都用笔名的！谁用真名字呢？"

"笔名哦，"奶奶说，"那么，友文的笔名叫什么呀？他给《联合报》写稿吗？"

小双的脸红了，嗫嚅着说：

"奶奶，他现在在写一部长篇小说，长篇不是一年半载写得完的！有时候，写个十年八年、一辈子也说不定呢！在长篇没有完成之前，他又不能写别的，会分散注意力。所以……所以……所以他目前，没有在什么报纸上写稿子。"

"哦，"奶奶纳闷地说，"那么，报社给不给他薪水啊？"

"奶奶，你又糊涂了！"我慌忙接口，"作家还有拿薪水的吗？作家只拿稿费，要稿子登出来才给钱呢！在稿子没发表之前，是一毛钱也没有的！"

"哦，"奶奶更加迷糊了，"那么，写上十年八年，没有薪水，岂不是饿死了？"

"所以写文章才不简单呀！"我说，"这要有大魄力、大决心，肯吃苦的人才肯干呢！"

"那么，"奶奶是"那么"不完了，"他为什么要写文章呀？"奶奶不解地望着小双，"不是很多工作可以做吗？干吗要这样苦呢？"

"妈，这叫做人各有志。"妈妈对奶奶说，"以前科举时代'十年窗下无人知，一举成名天下晓'的人不是也很多吗？卢友文现在就正在'十年窗下'的阶段，总有一天，他会'一举成名'的！"

"哦，弄了半天，他要做官呀！"奶奶恍然大悟地说。

小双"扑哧"一声笑了，我们也忍不住笑了。奶奶望着我们大家笑，她就扶着个老花眼镜，看看这个，又看看那个，嘴里叽里咕噜地说：

"以为我不懂，其实我也懂的，他辛辛苦苦，不是想要那个'拿被儿'，还是'拿枕儿'的东西吗？"

"拿被儿？"小双瞪大了眼睛。

"诺贝尔呀！"我说，捧腹大笑了起来。

这一下，满屋子都大笑了起来，笑得前俯后仰，不亦乐乎，奶奶也跟着我们笑，小双也笑。可是，不知怎的，我觉得小双的笑容里，多少有一点儿勉强和无可奈何的味道。不只勉强和无可奈何，她还有点儿辛酸，有点儿消沉，有点儿浑身不对劲儿。或者，她会误以为我们在嘲弄卢友文吧，想到这儿，我就不由自主地收住笑了。

那晚，小双回去以后，我冲进了诗尧的房里。

"那架钢琴是怎么回事？你对我从实招来吧！"我说。

诗尧望着我，满不在乎地、慢吞吞地说：

"你既然无法帮我达成任务，我就自己来！"

"好啊，原来这架钢琴就是山叶那一架！"我说，"当然绝不可能是电视公司抽奖抽剩的了！你说吧，你在什么地方弄来的钱？"

诗尧闷声不响。

"你说呀！"我性急地嚷，"一架钢琴又不是个小数字，你可别亏空公款！"

"嚷什么！"诗尧皱皱眉头说，"我什么时候亏空过公款，钢琴是她结婚那阵买的，你又不是不知道。刚好过旧历年，公司加发了年终奖金！"

"哦，"我点点头，"怪不得妈妈说，今年百业萧条，连你的年终奖金都没了！"

诗尧一句话也不说，拿着笔，他又在纸上乱涂乱写，我熬不住，又好奇地伸着脖子看了看，这次，他没有涂数目字了，只反复写着几句话：

绿草苍苍，白雾茫茫，

有位佳人，在水一方。

　　在水一方！在水一方！他这位"佳人"啊，真的在水的遥远的一方呢！我怔了。

　　五月，诗晴和李谦结婚了，新房在仁爱路，一栋三十坪左右的公寓里，三房两厅，布置得焕然一新。虽然不是富丽堂皇，却也喜气洋洋。结婚那天，小双和卢友文倒都来了，小双有些憔悴，卢友文却依然漂亮潇洒，处处引人注目，连来喝喜酒的一位名导演，都悄声问诗尧："那个蛮帅的男孩子是谁？问问他肯不肯演电影？"

　　"少碰钉子吧！"诗尧说，"人家是位作家呢！"

　　"作家又怎样！"那导演神气活现地说，"写作是艺术，电影是综合艺术，任何艺术家，都可以干电影！"

　　因为有这样一件事，诗晴婚后，我们就常拿卢友文开玩笑。尤其雨农，他拍着卢友文的肩膀说：

　　"我瞧，卢友文呀，你趁早还是去演电影吧！你看，你写了一年的小说，写得两袖清风、家徒四壁。而邓光荣、秦祥林他们呢，接一部戏就十万二十万港币！不要以为时代变了，我告诉你，百无一用的，仍然是书生呢！"

　　卢友文推开了雨农。

　　"少开玩笑吧！"他说，"要我演电影，也行，除非是演我自己的小说！"

　　"你自己的小说呢？"

　　"还在写呢！"

这样，卢友文仍然苦攻着他的小说，不管他到底写了多少，不管他发表了多少，他那份锲而不舍的精神，倒的确让人敬佩呢！

夏天，我毕了业，马上就接受了银行里的聘请，去当了会计。毕业前那一段日子，我又忙着交论文，又忙着实习，又忙着考试，有好长一段时间，我没有去看小双。毕业后又忙着就业，忙着熟悉我的新工作，也没时间去看小双。等我终于抽出时间去看小双时，已经是九月中旬了。

那天晚上，我到了小双家里，才走到房门口，就听到一阵钢琴的叮咚声。只听几个音，就知道是那部拜尔德——初步的钢琴练习曲，看样子，小双正在教学生呢！

我按了门铃，钢琴声戛然而止，一会儿，小双出来开了房门，看到了我，她笑得好开心好开心：

"诗卉，我以为你不理我了呢！"

"我看，是你不理我们了！"我立即数说着，"你是个忘恩负义的丫头，难道你不知道我正在忙考试忙就业吗？你来都不来一次，奶奶已经念叨了几百次了！"

小双的脸色变了，一瞬间，就显得又抱歉又焦急，她居然认起真来，瞪着眼睛说：

"我如果忘了你们，我就不得好死！我每天都记挂着，可是……可是……"

"哎哟，"我叫，"和你开玩笑呢！怎么急得脸都红了！这一阵子，谁不忙呢！"

走进客厅，卢友文从书桌前抬眼望了我一下，我正想走过去打个招呼，小双已一把把我拉进了卧室。我这才发现，那架山叶钢琴居然放在卧室里。钢琴前面，有个八岁左右的女孩子，长得胖嘟嘟、圆滚滚、笨头笨脑的，正在对那本琴谱发愣呢！小双小心地把卧室门关紧，回头对我笑笑说：

"怕琴声吵了他，这些日子，他又写不顺，心里又急，脾气就不大好。诗卉，你先坐坐，等我教完这孩子，就来陪你！"

"你忙你的吧！"我说着，就自顾自地歪在床上，顺手在床头上抽了一本杂志来看，一看，还是那本登载着《拱门下》的杂志，我也就随意地翻弄着。小双又已弹起琴来，一面弹着，一面耐心地向那孩子解释着，那孩子只是一个劲儿地发愣，每当小双问她：

"你懂了吗？"

那孩子傻傻地摇摇头。于是，小双又耐心地弹一遍，再问：

"你懂了吗？"

那孩子仍然摇头。小双拿起她的手来，一个指头一个指头地搬弄到琴键上去，那孩子像个小木偶似的被操纵着。我稀奇地看着这一幕，心想，这如果是我的学生，我早把她踢出房门了。"对牛弹琴"已经够悲哀了，"教牛弹琴"岂不是天大苦事！我正想着，客厅里传来一声重重的咳嗽声，接着，是重重的拉椅子声。小双立刻停止了弹琴，脸色倏然变得比纸还白了，两眼恐惧地望着房门口。我不知道发生了什么大事，就从床上坐直了身子，诧异地看着。果然，"哗啦"一声，房门开了，卢友文脸色铁青地站在那儿，重重地叫：

"小双，我警告你……"

"友文！"小双站直身子，急急地说，"我已经教完了！今晚不教了！你别生气……诗卉在这儿！"

"我知道诗卉在这儿！"卢友文对我瞪了一眼，就又肆无忌惮地转向小双，"我跟你讲了几百次了，小双，我的忍耐力已经到了饱和点了，你如果要教钢琴，你到外面去教，我无法忍受这种噪音！"他指着那孩子，"你让这傻瓜蛋立刻走！马上走，这种笨瓜蛋，你弄来干什么？"小双挺起了背脊，把那孩子揽进了怀里，她梗着脖子，憋着气，直直地说：

"这孩子不傻，她只是有点迟钝，慢慢教她，一定教得好，没有孩子生来就会弹琴……"

"我说！"卢友文突然大吼，"叫她滚！"

那孩子吓呆了，"哇"的一声，她放声大哭，小双慌忙把她抱在怀里，拍抚着她的背脊，连声说：

"莉莉不哭，莉莉别怕，叔叔心情不好，乱发脾气，莉莉不要伤心！"那个"莉莉"却哭得惊天动地：

"哇哇哇！我要妈妈！哇哇哇！我要回家！"

"回家！回家！回家！"卢友文一把扯过那孩子来，把她推出门去，"你回家去！你找你妈妈去！赶快去！从明天起，也不许再来！"

那孩子一面"哇哇哇"地哭着，一面撒开了腿，"咚咚咚"地就跑走了。

小双呆呆地在钢琴前面坐下来，低俯着头，她轻声地、自语似的说："这下你该满意了，你赶走了我最后的一个学生！"

"满意了？满意了？满意了？"卢友文吼到她面前来，他脸色发青，眼睛里冒着火，"你知道吗？自从你弄了这架钢琴来以后，我一个字也没写出来！你知道吗？"

小双抬起头来，她直视着卢友文，她的声音低沉而清晰：

"在我没有弄这架钢琴来之前，你也没有写出什么字来！"

卢友文瞪视着小双，他呼吸急促，眼睛发红，压低了声音，他用沙哑的、威胁的、令人心寒的声音，冷冷地说：

"你是什么意思？你认为我根本写不出东西，是不是？你瞧不起我，是不是？你心里有什么话，你就明说吧！"

小双的眼睛发直，眼光定定地看着钢琴盖子，她的声音平静而深邃，像来自一个遥远的深谷：

"我尊敬你，我崇拜你，我热爱你，我信任你，所以我才嫁给了你！我知道你有梦想、有雄心、有大志，可是，梦想和雄心都既不能吃，也不能用。为了解决生活，我才教钢琴……"

"你的眼光怎么那么狭窄？"卢友文打断了她，"你只担心今日的柴米油盐，你难道看不见未来的光明远景？我告诉你，我不是一个平凡的人，你不要用要求一个平凡人的目标来要求我！"

"我尽量去看那光明远景，"小双幽幽地说，"我只担心，在那远景未来临之前，我们都已经饿死了。"

"小双，"卢友文咬牙切齿，"没料到你是如此现实、如此狭小、如此没深度、如此虚荣的女孩子！"

小双抬眼瞅着他。

"你不是一个平凡的人，但是，你一样要像一个平凡人一样地吃喝，食衣住行，没有一件你逃得掉！即使我们两个都变成了神仙，能够不食人间烟火，可是……可是……"她垂下头，半晌没说话，然后，有两滴泪珠，悄然地滴碎在钢琴上面，她轻轻地自语，"我们那没出世的孩子，是不是也能不吃不喝呢？"

我愕然地瞪着小双，这才发现，她穿了件宽宽松松的衣服，腹部微微隆起，原来她快做妈妈了！我再注视卢友文，显然，小双这几句话打动了他，他的面色变了。好半天，他站在那儿不说话，似乎在沉思着什么，脸色变化莫定。然后，他走近小双，伸手轻轻地抚摩着她的头发，接着，他就猝然地用双手把小双的头紧紧地抱在怀里，他激动地说：

"我不好，我不好，小双，我对不起你，我让你跟着我吃苦！我自私，我狭窄，我罪该万死！"

"不，不，不！"小双立刻喊着，愧悔万端地环抱住卢友文的脸，把头埋在他的怀里，一迭连声地喊，"是我不好，我说了不该说的话，我拖累了你！"

卢友文推开小双，他凝视着她，面色发红，眼光激动。

"你没有什么不好，是我不好！"他嚷着，"自从你嫁给我，没有过过一天好日子，我不能再固执了，我要去找工作，你的话是对的，即使将来有光明的远景，现在也要生活呀！我不能让你为我挨饿，为我受苦！何况你肚子里还有个孩子。我卢友文如果养不活妻儿，我还是个男子汉吗？小双，你别伤心，我并不是一个只会说大话不会做事的人，我跟你发誓，我要从头干起！"

说完，他取出笔来，拖过床上那本杂志，他在上面飞快地写下了几行字，指着那字迹对小双说：

"诗卉在这儿，诗卉作证，这儿就是我的誓言！现在，我出去了！"他掉头就往外走。

小双跳了起来，追着喊：

"友文！友文！你到哪里去？"

"去拜访我大学里的教授，找工作去！"他头也不回地走了。

这儿，小双面颊上泪痕未干，眼睛里泪光犹存，可是，嘴角已带着个可怜兮兮的微笑，她对我苦涩地摇摇头：

"诗卉，你难得来，就让你看到这么丑陋的一幕。"

我用双手抱住了她，笑嘻嘻地说：

"是很动人的一幕，世界上没有不吵架的夫妻。别伤心了，人家还写了誓言给你呢，小母亲！"

小双的脸红了，我问：

"这样的消息，也不回家去通知一声啊？什么时候要生产？"

"早呢！大概是明年二月底。"

"奶奶要大忙特忙了。"我笑着说，一眼看到那本杂志上的"誓言"，我拿起来，卢友文的字迹洒脱飘逸，在那上面行云流水般地写着：

我自己和我过去的灵魂告别了，我把它丢在后面，像一个空壳似的。生命是一连串的死亡与复活，卢友文，我们一齐死去再复生吧！

我反复读着这几句话，禁不住深深叹息了。

"小双，"我感慨地说，"如果卢友文不能成为一个大作家，也就实在没天理了！你瞧，他随便写的几句话，就这么发人深省，而且，文字又用得那么好。"

"是的，文字好，句子好，只是，他写给我几百次了，他已经记得滚瓜烂熟，每当他觉得应该找工作的时候，他就写这段话给我。这是——"她顿了顿，坦白地说，"这是罗曼·罗兰在《约翰·克利斯朵夫》那本书的末卷序中的句子，他只是把'克利斯朵夫'几个字改成'卢友文'而已。"

我呆呆地看着她，愣住了。在那一瞬间，我觉得小双的语气既酸楚，又无奈。而且，她似乎隐藏了很多很多要说的话，她似乎挣扎在一种看不见的忧愁中。我注视着她，她微笑着，忽然间，我觉得这屋子里的一切都是不实际的，不真实的。尤其，小双那个微笑！

14

从小双家里回去，我没有对全家任何一个人提起有关他们夫妻吵架的事。我只告诉妈妈和奶奶，小双怀孕了。果然，这消息引起了奶奶极大的欣喜和兴趣，她嚷着说：

"瞧，她和诗晴诗卉比起来，年龄最小，但是，她第一个结婚，第一个当妈妈，这下好了，真该'拿被儿''拿枕儿''拿小鞋儿''拿小帽儿'，都要准备起来了。小双那孩子，自己才多大一点儿，怎么当妈妈呢！还是我来包办吧！"

"奶奶，"我警告地说，"你在小双和卢友文的面前，可别提'拿被儿'三个字。"

"怎么？"奶奶不解地问，"原来这三个字不好哇？那么，他们自己怎么可以提呢？我看，他们每次提起来，都挺乐的嘛！"

我无法和奶奶扯不清地谈这中间的微妙，只能加重语气地说一句："我说别提，您就别提吧！"

奶奶也是个急脾气，第二晚，她就去看了小双。回到家里来，她一进门就气呼呼地嚷：

"把我气死了！真把我气死了！"

"怎么了？"妈妈问。

"小双那孩子挺懂礼貌的，怎么会给你气受呢？"

"不是小双呀！"奶奶叫着，"我告诉你吧！我一进门，你猜那孩子在干什么？正趴在地上擦地板呢！额上的汗珠子比地板上的水还多，就这样一滴滴地往下落。我抓着她，告诉她这样可不行，有了喜的人怎能做这种重活儿。她只是对我笑，说运动运动身子也好哇！我说，这种'运动'，你就交给卢友文去运动吧！她说，男子汉怎能做女人的事，给他听到了要生气的呢……"

站在一边的诗尧，忍无可忍地插了一句：

"奶奶，你们谈话的时候，卢友文在什么地方？"

"他不在家呢！小双说，他出去找工作了。她说得才多呢！她说卢友文够委屈了哇，娶了她要找工作，不然，就可以专心在家写东西了呀！反正，友文是这样好、友文是那样好地说了一堆。正说着说着，忽然大门被敲得砰砰乱响，就杀进来一个大胖女人……"奶奶手舞足蹈地指着我，"平常你们说我胖，那女人足足有我两个粗呢！"

"那胖女人来干吗？"我听呆了。

"那胖女人像个大坦克车似的冲了进来，手里还拉着个呆头呆脑的胖女娃呢！那女人一进门就骂，骂的可是上海话哇，我一句也听不懂，搞了半天，那女人只是'死您、死您'的，后来，我总算听明白了一段，她说：'我可是缴了学费让孩子学琴的，你不教也罢了，怎么骂我们孩子是笨蛋哇！现在伤了孩子的自尊心了，你给赔来吧！'小双呆呆地站在那儿，脸上一阵红一阵白的，就别提有多可怜了。人家骂了二十分钟，她也没还两句嘴儿。最后，她才走上前去，给人家左鞠躬右道歉地说：'张太太，这事都怪我不好，你们家莉莉没错儿，昨晚上我家先生脾气不好，与莉莉没关系，琴声吵了他写文章，他就说了几句重话儿……'小双的话没说完，那胖女人就哇啦哇啦又叫了一大串，说什么，你们高贵，是文学家，是音乐家，就别收学生哇！收了学生，就得教呀！给了你们钱，是让你们来欺侮咱们家孩子的嘛！小双急得眼泪都快掉出来了，只是一个劲儿说：'张太太，您就包涵包涵点吧！我学费退还给您。'说着，就翻箱倒柜地找出三百块钱来给她。那胖女人一把夺过钱去，说：'不行哇！你退一个月的钱怎么行？你要把三个月的都退出来！'小双可怜兮兮地说：'可是我教了她三个月呀！'那胖女人说：'三个月！她一支曲子都没学会，你教的是哪一门琴呀？何况你伤了孩子的自尊，影响她的什么……什么……心理……心理健康哇！我要到派出所去告你呢……'"

奶奶这儿还没说完，诗尧脸色铁青地站了起来：

"我去找那个胖女人理论去！"说着，他往门外就走。

奶奶伸手一把抓住诗尧，说：

"你去干吗？事情已经结了，要你去凑什么热闹？"

"事情怎么结的？"我焦急地问，"哥哥，你别打岔，听奶奶说嘛，后来呢？"

"后来我可忍不住了，我上前去说：'你这位太太，人家给你歉也道了，钱也还了，你怎么还没完没了呢？'我还没说完，那胖女人可真凶哇，她一撸袖子就站上前来，说：'你是要打架呢还是要动手呀？'小双急了，赶过来，她护在我前面，对那女人一直鞠躬，说好话儿，末了还说，三个月的钱，我就还你吧！只是现在手头不方便，你给个期限儿，我月底给你吧！这样，那胖女人才走了，一面走，还一面骂个不停呢！"

"还有这种事？"诗尧愤愤然地说，"那个女人住在哪里，我先登门去打她一架再说！"

"算了吧，"奶奶说，"这种女人，碰到了就算倒霉吧！这事还没完呢……"

"还没完？"妈妈瞪大了眼睛，"还要怎么样呢？"

"这样是……那胖女人才走啊，卢友文回来了，我这脾气可熬不住，就把这胖女人的事一五一十地告诉卢友文。小双直拉我袖子，直叫奶奶，我也没意会过来，还在那儿说个不停……"

"我知道了，"诗尧说，"准是卢友文发火了，又去找那胖女人算账了。"

奶奶看了诗尧一眼。

"你说倒说对了一半，卢友文是发火了，只是，他并不是对那胖女人发火，他是对小双发火了！"

"怎么？"我大声问。

"他指着小双就又骂又说：'我说的吧，那些笨孩子和那些暴发户的家长是不能惹的！谁要你教钢琴？谁要你收学生？把我的脸都丢光了！'小双本来就憋着满眼眶的眼泪呢，这样一来，眼泪就扑簌簌往下滚了。她吞吞吐吐地说了句：'我是想赚点钱嘛！'一句话，卢友文又火了，他大叫大跳地说：'谁要你赚钱哇？你是存心要在奶奶面前坍我的台呀！我卢友文穷，卢友文没钱，我可没有瞒谁呀！你嫁我的时候，说好要跟我吃苦，你吃不了苦，干吗嫁我呢？难道我卢友文，还要靠你教钢琴来养吗？'他一直吼，一直叫，气得我手也发抖了，身子也发软了，正想帮小双说两句话儿，小双却死拉着我，在我耳边说：'奶奶，你别说他，他一定在外面怄了气了！平常，他是不会这样待我的！'我看他们两个那样儿，一个愿打，一个愿挨，我说什么呢？我一气就回来了！"

奶奶说完，我们满屋子都静悄悄的。谁也不说话，半晌，妈妈才轻叹了一声，说：

"命吧！这孩子生来就苦命！"

诗尧站起身来，一声不响地就走回他房里去了。我看他脸上阴晴不定，心里有点担忧，就也跟着走进他屋里。他正呆坐在书桌前面，拿起一支铅笔，把它折成两段，又把剩下的两段折成四段。我走过，他抬眼看了我一眼，冷冷地说：

"你好，诗卉！"

怎么，看样子是对我生气呢！人类可真有迁怒的本领！小双受气，关我什么事呢？

"我可没得罪你吧？哥哥！"我说。

"你瞒得真紧，"诗尧冷冰冰地说，"你一点儿口风都不露，原来，小双现在是生活在地狱里！"

"地狱和天堂的区别才难划分呢！"我说，"你觉得她在地狱里，她自己可能觉得是在天堂里！而且，哥哥，管他是地狱还是天堂，反正与你没关系！"

诗尧的脸涨红了，脖子也硬了，额上的青筋又出来了。他把手里的断铅笔往屋里重重地一摔，大声说：

"我能做些什么？"

"哥哥，你什么都不能做！"我正色说，"人家已经嫁为人妇，而且将为人母。你能做什么呢？你帮个忙，把小双从你的记忆里完全抹掉，再也不要去想她。她幸福，是她的事；她不幸，也是她的事！你能做的，是早点交个女朋友，早点结婚，早点给朱家添个孙子。你不要以为奶奶的观念新，她早已想抱曾孙子了！"

诗尧一眨也不眨地瞪着我，好像我是一个他从没见过的怪物似的，半晌，他恨恨地说：

"诗卉，你是一个没有感情、没有良心、没有热诚的冷血动物！"

"很好，"我转身就往屋外走，"我冷血动物，我看你这个热血动物到底能做些什么！"

诗尧一把抓住了我。

"慢着！"他叫。

我站住了，他望着我，眼中布满了红丝。

"诗卉，"他低声地说，太阳穴在跳动着，眼神是深邃而凌厉的，"帮我一个忙！请你帮我一个忙！我再也没有办法这样过下去了！"

他的神色惊吓了我，我不自禁地往后退着。

"你要做什么，哥哥？"我结舌地问。

"你去帮我安排，我必须单独见小双一面！我有许多话要对她说。请你帮我安排，诗卉！"

我猛烈地摇头。

"不，不！哥哥！你不能这样做！我也不能帮你安排！我绝不能！就像你说的，你失去了三百七十八个机会，现在已经太晚了！一切都太晚了！要安排，你早就该叫我安排，在她刚来我们家的时候，在卢友文没有出现的时候，甚至，在她和卢友文交朋友的时候……都可以安排！而现在，不行！不行！绝不行！"

"诗卉！"他抓紧我，摇着我，疯狂而激动地，"你要帮我！我并不是要追求她，我知道一切都晚了。往日的我，骄傲得像一块石头；现在的我，孤独得像一片浮木。我已经失去追求她的资格，我只想和她谈谈，只想告诉她，我在这儿，我永远在这儿，在她身边，在她四周……"他急促地说着，越说越语无伦次，"我永远在她旁边！我要让她了解，让她了解……"

"哥哥！"我严厉地叫，"你要说的话，她都了解的，你懂吗？在目前，你什么都不能做，你懂吗？你如果行动不慎，你只能使她受到伤害，你懂吗？"

诗尧怔住了，他呆呆地望着我，我也呆呆地瞪着他，我们彼此对视着，好一会儿，谁都没有说话，然后，逐渐地，他眼底那层凌厉之色消失了，取而代之的，是一层近乎绝望的、落寞的、怅惘的、迷茫的神色。他放松了我，颓然地走到床边，把自己重重地掷在床上，他低语：

"是的，我什么都不能做。可是——"他咬牙，"如果那个卢友文敢欺侮她，我会把他杀掉！"

我走到床边，在床沿上坐下，凝视着他：

"哥哥，请你不要傻了好不好？你难道不知道，小双热爱着卢友文吗？不管卢友文是不是怜惜小双，小双爱他，就无可奈何啊！我敢说，如果你伤了卢友文一根汗毛，你伤的不是卢友文，而是小双！"我的哥哥瞪着我。

"那个卢友文，就这么值得爱吗？"他沙哑地问。

"我不知道值不值得，"我深沉地说，"我只知道，小双以他的快乐为快乐，小双以他的悲哀为悲哀！"

诗尧翻身向着床里，一句话也不说了。

经过奶奶这样的一篇报告，经过我的一番实地探测，我们都知道小双的婚姻，并不像想象那样美满。不过，家家有本难念的经，天下哪儿找得出十全十美的夫妇呢？我们私下，固然代小双惋惜，而小双自己，是不是也懊悔这婚姻呢？一个月以后，就在我们还在谈论和怀疑着的时候，小双自己来了，像是要给我们一个答复似的，她衣着整齐，容光焕发。

那是晚上，全家人都在家。小双穿着件红衬衫，黑色的背心裙。长发中分，自自然然地披泻在肩上和背上。她略施了脂粉，看起来很有精神，很甜蜜，又很快活。诗尧一看到她，就像个弹簧人般从沙发里弹了起来，然后他就紧紧地盯着她，上上下下地打量她，似乎不大相信自己的眼睛。小双被他看得有些不好意思，微红着脸，她笑着说："都没出去吗？真好。"

奶奶伸手牵住了她，怜惜地拍拍她的手背：

"今天气色很好，"奶奶赞美地说，"要天天这样才好，别太累着。擦地板那种工作，是不能再做了。"

小双扭了扭身子，轻笑了一声。

"不过偶然擦一次地板，就给奶奶撞着了。谁会天天去做那种工作呢？"

"友文又在家写文章吗？"雨农问，因为我在他面前告过卢友文一状，使他觉得自己这"介绍人"当得有点犯罪感，所以特别显得关切。小双回过头来，她脸上绽放着光彩。

"你知道吗，雨农？"她高兴地说，"友文找到了工作，他现在开始上班了！"

"上班？"雨农直跳了起来，仿佛这是件天下奇闻，"在什么地方上班？"

"在公司的国外贸易部，专门处理英文信件。"小双笑着说，"一天上班八小时，够他累的了。他又不习惯，下了班就喊腰酸背痛肚子痛……"

"肚子怎么会痛的？"我好奇地问。

"他说腰弯得太久了的关系。"小双笑得叽叽咯咯的，我记得，似乎很久没有看到她这样笑了，"反正，下了班，他的毛病才多呢！不过，难得他肯上班呀！像他这种人，要他上班比要他的命还严重嘛！"

"那么，他的写作呢？"雨农问。

"他还是写呀，晚上在家写。"小双望着雨农，脸上掠过了一抹困惑的神色，"雨农，说真话，你觉不觉得，友文虽然是个天才，但是，要当职业作家还是不行，主要是——他的速度太慢。我曾经研究过关于他的写作问题，为什么台湾有那么多职业作家，他却赚不着稿费呢？后来我得到结论了。撇开那些名作家不谈，就算新作家吧，他们每个月总写得出十篇八篇稿子，这些稿子寄出去，就算一半被退稿吧，也有四篇五篇登出来。这样，或多或少，总有一点儿收入。友文呢，他老是想啊想啊想啊，今天写了，明天又撕了，这样一个月下来，可能保留不了一千字，那，怎么能当职业作家呢？"

"小双，"我忍不住说，"我要问你一句坦白话，从你去年七月认识卢友文，到你们结婚，到现在，差不多一年半了，这一年半之间，卢友文到底写了多少字？"

"说真的，"小双坦白地说，"字倒真的写得不少，只是都撕了。"

"为什么要撕呢？"奶奶又不懂了，"那些字儿，登在报纸上不就是能拿钱吗？他这一撕，不是在撕钞票呀？"

"他对自己的要求太高了！"小双轻叹了一声，"从我认识他以来，他只发表过一篇《拱门下》，偏偏又是没稿费的。雨农，你知道他那个人，对于经济是毫无观念的，如果拿稿费来衡量他的稿子，那就是侮辱他！他说他不是用文字来骗饭吃，而是想写一点能藏诸名山，流传百世……反正，"她又轻笑了一下，"你们也听多了他这种议论。所以，他肯去上班，那真是难上加难呢！"

"你怎么说服了他？"我问。

"唉！"小双叹口气，"也真难办！以前，我总是不让他操心钱的事，可是，他越来越糊涂了！诗卉，你是亲眼看到他那股横劲儿，我还敢说吗？这个月，电力公司把电给剪了，他就点蜡烛写。接着，水也停了，家里可不能不喝水啊！我出去提水，那天，提着一桶水，就在门口摔了一跤……"

"哎哟！"奶奶叫，"这可不是开玩笑的！你这孩子真不知轻重，摔出毛病来没有？"

小双的脸红了。

"当时是疼得晕过去了，醒来的时候躺在床上，已经打过安胎针，总算没出毛病。可是，友文可吓坏了，吓得脸都发白了，他就对我赌咒发誓说，他要……要好好赚钱，好好工作，好好照顾我，负担起家庭生活来。又说他要和过去的灵魂告别了，要死去再复生的那一大套。我本来以为他也不过是说说而已，谁知，他这次真是痛下决心，就去上班了。"

"那么，还亏得你这一摔了！"我说，"说真的，不管卢友文有多大的天才，我还是认为，一个男子汉就该工作，就该有正当职业。"

"话不是这么说，"爸爸接了口，他一直安安静静地在倾听，"写作也是件正当职业，但是，千万不能眼高手低！批评别人的作品头头是道，自己做起来困难重重，那是最难受的事！"

"朱伯伯，"小双说，"您这话可别给他听见，他最怕的就是'眼高手低'四个字！"

"那么，他是不是'眼高手低'呢?"我又嘴快了。

"不。"小双脸色变了变，正色说，"他有才华，只是尚待磨炼，他还年轻呢！我想，他最好就是能有个工作，再用多余的时间来练习写作。我费了很久时间，才让他了解，再伟大的作家也要吃饭！"

"卢友文是个好青年，"爸爸点头说，"他的毛病是在于梦想太多而不务实际。"

"现在他知道要务实际了！"小双笑得又甜又美又幸福，我从不知道，一个丈夫去"上班"，居然能让太太这样兴奋和快乐，

"也真难为了他，为了我，他实在牺牲得太多了！"

"笑话！"诗尧忽然开了口，他阴沉地坐在那儿，面露不豫之色，"丈夫养活太太，是天经地义的事，怎么谈得上'牺牲'两个字！"

小双望了望诗尧。我以为她一定会和诗尧辩起来，谁知，她却对诗尧温柔地笑了笑，说：

"诗尧，我今晚是特地来找你的！"

"哦？"诗尧瞪大眼睛，精神全来了。我望着我那不争气的哥哥，心想，他已经不可救药得该进精神病院了。

小双从皮包里拿出了一个纸卷，她递给了诗尧，半含着笑，半含着羞，她说：

"我整理出两支歌来，词是我自己填上去的。友文说我写得糟透了，他又不肯帮我写，我只好这样拿来了。你看，能用就拿去用，不能用就算了。歌谱也变动了很多，爸爸的曲，有些地方我觉得很涩，不能不改一下。"她摊开歌谱，和诗尧一起看着，她指着中间改过的那几个音，看了看钢琴。诗尧立刻走过去，把琴盖掀起来，把歌谱放在琴架上，他热心地说：

"你何不弹一弹，唱一唱呢？如果有什么要改的地方，我们也可以商量着，马上就改。"

小双顺从地走到钢琴前面，坐了下来，诗尧站在旁边，身子扑在琴上，他用热烈的眼光望着小双。他的眼光是那样热烈，似乎丝毫没有顾虑到她是个将做母亲的卢太太。小双没注意他的眼光，她的眼睛注视着歌谱，然后，她弹出一串柔美的音符，一面说：

"这支歌的歌名叫《梦》。我的歌词，你听了不要笑。"

接着，她唱了起来，我们全家都静静地听着，我永远永远记得那歌词，因为那歌词好美好美。

　　　　昨夜梦中相遇，执手默默无语，
　　　　今晨梦中醒来，梦已无从寻觅！
　　　　梦儿，梦儿！来去何等匆遽！

　　　　昨夜梦中相诉，多少情怀尽吐，
　　　　今晨梦中醒来，梦已不知何处？
　　　　梦儿，梦儿！今宵与我同住！

　　　　昨夜梦中相聚，无尽浓情蜜意，
　　　　今晨梦中醒来，梦已无踪无迹！
　　　　梦儿，梦儿！请你归来休去！

小双的歌喉一向柔美，咬字又相当清晰，再加上她那份感情和韵味，这支歌竟唱得荡气回肠。而那歌词，那歌词，那歌词……我怎么说呢？我想，她是唱进诗尧内心深处去了。因为，我那个傻哥哥，用手托着下巴，一眨也不眨地望着小双，比那次听她唱《在水一方》更动容。事实上，他是整个人，都已经痴了。

15

年底，我去看小双。

大约是晚上八点钟，我预料小双和卢友文都在家，但是，到了那儿才发现，只有小双一个人在家里。那栋小屋好安静、好孤独地伫立在一大堆公寓中。屋内只亮着一盏六十瓦的小台灯，台灯放在钢琴上面，小双正俯在那儿改谱，我去了，她仍然工作着，不时按动一两个琴键，单调的琴声就打破了那无边的寂静。好一会儿，小双轻叹一声，推开乐谱站起身来。她已经大腹便便，行动显得有些儿迟滞，那暗淡的灯光发着昏黄的光线，照射着她。她微笑着，那笑容好单薄，好脆弱，好勉强，好寂寞。

"卢友文呢？"我问。

"他……我也不知道。"她眼底有一丝困惑，"最近总是这样，下了班就很少回来，他说，上了班就有朋友，有了朋友就要应酬。一个男人的世界是很广大的，不像女人，除了家庭，就是家庭。"

"胡说！"我嘴快地接口，"李谦和诗晴都上班，早上一起起床弄早饭，吃完了分头去上班，下班后，谁先到家谁先做晚饭，嘻嘻哈哈地吃，吃完了抢着洗碗。我就没听李谦说男人的世界有多广大，也没听诗晴说，女人的世界只有家庭。"

小双静静地听我说，她眼中浮起了一抹欣羡的光芒。

"他们好幸福，是不是？"她说，"他们配得真好，两个人能同心合力地向一个目标迈进。"

"你们呢？"我问，"卢友文难道放弃写作了？"

"没有，他说他永不会放弃。"

"那……怎么不写呢？"

小双走向外间的客厅里，我跟着走了出去，她打开灯，我就看到一书桌的稿纸，写了字的，没写字的，写了一半字的，写了几行字的……全有。小双在书桌前坐下来，拿起一张稿纸看看，放了下去，她又换一张看看。我身不由己地跟过去，拉了一张椅子，我坐在小双身边，问："我可不可以看？"

小双递给我一张纸，上面只有几行：

"他站在那高岗上，让山风吹拂着他，他似乎听到海啸，很遥远很遥远的海啸，那啸声聚集成一种强大的力量，对他像呐喊般排山倒海而来……"

我放下纸张：

"头起得还不错，为什么不写下去呢？"

"因为……"小双轻蹙着眉头，"他不知道这呐喊是什么东西，也不知道那海啸从何而来。我觉得，那是他内心里的一种挣扎，他总听到一个声音在他耳边对他说：你是天才，你是天才，你是天才！你该写作，你该写作，你该写作！于是，他因为自己是天才而写作，却实在不知道要写什么东西！"

"我记得，"我皱眉说，"卢友文第一次来我家，就曾经侃侃而谈，他对写作似乎充满了计划，何至于现在不知道要写什么。"

小双的面容更困惑了，她抬起眼睛来看我。

"诗卉，我也不懂，我已经完全糊涂了。在我和友文结婚的时候，我以为我是世界上最了解他的一个人，可是，现在，我觉得他简直像一个谜，我越来越看不透他。诗卉，我不瞒你说，我常有种紧张和惊慌的感觉，觉得我在一团浓雾里摸索，而他，友文，他却距离我好遥远好遥远。"

"这大概因为你总是一个人在家，想得太多了。"我勉强地笑着说，"卢友文真该在家陪陪你，尤其，"我看看她的肚子，"在你目前这种情况下。"

"没关系，"小双笑了，"要二月底才生呢！何况，我有护身符。"

"护身符？"我不解地问。

"奶奶给的玉坠子呀！"她从衣襟里拖出那坠子来，笑着，"我一直贴身戴着呢！只要戴着它，只要伸手摸着那块玉，我就好安慰好开心，我会告诉自己说：杜小双，你在这世界上并不孤独，并不寂寞，有人爱着你，有人关心着你，有人把你看成自己的孙女儿一样呢！"

我瞪着小双，难道她已经感到孤独和寂寞了吗？难道她并不快乐，并不甜蜜吗？小双望着我，忽然发现自己说漏了什么，她跳起身子，笑着说：

"我们何必谈友文的写作呢？我们何必谈这么严肃的问题呢？来吧！诗卉，我弹一支曲子给你听，这支曲子是我自己作的呢！

你听听看好不好听？"

折回到钢琴前面，小双弹了一支曲子，我对音乐虽然不太懂，但是，从小听诗尧玩钢琴，耳濡目染，倒也略知一二。那曲子刚劲不足，却柔媚有余，而且，颇有种怆恻与凄凉的韵味。我说：

"只是一支钢琴曲，不是一支歌曲吗？"

"是一支歌曲。"小双说，"只是我不想唱那歌词。"

"为什么？"

"友文说，这种歌词代表标准的'女性歌词'。"

"歌词还分女性和男性吗？"我哇哇大叫，"又不是动物！这性别怎么划分呢？"

"你不知道，友文说，电影也有'女性电影'，小说也有'女性小说'，歌词也有'女性歌词'。"

"女性是好还是不好呢？"我问。

"大概是不好吧！"小双笑笑，"这代表'无病呻吟、柔情第一、没丈夫气、风花雪月'的总和。"

"哦！"我低应着，"女性确实有很多缺点，奇怪的是男性都缺少不了女性！"

"友文说，这就是人类的悲剧。"

"他怎么不写一篇《人类悲剧论》呢！说不定可以拿诺贝尔奖呢！"我有点生气地说，好端端，干吗要侮辱女性呢？这世界上没有女性哪儿来的男性！

"诗卉最沉不住气，"小双笑笑说，继续抚弄着琴键，那柔美的音符跳跃在夜色里，"这也值得生气吗？假若你这么爱生气，和友文在一块儿，你们一定从早到晚地拌嘴！"

"所以我很少和他在一块儿呀！"我说，"好了，小双，把你的女性歌词唱给我听听吧！"

小双弹着琴，正要唱的时候，门铃响了，小双跳了起来，脸上燃起了光彩。只说了句"友文回来了"，她就赶到大门口去开门，我走进客厅里，听到他们夫妻俩的声音，小双在委婉地说着：

"以后不回来吃晚饭，好歹预先告诉我一声，我一直等着你，到现在还没吃呢！"

原来小双还没吃晚饭！我看看手表，九点多钟了！如果给奶奶知道，准要把她骂个半死。我站在那儿，卢友文和小双走进来了，看到了我，卢友文怔了怔，就对我连连地点头，笑着说：

"你来了，好极了。诗卉，你正好陪小双聊聊天，我还有事要出去呢！"

小双大吃了一惊，她拉着友文的衣袖，急急地说：

"怎么还要出去呢？已经九点多了！你到底在忙些什么？这样从早到晚不回家！明天不是一早就要上班吗？你现在又出去，深更半夜回来，你明天早上起不来，岂不是又要迟到？这个月，你已经迟到好多天了！"

"我有事嘛！"卢友文不耐烦地说，扯了扯小双的衣服，对卧房努了努嘴，低声说，"进去谈，好不好？"

看样子是避讳我呢！我立即往玄关冲去，说：

"我先走了，小双，改天再来看你！"

"别走！别走！千万别走！"卢友文拦住我，"我有急事，非出去不可。但是，我一出去，小双可以整夜坐在这儿淌眼泪。奇怪，以前的小双不是顶坚强的吗？什么事都不肯掉眼泪的吗？可是，我告诉你，诗卉，事实上我娶了一个林黛玉做太太，偏偏我又不是贾宝玉，对眼泪真是怕透了！小双流起眼泪来呵，简直可以淹大水！"

我站在那儿，走也不是，不走也不是，偷眼看小双，她极力忍耐着，但是，眼眶儿已经有点红了。我只好站定，靠在门框上，望着他们发呆。卢友文又折回到小双面前，说：

"有事和你商量！"

小双挺了挺背脊。

"有什么事，你说吧！"她咬了咬嘴唇，"诗卉又不是外人！你还要避讳吗？"

"那么，"卢友文沉吟了一下，"我需要一点儿钱。"

小双直直地望着他。

"你是回来拿钱的！"她说，"如果你不缺钱用，你会不会回来这一趟呢？"

"别鸡蛋里挑骨头好不好？"卢友文皱起了眉头，"我没有时间耽误，也不想吵架，你拿三千块给我！"

"三千块！"小双的眼睛瞪得又圆又大，"你以为我挖到金矿了？我从什么地方变出三千块钱给你？而且……你要三千块钱干什么？"

"不要管我要钱干什么，"卢友文恼怒地说，"你只要把钱给我就行了！"

"我……我哪里有钱？"

"少装蒜了！"卢友文那两道浓眉纠结到了一块儿，脸色变得相当阴沉而难看，"诗卉在这儿，你难道一定要我抓你的底牌吗？"

"我的底牌？"小双愕然地张大了眼睛，脸色雪白，眼珠乌黑晶亮，她诧异地说，"我有什么底牌？"

"你弄得我不耐烦了！"卢友文大声说，"别做出那副清白样子来！你以为我不知道吗？上星期诗尧才给你送过钱来！而且不是小数字！"

我的心怦然一跳，诗尧，诗尧，你这个浑蛋！你毕竟和她单独见面了，而且还留下把柄给那个丈夫！我望向小双，她却并不像做了任何虚心事，她依然是那样坦然，那样无畏无惧，那样一团正气。迎视着卢友文的眼光，她说：

"你怎么知道的？"

"我打电话问李谦的！他说你那两支歌早就卖掉了！电视上也早就唱出来了。奇怪，居然有那种冤大头的唱片公司，出钱买你这种莫名其妙的歌！可见，嘿嘿……"他冷笑了一声，"这之中大有问题！好吧，我也不追究到底是怎么回事了，你把钱给我就行了！"

小双的呼吸急促，声音震颤：

"你……你在暗示什么？"

"我什么都没有暗示！"卢友文大叫，"我的意思只是说，你杜小双了不起！你杜小双是天才！你随便涂几句似通非通的歌词，居然就能变成钞票！你伟大！你不凡！你有本领！好了吧？现在，你可以把钱给我了吧！"

小双颤抖着，她拼命在压抑自己，胸口剧烈地起伏着。她的眼睛黑黝黝地盯着卢友文，眼光里充满了悲哀，充满了愤怒，充满了委屈。她的声音，却仍然极力维持着平静：

　　"友文，你做做好事。是的，我收了一万块钱，人家买我的歌曲，主要是电视公司肯唱，是的……这是诗尧的介绍和帮忙……但是，绝无任何不可告人的事……你别……别夹枪带棒地乱骂。我写歌词，卖歌曲，这……这也不是什么可耻的事……"

　　"我说过这是可耻的事吗？"卢友文大吼了一句，用手紧握着小双的胳膊，小双在他那强而有力的掌握下挣扎。卢友文喊着："你到底给不给我钱，你说！你说！"

　　"友文，友文！求求你，"小双终于哀恳地喊了出来，"你让我留下那笔钱来，等生产的时候用吧！"

　　"生产！距离你生产还有两个月呢！到那时候，我早就有一笔稿费了！"

　　"友文，我不能期望于你的稿费呀！那太渺茫，太不可靠……"小双脱口而出，接着，就大喊了一句，"哎哟，你弄痛了我！"

　　我再也忍不住了，奔上前去，我一把抓住卢友文的手腕，摇撼着他，推着他，我叫着说：

　　"你疯了！卢友文！你会弄伤她！她肚子里有孩子呢！你疯了！你还不放手！"

　　卢友文用力把小双一推，松了手。小双站立不住，差一点儿摔到地板上去，我慌忙抱住了她。她忍耐着，倔强地忍受着这一切，身子却在我手臂里剧烈地颤抖。卢友文仍然站在我们面前，高得像一座铁塔，他的声音撕裂般地狂叫着：

"小双！我警告你！永远不要嘲笑我的写作！永远不要嘲笑我的写作！"

小双颤巍巍地从我怀抱里站起来，立刻显出满面的沮丧和懊悔，她胆怯地伸手去摸索卢友文的手，她急切地解释：

"对不起，友文，我没有那个意思，我不是那个意思！你别生气，是我的错，都是我的错！"

我坐在地板上，深抽了一口凉气。搞了半天，都是她错哩！这人生，还有一点儿真理吗？我想着，眼光仍然直直地望着他们。于是，我看到卢友文用力地甩开了小双的手，就跑去一个人坐在藤椅里，用两只手抱住头，好像痛苦得要死掉的样子。小双慌了、急了，也吓坏了，她跑过去，用手抚摩着卢友文的满头乱发，焦灼地、担忧地、祈求地说："友文！友文？你怎样？你生气了？"

卢友文在手心中辗转地摇着头，他苦恼地、压抑地、悲痛地说：

"你瞧不起我！我知道，你根本瞧不起我！我在这世界上只有一个你，但是，你瞧不起我！"

小双立即崩溃了，她用双手抱紧了卢友文的头，好像一个溺爱的母亲，抱着她打架负伤的孩子似的。她急急地、赌咒发誓地说：

"友文！我没有！我没有！如果我瞧不起你，我就不得好死！友文，我知道你有天才，有雄心，但是，要慢慢来，是不是？罗马也不是一天造成的，是不是？友文，我没有要伤你的心，我不该说那几句话，我不该苛求你……我……我……我……"她说不下去了，她的喉咙完全哽住了，已经在她眼眶里挣扎了很久的眼泪，这时才夺眶而出。卢友文抬起头来了，他用苦恼的、无助的、孩子般的眼光看着小双，然后，他把小双的身子拉下来，用胳膊紧紧地拥抱着她，他说：

"小双！你为什么这么命苦！难道除了我卢友文，你就嫁不着更好的丈夫吗？你为什么要跟着我吃苦？你明明有更好的选择，你为什么要选择我？为什么？为什么？为什么？我又为什么这样不争气？为什么？"

他那样痛心疾首，他那样自怨自艾，使小双顿时泪如泉涌。她用手捧着他的头，睁大那带泪的眸子望着他。她抱他、抚摩他、拥紧他，一面不住口地说：

"我没有命苦，我没有命苦，友文，你是好丈夫，你是的，你一直是的！"

然后，小双挣脱了他，跑到卧房里面去了。只一会儿，她又跑了出来，手里握着一大叠钞票，也不知道是多少，她把钞票往他外衣口袋里一塞，就强忍着眼泪，用手梳理着他乱蓬蓬的头发，低言细语地说：

"你不是还有事吗？就早些去吧！免得别人等你！"

"我不去了。"卢友文说，"我要在家里陪着你，我要痛改前非，我要……"

"你去吧！友文！"小双柔声说，爱怜地而又无可奈何地望着他，"你去吧！只是，尽早回来，好吗？你如果不去，整夜你都会不安心的！"

"可是……"卢友文瞅着她，"你不会寂寞吗？"

"有诗卉陪着我呢!"

"那么,"卢友文站起身来,犹疑地看看我,"诗卉,就拜托你陪陪小双……"

我从地板上一跃而起,各种复杂的心情在我胸腔里交战,我迅速地说:

"少来!卢友文!小双是你的太太,你陪她……"

小双一把拉住了我,用带泪的眸子瞅着我。

"诗卉!"她软软地叫,"我没有得罪你吧?"

我泄了气,对卢友文挥挥手,我说:

"你去吧!你快去吧!我陪你太太,不管你有什么重要事,只请你快去快回!"

卢友文犹豫了大约一秒钟,就重重地把额前的头发掠向脑后,下决心地掉转了头,大有"我不入地狱,谁入地狱"的那种悲壮之概,他大踏步地走出了房门,很快地,我就听到大门"砰"然一响,他走了。

这儿,我和小双面面相对,好半天,谁也没说话。然后,小双去厨房里洗脸,我跟到厨房门口。她家的厨房是要走下台阶的,我就在台阶上坐了下来。说:

"你还没吃晚饭,我在这里看着你,你弄点东西吃!"

小双可怜兮兮地摇摇头:

"我现在什么都吃不下,等我饿了,我自己会来弄东西吃!"

我叹口气,看她那副心事重重的样子,想必也是吃不下。我们折回到卧房里,我望着她,忍不住问:

"你到底知不知道,卢友文这么晚出去,有什么重要的事情?"

"我知道。"她静静地说。

"是什么?"小双低下头去,默然不语。

我追问着:

"是什么事?你说呀!告诉我呀!"

小双仍然不说话,可是,那刚刚擦干净的脸上,又滑下两道泪痕来了。我心里猛地一跳,就"哎哟"一声叫了起来:

"老天,小双,他是不是在外面弄了一个女人?我告诉你,像卢友文这种小白脸就是靠不住,仗着自己长得漂亮,女孩子喜欢,他就难免拈花惹草……"

"诗卉!"这可把小双憋出话来了,"你想到什么地方去了?他不会的。在感情上,他绝不会做任何对不起我的事情。"

"那么,"我愣愣地说,"这么晚了,他还能到什么地方去?"

"他……他……他……"小双嗫嚅着,终于轻轻地说出口来,"他去赌钱。"

"什么?"我直跳起来,"你居然让他去?你昏了头了?小双?你发疯了!你有多少家当去给他输?你是大财主吗?你有百万家财吗?你知道多少人为赌而倾家荡产?你这样不是宠他、惯他,你是在害他……"我一连串像倒水一样地说。小双只是静静地瞅着我,然后,她摇摇头,低声说:

"你看见的,我能阻止他吗?我能吗?如果我再多说两句,他非把我看成仇人不可。诗卉,你不了解他,他也很可怜,写不出好作品使他自卑,使他苦闷,他必须找一样事情来麻木自己,来逃避自己……"

"小双!"我恼怒地叫,"任何赌徒都有几百种借口!亏你还去帮他找借口！你真是个好太太啊！"

小双哀愁地望着我，忍耐地沉默着，满脸的凄然与无奈。我不忍再说什么了，望着她，我叹口气，咽住满腔要说的话。小双默然良久，终于，她振作了一下，忽然恳切地说：

"求你一件事，诗卉。"

"你说吧！"

"关于今天晚上的事，关于友文赌钱的事，关于我们吵架的事，请你——"她咬咬嘴唇，"请你千万不要告诉诗尧，也不要告诉奶奶他们。"我看着她。她那样哀哀无助，她那样可怜兮兮，我还能怎么样呢？我还能说什么呢？点了点头，我说：

"你放心，我一个字也不说。"

小双感激地看着我。然后，她站起身来，走到钢琴前面，她慢吞吞地坐下，慢吞吞地按了几个琴键，慢吞吞地说了一句："你刚刚不是要听我的'女性歌词'吗？"

于是，她一边弹着琴，一边用含泪的声音低唱着：

请你静静听我，

为你唱支悲歌，

有个小小女孩，

不知爱是什么。

她对月亮许愿，

但愿早浴爱河，

月亮对她低语，

爱情只是苦果。

如今她已尝过，

爱情滋味如何！

为谁忍受寂寞？

为谁望断星河？

为谁长夜等待？

为谁孤灯独坐？

她没有唱完那支歌，因为，骤然间，她扑在琴上，放声痛哭。我跑过去，抓住了她的手，她紧握着我，哭泣着喊：

"诗卉！诗卉！为什么爱情会变成这样？他到底是我的爱人，还是我的敌人？是我生命里的喜悦，还是我生命里的悲哀？是我的幸运，还是我的冤孽？"

16

那一阵子，我很不放心小双，虽然我发誓不把她的情况告诉奶奶和诗尧他们，我却忍不住告诉了雨农。卢友文是雨农带到我们家来的，是因为雨农的介绍而认识小双的。因此，在我心中，雨农多少要对这事负点责任。雨农听了我的叙述，也相当不安，私下里，他对我说：

"卢友文聪明而热情，他绝非一个玩世不恭或欺侮太太的人，这事一定有点原因，我要把它查出来！"

因此，那阵子，我和雨农三天两头就往小双家里跑。小双似乎也觉察出我们的来意，她总是笑吟吟的，尽量做出一副很快活、很幸福的样子来。而卢友文呢，三次里总有两次不在家，唯一在家的一次，他会埋头在书桌上，说他"忙得要死"，希望我们"不要打扰他"，这样，我们就拿他一点儿办法也没有。好在，我们去了，也没有再碰到过什么不如意的事。

这样，有一晚，我们到小双里的时候，看到卢友文正满面怒容地坐在书桌前面。而小双呢，她坐在椅子里，脸色好苍白，眼神定定地望着屋角，用牙齿猛咬着手指甲发愣。一看到这情形，我就知道准又有事了。雨农也觉察到情况的不对劲，他走过去，拍拍卢友文的肩膀说：

"怎么，友文？写不出东西吗？文思不顺吗？"

"写东西！"卢友文忽然大叫起来，"写他个鬼东西！雨农，我告诉你，我不是天才，我是个疯子！"

小双继续坐在那儿，脸上木无表情。雨农看看我和小双，又看看卢友文，赔笑地说：

"这是怎么回事？小夫妻吵架了吗？友文，不是我说你，小双可真是个难得的好太太，你诸事要忍让一点。尤其，你瞧，马上就要做爸爸的人了！"

"做爸爸？"卢友文叫，暴躁地回过头来，指着小双，"发现怀孕的时候，我就对她说，把孩子拿掉，我们这种穷人家，连自己都养不活，还养得活孩子？她不肯，她要生，这是她的事！可是，现在动不动就对我说，为了孩子，你该怎样怎样，为了孩子，为了孩子！我为什么要为了孩子而活？我为什么不能为自己、为写作、为我不朽的事业而活？因为小双，因为孩子，我要工作，我要做牛做马做奴隶，那么，告诉我，我还有我自己吗？'卢友文'三个字已经从世界上抹掉了，代替的是杜小双和孩子！"

雨农呆了，他是搞不清楚卢友文这一大堆道理的，半晌，雨农才挤出一句话来：

"我们应该为我们所爱的人而活，不是吗？"

小双这时抬起头来了，她幽幽地说了一句：

"问题是，我和孩子都不是他所爱的！"

这句话像一枚炸弹，卢友文顿时爆炸了。跳起身来，他走向小双，抓住小双的肩膀，他给了她一阵剧烈的摇撼。他红着脸，直着脖子，吼叫着说：

"小双，你说这话有良心吗？"

小双抬头望着他，泪光在她眼睛里闪烁。

"不要碰我，"她轻声说，"如果你真爱我，表现给我看！"

卢友文不再摇她了，他定定地望着小双，小双也定定地望着他，好一会儿，他们彼此望着，谁也不说话。然后，卢友文颓然地放开她，步履歪斜地走到桌边，沉坐在沙发里。他又发作了，他的老毛病又来了！和刚刚的暴躁威猛判若两人，他用手托着头，忽然间就变得沮丧、痛苦、悲切万状，他懊恼地说：

"我是怎么了？我是怎么了？一定有魔鬼附在我的身上，使我迷失本性。我——已经毁灭了，完了，不堪救药了！说什么写作，谈什么天才？我根本一点儿才华也没有，我只是一架空壳，一个废物！事实上，我连废物都不如，废物还有利用价值，我却连利用价值都没有！我的存在还有什么意义？徒然让爱我的人受苦！让爱我的人伤心！我这人，我这人连猪狗都不如！"

从没听过有人这样强烈地自责，我呆了，雨农也呆了，我们两个站在旁边，像一对傻瓜，只是你看我，我看你。小双，不像往日的小双，每当卢友文颓丧时，她就完全融化了。今晚，她好固执，她好漠然，她那冰冻的小脸呆呆怔怔的，身子直直地坐着，一动也不动。好像卢友文的声音，只是从遥远的地方飘来的一阵寒风，唯一引起的，是她的一阵轻微的战栗。我想，她一定听这种话听得太多了，才会如此无动于衷。于是，卢友文"更加"痛苦了，他抱着头，"更加"懊恼地喊着："小双，我知道，你恨我！你恨我！"

"我不恨你，"小双冷冷地开了口，声音好凄楚、好苍凉，"我要恨，只是恨我自己。"

"小双，你不要恨你自己，你别说这种话！"卢友文狂叫着，像个负伤的野兽，"你这样说，等于是在打我的耳光。小双，我对你发誓，我不再赌钱，不再晚归了。我发誓，我要找出以前的稿子来，继续我的写作！我发誓！雨农和诗卉，你们作我的证人，我发誓，明天的我，不再是今天的我！我要努力写作，努力赚钱，努力上班，我要对得起小双，我要做一个男子汉，负起家庭的责任！我发誓！"

小双低语了一句：

"你如果真有决心，不要说，只要做！"

我心里一动，望着小双，我觉得她说了一句很重要很重要的话：不要说，只要做！果然，卢友文拼命地点着头，一个劲儿地说：

"是的，我不说，我做！只要你不生气，只要你不这样板着脸，我做！我要拿出真正的成绩给你看！不再是有头无尾的东西！我发誓！"

小双低低地叹口气，这时，才转过头来，望着卢友文，卢友文也默默地、祈谅地望着她。看样子，一场争执已成过去，我示意雨农告辞，小夫妻吵了架再和好，那时的恩爱可能更超过以前，我们不要再碍事了。小双送我们到大门口，我才悄悄地问了一句：

"为什么吵起架来的？"

"他——"小双摇摇头，"他要卖钢琴！"

"什么？"我吓了一跳，"为什么？"

小双瞅着我。

"你想，为了什么呢？家里再也拿不出他的赌本了，他就转念到钢琴上去了。我说，钢琴是我的，他不在家，我多少可以靠钢琴消解寂寞。而且，这些日子，作曲也变成一项收入了。卖了钢琴，我怎么作曲呢？就这样，他就火了，说我瞧不起他，侮辱了他！"

我呼出一口长气来。雨农在一旁安慰地说：

"反正过去了，小双，他已经说过了，从明天起，要努力做事了！"

"明天吗？"小双又低低叹气了，"知道那首《明日歌》吗？'明日复明日，明日何其多。我生待明日，万事成蹉跎！'只希望，他这一次的'明日'，是真正的开始吧！"

从小双家里出来，我和雨农的心情都很沉重，我们是眼见着他们相识、相爱和结婚的，总希望他们有个好的未来。但是，那个卢友文，是个怎样的人呢？就像雨农后来对我说的：

"他绝顶聪明，心地善良，也热情，也真爱小双，只是，他是世界上最矛盾的人物，忽而把自己看得比天还高，忽而又把自己贬得比地还低，你以为他是装样吧？才不是！他还是真痛苦！他高兴时，会让人跟着他发疯；他悲哀时，你就惨了，他非把你拖进地狱不可！这种人，你说他是坏人吗？他不是！跟他一起生活，你就完了！"

用这段话来描写卢友文，或者是很恰当的，也或者，我们还高估了卢友文！

那天是二月三日，我记得很清楚。快过阴历年了，银行里的业务特别忙。大约下午五点，银行已经结业，我还在整理账务，没有下班。忽然，有我的电话，拿起听筒，就听到妈妈急促而紧张的声音：

"诗卉！赶快到宏恩医院急救室来，小双出了事！同时，你通知雨农，叫他马上找卢友文！"

我吓呆了，一时间，也来不及找雨农，我把账务匆忙地交给同事，就立刻叫了一辆计程车赶到宏恩医院。还没到急救室，就一头撞到了妈妈，她拉着我就问：

"卢友文来了吗？"

"没有呀！"我说，"我是从银行直接来的，怎么回事？小双怎样了？发生了什么事情？"

"我也不知道是怎样的，"妈妈急得语无伦次，"说是小双支持着去敲邻居的门，只说出我们的电话号码，人就晕了！邻居看她浑身是血，一面通知医院开救护车，一面就打电话给我们！我和你奶奶赶来，她已经完全昏迷了，医生说要立即输血，动手术把孩子拿出来！可是，卢友文呢？卢友文要来签字呀！"

"妈！"我吓得发抖，"是难产吗？时间还没到呀，小双说要月底才生呢！孩子保不住了吗？他们要牺牲孩子吗？"

"我也不知道呀！"妈妈大叫，"医生说万一不行，就必须牺牲孩子保大人！你还不去找卢友文！叫雨农到他公司去找人呀！"

我心中怦怦乱跳，飞快地跑到公用电话前，急得连雨农的电话号码都记不清了，好不容易打通电话，找到了雨农，我三言两语地说了，就又飞快地跑回急救室，冲进急救室，我一眼看到小双，她躺在床上，白被单盖着她，她的脸色比那白被单还白，冷汗湿透了她的头发，从她额上直往下滴。医生护士都围在旁边，量血压的量血压，试脉搏的试脉搏，血浆瓶子已经吊了起来，那护士把针头插进小双的血管。奶奶颤巍巍地站在小双头前，不住用手去抚摩小双的头发。我挨过去，喊着小双的名字。于是，忽然间，小双开了口，她痛苦地左右摇摆着头，一迭连声地喊着：

　　"奶奶！奶奶！奶奶！"

　　奶奶流着泪，她慌忙摸着小双的下巴，急急地说：

　　"小双！别怕！奶奶在这儿！奶奶陪着你呢！"

　　小双仍然摇摆着头，泪珠从她眼角滚了下来，她不住口地喊着："奶奶！奶奶！坠子！奶奶！坠子！"

　　忽然间，我想起小双说玉坠子是她的护身符的事，我扑过去，对奶奶说：

　　"那坠子，她要那坠子，在她脖子上呢！"

　　我掀开她的衣领，去找那玉坠子。倏然间，我看到那脖子上一道擦伤的血痕，坠子已不翼而飞。我正惊愕着，医生赶了过来，一阵混乱，他推着我们：

　　"让开让开，家属让开！马上送手术室，马上动手术！没有时间耽搁，你们谁签字？"

　　奶奶浑身发抖，颤巍巍地说：

　　"我签，我签，我签！"

于是，小双被推往手术室，在到手术室的路上，小双就一直痛苦地摇着头，短促地、苦恼地喊着：

"奶奶！坠子！奶奶！坠子！奶奶！坠子……"

小双进了手术室，我们谁也无能为力了。卢友文仍然没有出现。妈妈在手术同意书上签了字，我们祖孙三个，就焦灼地、含泪地、苦恼地在手术室外彼此对视着。就在这时，诗尧赶来了，他一把抓住了我的手，脸色惨白，手心冰冷，他战栗地说：

"诗卉，她怎样了？她会死吗？"

"不要咒她好不好？"我恼怒地叫，"她在手术室，医生说，保大人不保孩子！你……你来干什么？"

"我叫他来的！"妈妈这才想起来了，"钱呢？带来没有？要缴保证金，还有血浆钱！"

"我把找得到的钱都带来了，"诗尧说，"家里全部的钱只有七千块，我问隔壁李伯伯又借了五千块！"

奶奶把缴费单交给诗尧，就在这时，一位护士小姐又推着两瓶血浆进手术室，诗尧顿时打了一个冷战，用手扶住头，身子直晃。我慌忙搀他坐下来，在他耳边说：

"哥哥，你冷静一点，别人会以为你是小双的丈夫呢！你坐一下吧！"

一句话提醒了诗尧，他抬起头来，眼睛都直了。

"卢友文呢？"他问，"那个混蛋丈夫呢？他死到什么地方去了？"

"雨农去找他了！"我说，"你去缴费吧！现在骂人也没有用！"

诗尧去缴了费，折回手术室门口，我们等着，等着，等着……像等了一千万年那么长久，只看到医生护士们，穿着白衣服，出出入入于手术室门口，却没有一个人来理我们。奶奶抓住每一个护士，苦苦追问着小双的情形，那些护士只是说："还不知道呢！"这样，终于，一个护士走了出来，微笑地说：

"是个女孩子，六磅重，很好！"

"活的吗？"奶奶瞪着眼睛问。

"活的！"

"小双呢？"诗尧沙哑地问，"大人呢？"

"医生马上出来了，你们问医生吧！"护士缩了回去。

诗尧倒进椅子里，他又用手扶住头，喃喃地说：

"她完了！我知道，她完了！"

我用脚狠狠地踩了诗尧的脚一下，我哑声说：

"你安静一点儿行不行？你一定要咒她死吗？"

诗尧直直地望着我，他的脸色发青，眼睛发红，嘴唇上连一点儿血色也没有，那神情，就像他自己已经宣布死刑了。我心里一酸，眼泪就涌进眼眶，模糊了我的视线，我伸手紧握着诗尧的手，我说：

"放心，哥哥，她会好好的！她才二十岁！那么年轻！她会好好的！"

医生终于出来了。我们全像弹簧人一样从椅子里弹起来，医生望着我们，点了点头：

"失了那么多的血，差一点儿就救不过来了，现在，如果没有意外变化，大概不至于有问题。只是失血太多，还不能说脱离危险期。你们先去病房里等着吧！"

我们去了病房。一会儿，小双被推进来了，躺在病床上，她看起来又瘦又小。护士取掉了套在她头上的帽子，她那头乌黑的头发就在枕上披泻下来，衬托得她那张脸尤其苍白、尤其消瘦。她的眼睛合着，长长的睫毛在眼睛下面投下一圈暗影。她的眉峰轻轻地蹙着，虽然医生说麻药的力量还未完全消失，但是，她那轻蹙的眉峰仍然给人一种不胜痛楚、不胜负荷的感觉。血浆瓶子始终吊在旁边，那鲜红的血液看来刺目而惊心。她的头在枕上蠕动，嘴里轻轻地吐出一声呻吟，她恍恍惚惚地叫：

"奶奶！奶奶！"

奶奶抓住了她那苍白的手指，眼泪一直在奶奶眼眶里转着，她连声喊：

"小双，奶奶在这儿！奶奶陪着你呢！"

小双费力地睁开眼睛，她的眉头蹙得更紧了，无力地转动着头，她神志迷糊地找寻着什么。

"奶奶，孩子……孩子……"

"孩子很好，"我慌忙接口，"小双，你安心休养，孩子很好，是女孩，六磅重，我等会儿就去看她，你放心，都放心，一切全好。"

小双抬起眼睛来看我，似乎并不相信我。她那乌黑的眼珠逐渐被泪水所濡湿了。那两汪泪水，像两泓清潭，盈盈然地浮漾着，她低声啜泣，抽噎着说：

"我要孩子，诗卉，我要孩子。"

妈妈立刻拍拍她，说：

"我去和医生商量，让护士把孩子抱给你看看，好吗？不过，按规矩，要二十四小时才能抱出婴儿室呢！"

小双哀求似的看着妈妈，旁边在照顾的护士说话了，她抚摩着小双的手，安慰地说：

"不行呢！医生不许抱出来的！"

眼泪从小双眼角滚落了下去。

"孩子，"她呜咽着，"我要孩子。"

护士动容了，她拭去小双的泪痕，说：

"好吧！我去试试看！"

护士走了，小双合上了眼睛。一会儿，护士果然抱着那孩子走了回来。小双挣扎着抬起头，努力张大了眼睛望着那红通通的、皮肤皱皱的小东西。那孩子好小好小，像一只小猫，她熟睡着，小手好可爱地握成了拳头。小双贪婪地看着。护士已微笑地摇头了：

"不行不行，小妈妈和小婴儿都需要休息，我们要回婴儿室了！"

孩子抱走了，小双"唉"了一声，倒回到枕头上，好像她全身的力气都用完了。奶奶慌忙帮她抚平枕头，拉好棉被，整理她散乱的头发，说：

"小双，睡睡吧！"

"奶奶，"小双仍然在叫，她的头不安地摆动着，好像有满肚子的话要诉说，"奶奶，那坠子，他……他抢走了那坠子……"

奶奶不解地看看我，我也满腹狐疑。扑过身子去，我凝视着小双：

"小双，谁抢走了坠子？"我问，开始明白，这比预产期早了二十天的孩子，一定是由于某种事件而造成的"意外"，而这事件，准与那"坠子"有关。

"他抢走了坠子！"小双再说，呜咽着，泪水一直滚下来，"是友文，友文！他……他已经卖掉了那珍珠项链，他……他……又抢走了玉坠子！"

我伸出手去，翻开小双的衣领，我又看到那条伤痕了。显然，他们经过一番争斗，因为，我现在明白了，那伤痕是金链子拖过去所造成的。我深吸了口凉气，气得浑身都发起抖来。回过头去，我看到诗尧站在门边，他的脸色铁青，眼睛里冒着火。我悄然走开，到门边对诗尧说：

"你回去吧！这儿没有你的事了！"

诗尧咬牙切齿地看着我。

"那个卢友文在哪里？"他低问，"我要把他碎尸万段！"

我蹙紧眉头，瞅着他：

"你别再惹麻烦了，好不好？麻烦已经够多了。"

就在这时，雨农赶来了，他气喘吁吁地站在门口。

"诗卉，我找不到卢友文，他公司里说，他今天下午根本没有上班。我已经赶到小双家里，留了条子，叫他一回家就到这儿来！他公司里的同事说，要找他，除非是到一家赌场里去找！"

"赌场？"我愣着，"台湾哪儿来的赌场？"

"事实上，就是地下赌窟，"雨农说，"我有一个地址，我现在就去碰碰运气，不过，那同事说，这地址也不可靠，因为他们常常迁移地点，我怕你着急，先来通知你一声，小双怎样？没危险吧！"

"生了一个女孩子，早产了二十天！你如果找到卢友文，告诉他，"我的声音哽了，"他是世界上最残忍、最最狠心、最最没有人性的男人！"

雨农深深地望了我一眼。

"我找他去！"他掉转身子。

"我跟你一起去！"诗尧说。

我死命扯住诗尧的衣服。

"哥哥！"我叫，"我求你！你不许去，你去了准闯祸！"

我对雨农做了一个眼色，雨农如飞地跑了。诗尧把头仰靠在墙上，眉毛整个纠结在一起，双手握紧了拳，他痛苦地望着天花板。我注视着他，几乎可以感到他的心在滴血。我咬紧牙根，糊涂了。为什么？为什么人生会这样？该相爱的人没有缘分，有缘分的人又不知珍惜！为什么？为什么？

17

那夜，我整夜守护在小双的病床前面。本来该请特别护士，但是，家里一时凑不出太多的钱，又怕以后还要付钱，我说能省的就省了，反正我放心不下，不如在这儿权充特别护士。奶奶年事已高，到夜里九点多钟，我就逼着妈妈和她回去了。诗尧在这儿也是白费，何况，一个大男人在病房里，又有诸多不便，于是，妈妈强迫地、命令地拖着他一起走了。雨农去找卢友文，始终还没有找来。

晚上九点钟左右，小双睡得极不安稳，一直呻吟呼痛。医生给她打了一针止痛针，显然那针药有极大的镇定作用，小双就此沉沉睡去。血浆瓶子已经换成了生理食盐水，始终不断地在注射，护士每两小时来量一次血压，告诉我说，血压已经升了上去。大概，她这条小命是保住了。

我就这样坐在病床前面，望着那好小好瘦的小双，心里回转着上千上万种念头，想着她第一次来我家的情形，第一次见卢友文的情形，草率的结婚和陋屋里的蜜月。小双，如果按命运来说，她的命岂不是太苦！

到了下半夜，小双又开始睡不安稳，由于麻药的关系，她一直呕吐，一直呻吟。我拉着她的手，喃喃地安慰着她，于是，她张开眼睛迷蒙地看着我，低喊着：

"诗卉！"

"小双，"我握紧她的手，"你很痛吗？要不要叫医生来？"

"不，不要。"她轻声说，眼光在病床周围搜寻着，似乎在找什么人。于是，我说：

"奶奶和妈妈先回去了，她们明天一早就会来看你！"

小双点点头，没说什么，我觉得，她找的未见得是奶奶和妈妈，就忍不住又说：

"雨农去找卢友文，不知道是怎么回事，找到现在还没找来！不过，雨农在你家里已经留了条子了。"

小双睁眼看看我，她的眼光好怪异、好特别、好冷漠，使我不自禁地打了个寒战。她把头转向一边，合上眼睛她又昏昏睡去了。

凌晨两点钟，忽然有人敲门，我以为又是护士来看情况，只说了声"进来"。门开了，竟是雨农和卢友文！我跳了起来，慌忙把手指压在唇上，表示"噤声"。雨农悄然地把我拉向一边，我合上房门，雨农低问：

"怎样？"

"没死。"我简单地说，不知道胸中的一腔怨气，是该对谁而发。

转头看卢友文，他满头乱发，面容憔悴，眼睛里布满了红丝，下巴上全是胡子楂儿，穿着件破旧的牛仔布夹克，一身的潦倒相，满脸的狼狈样儿。当初那个神采飞扬的卢友文何处去了？当初那个漂亮潇洒的卢友文何处去了？他现在看起来，像个坐了十年监牢，刚出狱的囚犯。

他直接扑向床边去，在我还来不及阻止他以前，他已一把握住了小双那放在被外的、苍白的小手。然后，他喊着：

"小双！"

小双被惊醒了，她迷糊地张开眼睛来，微蹙着眉梢，她困惑地、迷茫地望着眼前的人。卢友文扑过去，坐在床沿上，他弯腰望着她，沙哑地、急促地、哽塞地，他不停地叫着，语无伦次地说着：

"小双！小双！我对不起你！我对不起你！我该死！我该下地狱！小双！你好吗？你疼吗？你打我吧！你骂我吧！我不是人，我是禽兽！我配不上你，我让你受罪，我让你吃苦，我不是人！……"小双的眉头蹙得更紧了，她轻轻地把手从卢友文手中挣脱出来，转头叫我：

"诗卉！"

我立刻走过去，问她要什么。

"让他走开好吗？"她有气无力地说，"我好累，我好想睡。"她闭上眼睛，一脸的疲倦和不耐。

我拉了拉卢友文的袖子：

"你做做好事，卢友文，"我说，"你现在不要打扰她，让她睡一睡，她刚刚动过大手术，才从鬼门关回来的呢！你有话，等她睡醒了再说。"

卢友文痛苦地瞅着我，又转头去看小双，他似乎还有千言万语，要急着诉说。但是，小双的眉头蹙得紧紧的，眼睛紧闭着，苍白的小脸上一片冷漠。那样子，是什么话也不想听，也不要听的。卢友文叹了口气，仍然扑在那儿不肯离开，只是苦恼地、痛楚地凝视着小双。我死命地扯着他的衣服，对他说：

"你到那边去坐着吧！你没看到她手腕上绑着针管吗？你在这儿只会碍事。要不然，你先去婴儿室，看看你的女儿吧！"

一句话提醒了卢友文，他抬头看我：

"那孩子——好吗？"

"很不错，"我憋着气说，"这样危险的情况中，抢救出来的孩子，将来一定命大。"

卢友文用充满内疚和自责的眼光看了我一眼，就站起身来，走出病房去看他女儿去了。我和雨农交换了一个注视，雨农对我摇摇头，低声说：

"别再骂他了，一路上，他自怨自艾得就差没有跳车自杀了！"

"我听多了他的自怨自艾，"我说，"我也不相信他会跳车自杀。你——在什么地方找到他的？赌场吗？"

雨农望着我，他眼中有着惊悸的神情。

"你不会相信有那种地方，诗卉。"他说，"那是一间工寮，换言之，是一群工人聚集的地方，我原以为是什么公寓，铺着地毯，有豪华布置，完全错了。那儿是公司的工人宿舍，他们聚集着，满屋子的烟味、酒味、汗味、霉味……如果你走进去，你准会吐出来。他们有的在掷骰子，有的在赌梭哈，有的在推牌九，别看都是工人，大把大把的钞票就在满屋子飞着。而且，世界上顶下流顶肮脏的话，你都可以在那儿听到。至于挖着鼻孔、抠着脚丫子的各种丑态，就不用提了。"

我愕然瞪着雨农，不信任地问：

"他何至于堕落到如此地步？又何至于去和工人聚赌？我还以为……他不过是和同事打打麻将呢！"

"他说，他是去找灵感的，他想写一篇《赌徒末日记》。他最初去，人家邀他参加一个，他参加了，从此，就被'魔鬼附了身'，他每赌必输，于是又加上了不服气，他总认为下一次可以赢，就一路赌下去，这样越陷越深，就不能自拔了。据我看……"他沉吟了一下，"那些人是在'吃'他。"

"吃他？"我不懂了。

雨农正要再解释，卢友文回来了，雨农就住了口。卢友文看了看床上的小双，她似乎又进入沉睡状况了。他再转头望着我，低声说：

"我隔着玻璃看了，那孩子好小，不是吗？"

"你希望她有多大？"我没好气地说，"一个不足月的孩子，能有六磅重，已经很不错了！"

卢友文不说话了，在椅子里坐下来，他用手抱住头，又是那股痛苦得快死掉的样子。我瞪着他，心里憋着一句话，是怎么样也按捺不住了。我说：

"卢友文，坠子呢？小双的玉坠子呢？"

卢友文抬起眼睛来，苦恼地看了我一眼，没说话。

"你是当了，还是卖了？你就直说吧！"

"输掉了。"他说。

"输给谁了？"我问。

"诗卉，"雨农打断了我，"现在去追问这坠子的下落又有什么用呢？反正东西已经没有了！再追问也是没有了。那些工人，还不是早拿去珠宝店换钱了。"

我瞪着卢友文，越想越气。

"怎么会发生这件事？"我问，"为什么小双出事的时候你不在家里？你跟小双打架来着，是不是？"

"没有打架，"卢友文低低地说，"我要她给我坠子，她不肯，我急着要去扳本，没时间跟她慢慢磨。我说只是跟她借用，会还她的，她还是不肯。我没办法，就去她脖子上摘，她躲我，我拉着她……"

"把坠子硬从她脖子上扯下来，是不是？"我像个审犯人的法官，"你把她脖子都拉破了，你去看看，她脖子上还有一条血痕呢！"

卢友文把头埋进手心里，声音从手心中压抑地透了出来：

"我不是人，我是禽兽！"

我继续瞪着那个"禽兽"。

"后来呢？"我问。

"我拿了坠子就跑，她在后面追我，然后，她摔倒了，我没有在意，就走了。我怎么知道她这一摔会摔出毛病来？她以前又不是没有摔过跤，也没出毛病，她是很容易摔跤的。"

我气得头发晕，他眼见她摔倒，居然置之不顾，仍然去赌他的钱。如果小双不机警，找邻居帮忙，岂不是死在那小屋里，都没有人知道？假若这一摔竟摔死了，我不知道在雨农的法院里，会不会判决这种丈夫为"杀人罪"。凝视着卢友文，我明白，他一定还隐瞒了若干细节，小双准是在争夺坠子时就已经受了伤，动了胎气，再一摔，才会那么严重。我很想把卢友文从头到脚地臭骂一顿。但是，雨农一直对我摇头使眼色，卢友文又痛苦得什么似的，我就只好气冲冲地走开，去照顾小双了。

天亮时，小双醒了，睁开眼睛来，她不安地望着我，微弱地说："你一夜都没睡吗，诗卉？"

"不要紧，小双，"我笑着说，"以前我们两个常常一聊就是一通宵，你明知道我是夜猫子！"

卢友文走过来了，坐在床边上，他重新抓住小双的手。现在，小双是清醒的。

"小双！"他哀求地看着她，"原谅我！"

小双把头转向床的另一边。

"诗卉，"她说，"孩子好吗？"

"很好，"卢友文很快地接口，"我已经去看过了，他们不许我进去，只抱到玻璃窗那儿，让我隔着玻璃看。小双，"他柔声说，"从此，我是父亲了！你放心，我一定痛改前非，从头做起……"

小双望着我，脸上毫无表情。

"诗卉，你能不能帮我问问医生，我可不可以拒绝某些干扰？雨农，"她看到雨农了，就又转向雨农，"帮我一个忙，让这个人出去，好不好？"

卢友文在床前面跪下来了，他把头扑在小双的枕边，激动地、痛楚地、苦恼地喊着：

"小双！小双！求求你，你再给我一个机会，求求你！小双，你一向是那样善良、那样好心的！你一向都能原谅我的过失的，你就再原谅我一次吧！我发誓再也不赌了，我发誓从此做个好丈夫！我要写作，这次是真的写，不再是只说不做！诗卉和雨农在这儿，他们做我的证人！小双，你好心，你仁慈，你宽宏大量，你……你就原谅我吧！在这世界上，我只有你一个亲人……不，不，现在还有孩子，我只有你们两个，你们就是我的世界！以后，我要为你们活着，为你们奋斗，为你们创一番事业……"

他的话还没有说完，小双已转过身子去，伸手就按了床头的叫人铃。立即，护士来打门了，卢友文可无法继续跪在那儿，他慌忙跳起身子，脸上是一脸的狼狈与尴尬。护士走了进来，笑嘻嘻地问：

"有什么事吗？"

小双指着卢友文，苍白的面庞上一片冷漠与倨傲，使我想起她第一天，穿着全身黑衣，站在我家客厅里的那种"天地与我何关"的神情。在那一刹那间，我明白了，当人悲痛到极点的时候，一定会变得麻木和冷漠的。

"小姐，"她对护士说，"请你让这个人出去！"

护士呆了，她看看我们，一股莫名其妙而又不知所措的样子。雨农立刻走上前去，拉住卢友文，打圆场地说：

"好了，友文，你就过来坐着，别说话，也别吵着小双，让她好好休息，好吧？"

卢友文无可奈何地折回到旁边，在椅子里坐了下来，托着下巴，愣愣地发呆。雨农对护士小姐使了个眼色，摇摇头。那护士显然也明白过来，知道是夫妻在闹别扭，就笑了笑，搭讪着走过去看了看生理食盐水的瓶子，又量了量血压，回头对我们说：

"很好，她恢复得蛮快呢！"

护士走了，我们三个人就都静悄悄地待在那病房里，不知道怎么是好。一夜没有睡觉，雨农已经有点摇头晃脑。但是，我们谁也不敢离开，因为，小双一脸冷冰冰，一脸倔强，我们生怕一离开，他们夫妻会再吵起来。对小双而言，现在实在不能再生气或激动了。

雨农推了一张躺椅，要我躺上去休息休息。经过一日一夜的折腾，我躺上去就睡着了。一觉醒来，天已大亮，我身上盖着毛毯，奶奶正冲着我笑呢！我坐起身来，发现雨农已经走了，卢友文还坐在他的老位子上发呆。奶奶却精神抖擞而笑容满面：

"诗卉，银行里，你妈已经打电话帮你请了假了，所以你不必着急，现在奶奶来接你的班，你可以回去睡觉了！雨农那孩子，我已经赶他回家了。"

我刚睡醒，精神倒蛮好的，一时也不想回去。看看小双，她的眼睛睁得大大的，望着天花板，不知道在那儿想些什么。奶奶笑着走过去，拿出一把梳子，她笑嘻嘻地梳理着小双的头发，一面说：

"把头发梳好，洗个脸，心情就会好多了。奶奶已经问过医生，他说你拆了线就可以回家了，所以啊，了不起在医院里再住一星期，就可以抱着小娃娃，回呀回娘家了。"

奶奶的好心情使我发笑。望着小双，她却一点儿笑容也没有。她的眼睛静静地、坚决地看着奶奶。

"奶奶！"她叫。

"嗯？"奶奶应着，用橡皮筋把她的长发束了起来。

"这次我动手术，花了你们很多钱吧？"

"哎哟！"奶奶喊，"什么'我'啊，'你们'啊，你算是嫁出门的女儿，泼出门的水了，是不是？我跟你说啊，小双，医药费不要你操心，咱们朱家还拿得出来。你如果疼奶奶，你就给我快一点好起来，让奶奶看到你们一个个健健康康的，奶奶也就心满意足了。"

"奶奶，"小双那一直冷冰冰的脸孔，现在才有点融化了，她瞅着奶奶，声音里带着祈求，"我出院以后，要一个人租间房子住……"

"胡说八道！"奶奶说，"照迷信啊，你出了院还在坐月子，也不便住到朱家去……"

我心里有数，奶奶才不那么"迷信"呢！她所顾虑的，不过是小双正在和卢友文赌气，而我家里偏偏有那样一个痴得可怜的哥哥！如果把小双接回我家去，还不定要闹出多少事故来呢！奶奶转着眼珠子，继续说：

"……所以呀，你出了院就乖乖回家去，奶奶搬过去陪你，帮你照料小娃娃，一直到你满月为止，怎么样？"

"我不！"小双坚决地说，"我再也不回那个家！奶奶，我现在是真正的没有家了！"小双的声音里，充满了令人心酸的凄凉。

"别瞎说呀！"奶奶嚷着，"你算是瞧不起奶奶吗？奶奶早说过了，你是我的第三个孙女儿，原来……原来……你心里根本没有我这个奶奶哇！"

"奶奶！"这一下，小双的眼泪滚滚而下了，她顿时泣不成声，"奶奶，你怎么这样说？我……我……我对不起你，奶奶！我……我弄丢了那玉坠子，你那样郑重地交给我的，我……我根本没有脸见您了！"

"哎哟！"奶奶故作轻快地嚷，但是，她的眼圈也红了，眼眶里也涌上了眼泪，"快别这样傻，小双！那坠子只是块石头，有了不嫌多，没有不嫌少。奶奶给你的时候，原想让你戴着避避邪，如果因为这坠子，你反而闹了个夫妻不和，家庭分散，那岂不是给你招了邪来了吗？这样说来，那是个不吉利的东西了，既然不吉利，丢了也算了。难道还真为一个坠子伤心吗？"

"奶奶，你不知道，"小双泪下如雨，声音呜咽着，枕上立即湿了一大片，"那坠子对于我，代表的是一个家庭的温暖，一个祖母的爱心，它……它不是一块石头，它是一件无价之宝呀！"

"哟，别哭别哭。"奶奶用一条小手绢，不住地擦拭小双的泪痕，而她自己脸上，也已经老泪纵横了，"小双，快别哭了，在月子里，哭了眼睛会坏的！小双，奶奶绝不会因你丢了一个坠子，就少疼你几分呀！小双，瞧，你再要招惹得奶奶也哭起来了！"说着，奶奶转头去望着卢友文。在奶奶和小双这一段谈话里，那卢友文就一直垂头丧气地坐着。奶奶擤擤鼻子，提着嗓子喊："卢友文！你还不给我过来！"卢友文低着头走过来了。奶奶望着他，命令地说：

"快给你太太赔个不是吧！你差点把我这个小孙女儿的命都送掉了！"

小双把头转开去，含泪说：

"奶奶，我再也不要见他了！我永远不要见他！我……我……我要和他离婚！"

我们都愣了，奶奶也愣了，这是小双第一次提"离婚"两个字。显然，卢友文也惊呆了，他愕然地瞪着她，半晌，才恳切地开了口：

"小双！千错万错，都是我的错！你要我怎样，我就怎样，只求你别再提分手和离婚的话！我尽管有千般不是，尽管做了几百件对不起你的事，但是，请你看在我们孩子的面子上吧！别让她刚刚出世，就面临一个破碎的家庭！请你，看在那小女儿面子上吧！"

说实话，卢友文这篇话倒讲得相当动人，连我的鼻子都酸酸的，眼睛里也湿漉漉的了。小双呢？再倔强，再忍心，也熬不住了，她又哭了起来，泪水从眼角迅速地溢了出去，流到耳朵边和发根里去了。奶奶慌忙弯下身子，不住地帮她擦眼泪，一面稀里呼噜地擤着鼻子，一面用哽塞的声音说：

"不是我说你，小双。'离婚'两个字，怎么可以随便出口呢？婚姻是终身的事儿，当初你既然选择了他，好歹都得认了这条命！奶奶的话是老古董，可是，也是为你着想呀！孩子才出世，你是要让她没爹呢，还是要让她没妈呢？小双，不管你有多少委屈，今天就看奶奶的这个老面子和你女儿的小面子，你就原谅了友文这一遭儿吧！"

小双只是抽噎，哭得整个肩膀都耸动着，这样哭显然是牵扯了伤口，她不胜痛楚地用手按着肚子。卢友文趁势弯下腰去，帮她扶着身子，同时，眼眶也红了，他说：

"小双，你听奶奶的，就原谅我这一次吧！以后，我再也不惹你伤心了，也再不会伤害你了！我要用我以后的生命，为我今天的错误来赎罪！我发誓，我会加倍爱你，加倍疼你！我会一心一意照顾你，让你从此远离各种痛苦和伤害！"

小双一面哭着，一面抬起睫毛来望着卢友文，这是卢友文到医院以后，她第一次正眼看他。

"我不信任你，友文，我完全不信任你！"

"我发誓……"

"你发过几千几万次誓了！"

"这一次，是最后一次！"卢友文说，祈谅地、哀恳地望着小双，经过一夜的折磨，他的面容是更加苍白、更加憔悴了。下巴上，胡子参差不齐地滋生着。小双凝视着他，终于，她伸出手去，轻触着他的面颊。"友文，"她含泪说，"你该剃胡子了！"

卢友文猝然把头扑在她床前的棉被里，泪水浸湿了被单。他的手紧握着小双的手。奶奶站直了身子，拍拍手，她叫了起来：

"哎呀，我忘了，我还没有吃早饭呢，闹了这么半天，我可饿了，诗卉，你呢？"

"我也饿了！"我说。

"那么，我们等什么，去门口吃烧饼油条吧！"

奶奶拉着我往门口走，到了门口，她又回过头来，正色地、严肃地说：

"卢友文，我告诉你，下次你敢再欺侮小双，奶奶这把老骨头绝对不会饶过你！"

说完，她拉着我的手，昂着她那白发苍苍的头颅，挺着背脊，骄傲地、坚定地、大踏步地往前走去。

我们在医院的门口，一头碰到了诗尧。

他正往医院里走去，看到我们，他站住了。他的脸色，似乎比卢友文还憔悴、还苍白。显然也是一夜未睡。他的眼睛深黝黝的，里面燃烧着痛楚和愤怒，低低地，他说：

"小双好吗？那个丈夫在里面，是吗？他总算出现了，是吗？"他往前冲去，"我要找他！我早说过，他欺侮了小双，我会找他算账！"

奶奶一把抓住了他。

"傻小子！"奶奶说，"你从小就傻，从小就执拗，从小就认死扣！到现在，三十岁了，没有一点儿进步，反而退步了！你不许进去，诗尧，假如你聪明一些，别再增加小双的痛苦！你——也别让奶奶操心。你这样不吃、不喝、不睡，对小双并没有丝毫帮助，懂吗？诗尧，"奶奶心疼地瞅着他，"跟我们去吃烧饼油条去！"

诗尧盯着奶奶。

"奶奶，你不会支持我。"他哑声说。

"支持你去破坏一个家庭吗？支持你去抢别人的太太吗？"奶奶说，"你就说奶奶是个老古董吧！什么都依你，什么都支持你！这件事，不行！"

诗尧一眨也不眨地望着奶奶。

"奶奶，你知道吗？"他咬着牙说，"我从小就傻，从小就执拗，从小就认死扣！我还会继续傻下去！在小双结婚的时候，我就发过誓，她幸福，我认命！她不幸，我不会做一个旁观者！"

我惊悸地望着他。

"你要做什么？"我问。

"你知道的，诗卉！我不会饶过卢友文，我不会！"

"别傻了！"奶奶说，"他们已经言归于好，你也只好认命了！"

"是吗？"诗尧冷冷地问，"我会等着瞧！我会等着！"

他靠在电杆木上，抬头望着医院的窗子，大有"就这样等下去"的趋势。冬季的寒风在街头穿梭，他一动也不动地站着，一任那寒风鼓动着他的衣襟。

我和奶奶相对注视，都怔了。

18

　　小双出院以后，奶奶果然遵照她在医院里的许诺，搬到小双那简陋的小屋里去照顾小双了。尽管小双坚持她不需要，尽管卢友文一再说不敢当，奶奶仍然固执地住在那儿照料一切。不仅于照料，她把她的老本儿都拿了出来，今天给小双炖只鸡，明天给小双煮猪肝汤，后天又是红枣煮莲子，忙了个不亦乐乎。私下里，她对我们说：

　　"可怜哩，没爹没娘的孩子，我如果再不照料她一点儿，她会认为整个人生都没有温暖了，人，活着还干吗呢？何况，那个丈夫……"她四面看看，没见到诗尧，才把下面的话，化为一声叹息，"唉！"她虽没把话说完，可是，我们都了解那话中的言外之意。奶奶在小双家住了一个月，卢友文在客厅里打地铺。奶奶说，卢友文这一个月还算很"乖"，每天按时上班，按时下班。只是，下班后，他经常待在客厅里长吁短叹，奶奶追问他干吗叹气，他就说什么"遭时不遇"，"有志未伸"，"时乖运蹇"，"造化弄人"，"穷途潦倒"，"命运不济"……

"老天哇！"奶奶说，"我总说咱们家的自耕是个书呆子，生了个诗尧是个小书呆子。可是，他们说的话我总听得懂哇！那个卢友文啊，他像是按着《成语大辞典》在背呢！可以一小时里给你搞出几百句成语来！"

我想，奶奶的存在，多少给了卢友文一些"监视"作用。小双这次死里逃生，也多少给了卢友文一个痛心的教训！他该从此下定决心，好好努力，来创一番事业了，也不辜负小双跟着他吃这么多的苦，受这么多的罪！

小双的女儿取名字叫彬彬，虽然生下来的时候又瘦又小，但是，才满月她就变得又白又嫩又漂亮，一对乌黑的、灵活的大眼睛简直就是小双的再版！嘴唇儿薄薄的、小小的，总是在那儿吮着吮着。脸蛋儿红红的，小手小脚软乎乎的，摸着都舒服。小双抱着她，那份喜悦劲儿，那份满足劲儿，那份安慰劲儿，是我一年以来都没有看到的。她常凝视着孩子对我说：

"诗卉，这孩子现在是我最大的寄托了。我不再是个一无所有的人，我是个母亲！望着彬彬，我就是有天大的烦恼，我也把它忘了！为了这孩子，我会尽我的全力去挣扎，去改善我的生活，让孩子能活得健康、活得快乐，将来长大了，也能活得骄傲！"

我没做母亲，还不太能了解小双那份强烈的母爱。但是，隐隐中，我总觉得小双的话里有些辛酸，因为她没有提到卢友文。那些日子，她又作曲又作词，常要我和奶奶转交给诗尧。她作的歌并不一定都能唱，也并不一定都能卖出去，但是，诗尧策划的综艺节目越来越多，那些歌唱出的机会也就多了。逐渐地，小双的作词和作曲竟也小有名气，价钱也抬得比较高了。有时，她会包下整张唱片来，她又很谦虚，只要公司不满意，她肯不惮其烦地一再修改。而那支《在水一方》，已经风靡一时，电视、电台、歌厅，都整日不断地唱着。其次，她作的歌里比较出名的，还有《梦》《小路》《三个愿望》《云天深处》《鸟语》等。唱片的收入，成为小双家庭收入的一项主要项目。

在这段日子里，我和雨农常闹别扭，因为雨农希望和我在十月里结婚，而我呢，还希望拖一段时间，雨农总是说：

"你看人家小双，孩子都几个月了，我们还不结婚，难道要长期抗战吗？"

我之所以不想结婚，主要是因为家里的气氛问题。自从小双嫁出去，诗尧就变得阴沉而孤僻。接着，诗晴再结婚，李谦也有了自己的"窝"，我们那偌大一个家庭，就突然冷清起来了。以往，每到晚上，客厅里坐着一屋子人，又谈又笑又闹的，现在，晚上来临的时候，客厅里常常只有爸爸妈妈和奶奶，三个老人家面面相对，难免有"养儿女所为何来"的感叹。于是，我就想，能在家里多待一段时间，就多待一段时间吧，反正我才二十三岁！

家里真正成了问题人物的是诗尧。自从小双病后，他就变得更加沉默了。他绝口不谈婚事，不交女友，落落寡欢，沉静孤独。每天，他把自己弄得忙碌不堪，公司里各种事情，只要他能做的他都做。剩下来的时间，他又忙于帮小双签合同，卖歌曲。由于歌曲的关系，他必须常常和小双见面。我衔奶奶之命，永远夹在里面当电灯泡。事实上，我不夹在里面也没关系，因为小双在诗尧面前，总是"保持距离，以策安全"的。她沉静高雅，虽然温柔细致，却总带股凛然不可侵犯的意味。因而，即使诗尧有千言万语，常常面对着她，却反而化为一片沉默。

奶奶和爸爸妈妈，嘴里都不说什么，但是，他们开始真正为诗尧操心和发愁了。妈妈常叹着气说：

"难道他真预备这样打光棍打下去了吗？现在这种时代，我又不能和他谈什么男大当婚、女大当嫁的老观念，当然更不能提什么不孝有三，无后为大了！"

"他就是被你们惯坏了，"爸爸说，"从小眼高于顶，什么女孩子都看不中意！"

"算了！算了！"奶奶叫着说，别看奶奶和诗尧间隔了两代，最了解诗尧的还是奶奶，"这孩子心里够苦了，他自个儿熬着，你们就让他去吧！好在这日子总是要过去的，好的、歹的，时间都会把它冲掉。咱们着急也没用，等着让时间来给他治病吧！"

时间！时间对诗尧似乎是没用的！那晚，诗尧代小双订了一个约会，在一家夜总会里，和唱片公司的经理见面。这家公司，出版了小双许多唱片，在作曲作词方面，都有许多意见要给小双，而且，他们有意和小双签一个"基本作曲家"的长期合同。所以，这次的见面是必需的。当然，那晚我和雨农又是陪客。小双把彬彬交给奶奶，这是她第一次出席这种宴会！

永远记得小双那天的打扮，她穿了件黑色小腰的曳地洋装，既简单，又大方，整件黑衣上既无镶滚，也无花样，只在脖子上挂了一串人造的珍珠项链，项链很长，一直垂在胸前，黑白相映，就显得特别突出和雅致。她把长发挽在脑后，梳了一个发髻，露出修长而白皙的颈项，衬托得她那张年轻的脸庞，好雅洁，好高贵，好细致。第一次看到小双这样装饰，一个小妇人！年轻的小妇人！却比少女装束的她，更具有女性的磁力。诗尧一眨也不眨地望着她，几乎到达一种忘我的境界。

那家夜总会的气氛很好，桌上烛光摇曳，屋顶上有许多闪烁的小灯，却隐藏在一层黑色的玻璃底下，一明一灭，闪烁得像满天暗夜中的繁星。舞池里人影幢幢，双双对对，都在"星光"下酣舞着。小双沉静地坐着，和那经理谈着音乐，谈着唱片，谈着合同。那经理也恂恂儒雅，没有丝毫市侩气。很快地，他们谈完了他们的公事。那经理还有事情，就先走了一步。小双立即表示也要回去了。诗尧很快地阻止了她。

"难得出来，你应该多坐一下！"诗尧说，语气中几乎有点命令的味道。

小双看了诗尧一眼，就默默地坐了下去。这时，乐队的钢琴手忽然奏出一段柔美的音符，接着，一位元男歌星走上台来，拿着麦克风，他似有意似无意地对我们的桌子微微一弯腰，就唱出了那支《在水一方》。小双呆了，她怔怔地望着诗尧。诗尧站起身来，一脸的郑重，一脸的严肃，一脸的诚挚，他深深地注视她，说：

"你知道，小双，我从不跳舞，因为，我的腿有缺陷，使我觉得跳舞是件很痛苦的事情！但是，今晚，你愿意帮助我打破这份自卑感吗？"

小双的眼睛雾蒙蒙的、黑幽幽的。对于这样的一份"邀请"，她显然是无法抗拒的，何况在那支《在水一方》的歌声下！她低语了一句："我也从没跳过舞！"

"那么，让我们一起开始这个'第一次'！"

从不知道诗尧也这样会说话的！我愕然地望着他们。小双已站起身来，和诗尧一起滑进了舞池。我可不能坐在这儿旁观了，一阵心慌意乱的情绪抓住了我，我跳起身来，对雨农说：

"我们也跳舞去！"

我和雨农也卷进舞池，我故意拖着雨农舞到诗尧他们的身边，想听听他们谈些什么。可是，到了他们身边，我就更心慌了。因为，他们什么都没有谈！诗尧只是紧紧地、深深地瞅着小双。而小双呢？她回视着他，眼光里含满了无奈的、祈谅的、求恕的意味。是的，他们没有用嘴谈话，他们是用眼睛来谈的！

一曲既终，诗尧没有放开小双。那歌星接唱了一支《梦》。再下来，另一个歌星唱了《云天深处》，又唱了《三个愿望》《往事》等歌，居然全是小双的歌曲！我忽然明白过来，诗尧早已刻意安排了这一切！

我望着雨农，我们都有点不安了。然后，小双和诗尧退回到桌子前来，小双面颊微红，呼吸急促，而神情激动。坐在那儿，她心神不安地猛喝着橘子汁。诗尧却静静地靠在椅子里，静静地燃起一支烟，静静地注视着小双。他那长久而专注的凝视显然使小双更不安了，她忽然抬起头来，望着诗尧，用不很稳定的语气说：

"我下次要写一支歌，歌名叫《不认识你多好》！"

"很好。"诗尧定定地望着她，"可以有这样的句子：不认识你多好，既无痛苦也无烦恼！认识了你更好，宁可痛苦与烦恼！"

小双瞪着他，长睫毛扬着，眼睛又是那样雾蒙蒙、黑幽幽的。我心里怦怦乱跳，不行，不行！我这个哥哥又在犯毛病了，在桌子底下，我死命地踢了诗尧一脚。诗尧看了我一眼，低叹了一声，他把眼光转向台上去，脸色变得十分阴沉而落寞。小双也无声地叹息了，也把眼光转到台上去。台上，一个女歌星正在唱着：

> 这正是花开时候，
>
> 露湿胭脂初透，
>
> 爱花且殷勤相守，
>
> 莫让花儿消瘦！……

于是，我忍不住，也长长地叹了口气。

那夜，从夜总会出来，我心里沉甸甸的，说不出来是一种什么滋味。私下里，我对雨农说：

"我有个预感，这样发展下去，总有一天要出事！"

是的，我的预感并没有错误，仅仅隔了两个星期，事情就发生了，发生得那么突然，那么惊天动地！

那天晚上，诗尧说是要去看小双，说是有"要事"要和小双商量。

我说，不如让我做代言人吧！诗尧却固执地不肯，他阴沉沉地对我说，他保证不犯毛病，保证不出错，保证不说过火的话，保证不和卢友文起争执，也保证心平气和，甚至于：

"除了正事以外，我不说话，把自己当哑巴，这样总行了吧？"

"你听，"我咬着牙说，"只是想见小双，是不是？什么要事不要事，都是借口，是不是？"

"诗卉！"诗尧恼怒地叫，"我想我有权利见小双，用不着你来批准的！"他站起身就往外走。

我慌忙叫住了他，怕他闯祸，怕他出毛病。那晚，我和雨农陪着他，三个人一起去了小双家。我却怎么样也料不到，防范备至，这一去，仍然引起了一场绝大的暴风雨！

是小双来给我们开的门，看到我们，她脸上立刻闪过一抹喜悦的光芒，显然，在我们来以前，她是相当寂寞的。她眼底眉梢、浑身上下，都带着寂寞的痕迹。我立刻猜想，卢友文一定不在家！小双把我们迎进客厅，她的眼光只和诗尧悄然接触了一下，就很快地掉开了。她让我们在客厅里坐着，给我们倒了茶。然后，她抱出小彬彬来，给我们每一个人看，像在展示一件无价之宝。那五个月大的小家伙，已经越长越漂亮，越长越像妈妈了。她眼珠子骨碌骨碌地转着，嘴里咿咿唔唔的，小手小脚，不住舞着踹着。雨农羡慕得什么似的，转过头来，他狠狠地瞪了我一眼说：

"什么时候，我们也养这样一个娃娃啊？"

我在他胳膊上死命一拧，拧得他直跳起来。我看看屋内，实在按捺不住了，我问：

"卢友文不在家吗？"

"在。"意外的，小双说着，对屋里望了一眼，"在睡觉呢！"

我看看手表，晚上八点钟，睡的是哪一门子觉？我不好问什么，小双抱着彬彬进去了，我们听到她在屋内低声说着什么，好像是劝卢友文出来。卢友文在叽咕着，小双又很急促地说了几句话，于是，卢友文的声音抬高了一些，恼怒地、不耐地低吼着：

"你不知道我在想故事吗？你不知道我身体不舒服吗？你的客人，你去应酬，我在场岂不是碍你的事？"

小双又低声说了几句，接着，卢友文大叫了起来：

"面子！面子！面子！面子是世界上最讨厌的东西！我为什么要顾全你的面子？你顾全过我的面子没有？"

我和诗尧、雨农，大家交换了一瞥，看样子，我们来得又不是时候。诗尧的脸色难看得到了极点，使我不得不对诗尧警告地摇头。大家正尴尬着，小双出来了。她的眼睛乌黑，而神情木然。她的背脊挺得很直，头抬得很高，似乎已经忍无可忍，她很快地说：

"对不起，我家的天才作家正躺在床上等诺贝尔文学奖从屋顶上掉下来，所以，他没有时间出来招待你们了！"

她这几句话说得很响，这是我一生听到小双说的最刻薄的几句话。但是，想到她那个卢友文和他的"天才""写作""诺贝尔"，我就觉得，再也没有什么话，比这几句更"恰当"，更"写实"的了。

小双这几句话才说完，"砰"的一声，房门开了，卢友文上身只穿了一件汗背心，从屋里直冲了出来。我们都不自禁地一凛。我想，怎么这么巧，只要我来，他们家就要出事。卢友文看也不看我们，他一直冲向小双，用手指着她，他气冲冲地、脸色发白地说：

"你是什么意思？你说！你说！"

小双的背脊挺得更直，头抬得更高，她那倔强的本能又发作了。她的面容冷冷的，声音也冷冷的：

"我说的不是实情吗？这些年来，你一直在等着诺贝尔文学奖。小日本是什么东西？川端康成是什么东西？只要你卢友文一展才华，诺贝尔还不是手到擒来！可是，你躺在沙发里等诺贝尔，躺在床上等诺贝尔，从来没写出过一本著作！所以，我想，诺贝尔准在咱们屋顶上蹲着呢，总有一天蹲不牢，就会从屋顶上摔下来，正好摔在你怀里，让你无巧不巧地去抱一个正着！"

卢友文走上前来，他的手重重地搭在小双的肩上了，他的身子又高又大，小双又瘦又小，他用力捏紧小双的肩膀，小双不自禁地痛得缩了缩身子。一时间，我以为他要打小双，就吓得我直扑了过去，嚷着说：

"好了！好了！别吵了！卢友文，我们难得来，你们夫妻不要尽吵架！"

卢友文把小双重重一推，小双一直退到屋角去才站牢。卢友文掠了掠头发，打鼻子里哼着说：

"我不和你女人家一般见识！"

"当然哩！"小双幽幽然地接了口，"你是男子汉，你是大丈夫，你是一家之主，你能干，你精明，你何必和我这个弱女子计较！"

卢友文脸色大变，眉毛迅速地拧在一块儿。回过头去，他紧盯着小双，两只手握着拳，他压低了嗓音，威胁地说：

"小双，你别逼我！我告诉你，我最讨厌男人打女人，可是，有些女人生得贱，就是要讨打！你别以为诗卉他们在这儿，我就不敢动你！你再这样夹枪带棒地明讽暗刺，我不会饶过你！"

我眼看情况越闹越严重，心里急得要命。而诗尧，他脸上青一阵白一阵，眼光恶狠狠地盯着卢友文，那神色实在让我提心吊胆。正好这时小彬彬在屋里哭了起来。我就推着小双，急急地说：

"去吧！去吧！孩子在哭呢！去抱孩子去！"

我把小双连推带拖地拉进了卧室，一面对雨农直使眼色，要他安抚卢友文，也防范诗尧。到了卧室里，小双像个机械人般走到小床边，抱起彬彬来，她机械化地给她换了尿布，又机械化地冲了奶粉，一声不响地抱孩子吃奶。我在旁边看着她忙，实在不知道该说什么。小双的一对眼睛只是直勾勾地瞅着孩子发怔。我听到客厅里，卢友文的声音在说：

"她……太藐视人了，自己能赚两个臭钱就瞧不起丈夫了。你们看过这样盛气凌人的妻子吗？我告诉你们，早知道娶了太太要受这种罪，我还是当一辈子光棍好！"

"嗯……哼！"诗尧在重重地咳嗽。

"算了！算了！"雨农立刻打着哈哈，"哪一家的夫妻不闹个小别扭呢？又没什么了不起的事，别认真吧！"

"我告诉你们，"卢友文的声音又高又响，"我算倒了十八辈子霉了！雨农，我们是一块儿受军训的，你说，我对文学方面有没有天才？有没有造诣？退役之后，我原想什么事不干，专心写作，饿死都没关系，只要能写出不朽的作品，对不对？你能说我没有抱负，没有雄心吗？可是，我倒霉，倒了十八辈子的霉，碰到了这个杜小双，用婚姻这把枷锁把我一把锁住。我一时糊里糊涂，就掉进婚姻的陷阱里去了。然后她逼了我去上班，去工作。为了养活她，我只好做牛做马，上班下班之余，我还有精力写作吗？累都快累死了！她不知体贴，反而说起风凉话来了。说我不事振作，说我不知努力，说我只说不做！其实，我就是被她害了！如果没有她，我早已拿到诺贝尔奖了，还等到今天吗？她是什么人，你们知道吗？她就是谋杀了我的才华的那个刽子手……"他继续往下说，许多不可置信的话，都像流水般倾倒了出来。

小双听着，直直地站在那儿，像一座大理石的雕像，脸上一点儿表情都没有，扶着奶瓶的手，却开始簌簌地发起抖来，她的眼睛像两泓不见底的深潭，又深邃，又迷蒙，又古怪。我被她的神态吓住了，心里却在气雨农，他怎么不打个岔呢？他怎么由着卢友文的性子让他往下说呢？我又担了一百一十个心，怕诗尧会突然爆发起来，那就不可收拾。就在我干着急而又无可奈何的时候，孩子倒一边吮着奶嘴，一边睡着了。小双又机械化地放下了奶瓶，俯身对那张小床怔怔地望着。接着，她回过头来，我不禁吓了一大跳，因为她的脸色，就像那天进开刀房时一样，煞白煞白。她伸手抓住了我，我才发现她的手指冰冷冰冷，浑身都抖成了一团。我不由自主地用手抱住了她，急急地问：

"小双，你怎么了？你怎么了？"

小双把头倚在我肩上，她的声音低而震颤：

"诗卉，我受不了了，我真的受不了了。你不知道我过的是怎样的日子！我每天和自己挣扎，问自己是不是该自杀！如果不是有彬彬，我想我早已死了。"

我的心怦怦乱跳，我慌忙说：

"小双，你可别傻，别傻，别傻呵！"我一急就结巴嘴，"卢友文是在说气话，他不是真心，真心，真心呵！他平常对你不是也挺好，挺好的吗？"

"我受够了！我受够了！"小双低语，"每次要离开他，他就对你下跪发誓，两分钟以后，他又趾高气扬了！一会儿他说你是他的命根子，一会儿他说你是他的刽子手！世界上怎会有这种人呢？诗卉！诗卉！"她看看我，眼睛好黑、好深，神情好冷、好苦、好涩，"告诉我，我嫁了一个怎样的丈夫？你告诉我，他到底是天才，还是疯子？"

外面屋里，卢友文还在继续嚷着：

"当一个有志气的男人，成为一个虚荣的女人的奴隶以后，他还能做什么？他就钻进了坟墓……"

"住口！"终于，诗尧还是爆发了，他大吼了一声，喉咙都哑了，"不要侮辱小双！卢友文！我对你们的情况太清楚了，上班养家，是你理所应该！何况，小双赚的钱比你多……"

"哈哈！"卢友文大笑了起来，笑得古怪，笑得我浑身都紧张了起来，"赚钱！赚钱！哈哈！你们倒都是金钱的崇拜者！很好，很好……"他冷笑了一阵，从齿缝里说，"你既然提到这件事，我们倒需要好好谈谈了。我问你，朱诗尧，小双能有多大能耐？什么作曲喽作词喽，是天知道的鬼打架的东西！你居然有本领帮她推销掉！你利用职权做人情，她是见钱眼开，有钱就要！你们之间到底在搞些什么？听说你们在夜总会里跳贴面舞，我卢友文大概早就戴上绿帽子了……"

他的话没有说完，我听到砰然一声大响，我一急，就冲开房门跑到外面去。正好一眼看到诗尧的拳头从卢友文的下巴上收回来，而卢友文往后倒去，碰翻了桌子，撒了一地的稿纸、墨水、原子笔、茶杯碎片……小双也冲出来了，却瞪大眼睛呆站在那儿。我大叫着：

"哥哥！"

诗尧满脸通红，眼睛瞪得直直的，鼻子里呼呼地直喘气，我从没有看到他气成这样过。雨农赶了过去，拦在他们两人的中间，焦急地喊：

"这是怎么了？有话大家好好说，怎么动手呢？"

诗尧指着卢友文，大声叫：

"我早就想揍他了！和这种没有人性的疯狗，还能说话吗？你看过人和疯狗去讲理的事情吗？"

卢友文从地上爬起来了，他的眼睛也直了，眉毛也竖起来了，脸色也白了。他一步步地走向诗尧，咬牙切齿地、语无伦次地乱骂着："朱诗尧，你要动手，我们就来动个痛快！我也早就想揍你了，不过可怜你是个跛脚残废，只怕我一根小指头，就把你打到阴间去了！今天，你帮小双抱不平，我和我太太吵架，居然要你来抱不平！你喜欢小双，你为什么不娶她当老婆呢！你不需要养太太，却可以和她跳贴面舞，你们的事，不要以为我不知道，我清楚得很呢……"

诗尧狂怒地大吼了一声，扑过来，他一把拉开了雨农，对着卢友文又挥出了第二拳。这次，卢友文已经有了防备，他用手臂格开诗尧，立即重重地反击过去。顿时间，两人就翻天覆地地在房里大打起来。桌子倒了，椅子倒了，茶几倒了，水瓶砸了，茶杯砸了，台灯砸了……我叫起来：

"哥哥，卢友文，你们都疯了！雨农，你拉住他们呀！你呆了吗？你傻了吗？……"

一时间，满屋子的人声、叫声、打斗声、东西砸碎声……这些声音显然惊醒了刚刚入睡的彬彬，她开始在室内"哇哇哇哇"地大哭起来。雨农跑过去，一会儿抱住这个，一会儿又抱住那个，他绝非劝架的能手，因为我亲眼看到，他自己挨了好几拳，被打得"哎哟哎哟"直叫。

就在这房里乱得一塌糊涂的时候，我看到小双，她始终就像一具石膏像一般挺立在那儿，脸上毫无表情，身子一动也不动，脸色仍然煞白煞白。当彬彬放声号哭的时候，她才像是忽然惊醒了过来，她侧耳倾听，脸上有种好奇异的表情，这表情惊吓了我，我走过去，摸着她的手叫：

"小双！"

她看着我，仿佛并不认识我，她低语了一句：

"孩子在哭呢！"

"是的，孩子在哭，"我慌忙说，"你进去吧，你进去看着孩子吧！"

她望着那滚在地上打成一团的诗尧和卢友文。

"他骂他是残废，"她说，声音低柔而清晰，好像她在研究什么深奥的问题，"你告诉诗尧，跛脚并不是残废，思想肮脏、行为乖僻、不负责任才是更大的残废！他——友文，才是真正的残废！"

听到小双这几句话，诗尧忘了打架，坐在地上，他惊愕而激动地望着小双，仿佛她是个至高无上的神祇。卢友文却像只疯虎，他继续对诗尧冲去，但是，他被雨农死死地抱住了，于是，他开始破口大骂：

"小双！你为什么帮他？你爱他为什么要嫁给我？我卢友文倒了十八辈子霉，才会上当娶你！你扼杀了我的前途，你剥夺了我的幸福，你弄脏了我的名誉，你陷害了我，使我无法成功，你是刽子手！刽子手！刽子手……"

小双侧耳倾听。

"孩子在哭呢！"她又说了一句，接着，她低声细语，"这日子还能过吗？"转过身子，她走进屋里去了。

这儿，卢友文继续在那儿狂怒地乱叫乱骂，给小双定下了几百条罪名，他那样激动，使雨农不敢放手，只是死命抱着他，一面语无伦次地劝解，诗尧继续坐在地板上发愣，我继续在那儿手足失措……就在这时，忽然间，我看到小双手里抱着孩子，从屋内直奔出来，像一阵旋风一般，她飞快地跑向大门口。我愣着，一时间，不知道是怎么回事，接着，我就大叫了起来：

"小双！去追小双！雨农！你快去追小双！"

雨农放开卢友文，直奔向大门口。诗尧也跳了起来，飞奔着追过去，我也跑出去。一刹那间，我们三个都冲出了大门，但是，小双已抱着孩子，跑了个无影无踪。有好几辆计程车，正绝尘而去。也不知道她是不是坐计程车走了。我们全呆了。

"小双，"我喃喃地说，头晕而目眩，"快去找她！快去追她！她……她……她……"

我说不下去，心里却有最最不祥的预感。诗尧瞪了我几秒钟，然后，他掉转头，飞快地、盲目地对街头冲去，一时间就冲得不见身影了。

回过头来，我一眼看到卢友文，他也到门口来了，扶着门框，他对巷子里伸头遥望着。他那趾高气扬的神态迅速地消失了，相反地，一阵沮丧和痛楚就飞上了他的眉梢。他瞅着我，苦恼地、自责地、焦灼地、喃喃地说：

"我是怎么了，诗卉？一定是鬼迷了我的心窍，我并不是真要说那些话！一定是鬼迷了我！小双，她真傻，她明知道我的脾气，我是有口无心的！雨农，我疯了，我该下地狱，我不是真心要骂小双，我爱她，我真的爱她……"

雨农看了看他，揽着我，说：

"我们走吧！我先送你回家，然后，我去设法找小双！"

19

深夜，我们全家都坐在客厅里。

小双始终没有找到。诗晴和李谦也闻讯而来，李谦主张报警，然后又自动去派出所查交通案件，看有没有出车祸。雨农去员警总局查全台北旅社投宿名单，看她会不会隐藏在哪家旅社里。诗尧最没系统，他从小双家门口跑走了之后，就每隔一小时打个电话回家，问小双有没有消息。我在电话里对他叫着：

"你在干什么？"

"找小双。"

"你在什么地方找小双？台北这么大！"

"我在桥上，"他说，"我每一个桥都跑，我已经去过中正桥、中山桥、中兴桥……"

"你到桥上去干什么？"

"她会跳河！"他战栗地说，"记得《在水一方》那支歌吗？我有预感她会跳河！"

诗尧挂断了电话，我坐在那儿发起呆来。我几乎可以看到我那傻哥哥正在一个桥又一个桥地找寻着，在夜雾里找寻着，在水一方找寻着。在水一方！在水一方！"绿草苍苍，白雾茫茫，有位佳人，在水一方。……我愿顺流而下，找寻她的方向，却见依稀仿佛，她在水的中央。绿草萋萋，白雾迷离，有位佳人，靠水而居。……我愿顺流而下，找寻她的踪迹，却见依稀仿佛，她在水中伫立。"我暗中背诵着那支歌的歌词，想着她第一次弹琴唱这支歌的神态，猛然间，我打了一个寒战，觉得诗尧的"预感"，很可能成为"真实"。

十二点半，李谦第一个回家，摇摇头，摊摊手，他表示一无所获。一点钟，雨农回来了，他已查过所有旅社名单，没有小双投宿旅社的记录。一点半，诗尧拖着疲惫的脚步，带着满脸的凄惶和憔悴，也回来了。坐在椅子里，他燃起一支烟，不住地猛抽着，弄得满屋子烟雾。

"我找过每一座桥，"他说，"桥上风好大，雾好浓，夜色好深，她……她能去哪里？"他闭上眼睛，用手支住额，我忍不住伸手去按在他手腕上。

大家都坐在那儿，谁也不能睡，谁也不愿去休息，屋里的气氛是沉重的、忧郁的、凄凉的。半晌，奶奶开了口，她轻叹一声，说：

"早知道有今天，当初在医院里，我就该做主，让他们离了婚算了。"

"都是自耕，"妈妈怪起爸爸来，"你尽夸着那个卢友文，什么年轻有为啊，什么有见识，有天才，不平凡啊，弄得小双对他动了感情。现在怎么样？我们救人该救彻底啊，这一下，是坑了小双了，还不如当初，别把她从高雄带来！"

"心佩，你这话才怪呢！"爸爸也没好气地说，"难道你当初没夸过卢友文？"

"这事怎么能怪妈妈爸爸呢，"诗晴慌忙说，"丈夫是她自己找的呀，人是她爱上的呀，如果卢友文不好，也是她走了眼了！"

'谁没走眼呢？"雨农闷闷地说，"谁不觉得卢友文是一表人才、满腹学问！这，就叫作联合走眼！"

"唉！"奶奶叹口气，"卢友文能言善道，神采飞扬，谁会知道他是这样不讲理的呀！这真是合了那句俗话了：满瓶子不响，半瓶子晃荡。找丈夫，还是找老实一点的好，最起码不会乱晃荡呀！"

我们的谈话，于事完全无补，不管大家讲什么，小双仍然是踪迹全无。李谦已在各警局和派出所，留下了电话号码，请他们有消息就通知我们，可是，电话一直寂无声响。诗尧闷不开腔，只是猛抽着烟，他脸上青一块紫一块，都是和卢友文打架的伤痕。雨农的脸上也青一块紫一块，全是劝架的伤痕。

时间越流逝下去，我们的不安也就越重，不祥的感觉也就越深。起先大家还有一搭没一搭地讨论着，后来，谁也不开口了，室内是死一般的沉寂，只有窗外的夜风，不停地叩着窗棂，发出簌簌瑟瑟的声响。忽然，李谦打破了寂静：

"那个卢友文呢？他在干什么？会不会小双已经回去了？你们想，她除了这里之外，无亲无故，手里又抱着个半岁大的孩子，她能到什么地方去？说不定在街上兜了一圈，气消了。想想丈夫还是丈夫，家还是家，就又回去了。要不然，那卢友文也该到处急着找人呀，他怎么会这么沉默呢!"

一句话提醒了我们大家，想想看倒也言之有理。雨农立刻跳起来说:

"我去卢友文家看看!"

雨农去了，大家就又抱起一线希望来。奶奶急得直念佛，祷告小双已平安回家。在等待中，时间好像过得特别缓慢，每一分钟都像一年般长久。终于，在大家的企盼里，雨农回来了。一进门他就摇着头，不用他开口，我们也知道又一个希望落了空。诗尧按捺不住，他吼着说:"那个卢友文呢? 他在干什么?"

"坐在屋子里发呆呢!"雨农说，"在那儿怨天怨地怨命运，怨神怨鬼怨自己，怨了个没完! 我问他找不到小双怎么办? 他就愁眉苦脸地说:我倒霉罢咧，人家娶太太图个家庭享受，我娶太太所为何来?"诗尧跳了起来:

"我再去揍他去!"

我把诗尧死命拉住:

"就是你!"我说，"如果你不是有什么要紧事要去和小双商量，也不会闹出这么件事来!"

"我是有要紧事呀!"诗尧直着眉毛说，"我帮她接了一部电影配乐，可以有好几万的收入，这还不是要紧事吗? 那个卢友文从不管家用，小双赚不到钱怎么活下去?"

"好了，别吵了!"爸爸叹着气说，"我看今晚是不会有结果了，大家还不如去睡觉，明天早晨再分头去找!"

"不睡，"诗尧执拗地说，"我等电话。"

"我也不睡，"我说，"我睡也睡不着。"

"我陪你们！"雨农说。

"我也宁可坐在这儿等消息。"诗晴说。

这一来，根本没有一个人愿意去睡觉，大家仍然坐在客厅里发怔。寂静里，窗外的风声就听得更加明显，簌簌然，瑟瑟然。巷子里，一盏路灯孤零零地站着，放射着昏黄的光线，夜，好寂寞。夜，好悲凉。小双，小双，我心里默默地呼唤着，你在哪里？

大约凌晨三点钟了，忽然间，门铃骤然响了起来。我们全家都震动了，都从沙发里直跳起来。雨农最快，他直冲到大门口去，我们也一窝蜂地拥向玄关，伸头翘望着，大门开了，立刻，雨农喜悦的喊声传了过来：

"是小双！小双回来了！小双回来了！"

小双回来了！我们狂喜地彼此拥着、抱着、叫着。然后，奶奶喊了一声：

"阿弥陀佛！"

接着，我们看到雨农挽着小双走了过来。她显得好瘦好小，步履蹒跚，面容憔悴，手里死命地、紧紧地抱着孩子。到了玄关，她抬起眼睛来，望着我们大家，她的嘴唇白得像纸，轻轻地嚅动着，她低幽幽地说了句：

"我没有地方可去，所以，我来了！"

说完，她的身子就软软地倒了下去。诗尧慌忙扶住她，我立即把孩子从她手里接了过来。那小孩裹在一床小毛毯里，居然安然无恙地熟睡着。大家一阵混乱，七手八脚地把小双扶进了客厅，她靠在沙发里，似乎全身都已脱了力，衰弱得像是立刻会死去。诗尧死盯着她，那股心疼样儿，那种"失而复得"的喜悦，使他整个脸孔的肌肉都扭曲了。小双没有注意诗尧，她喃喃地说着：

"诗卉，孩子，孩子……"

"孩子在睡呢！"我说，"你放心，她很好！"

"她需要吃奶，"小双挣扎着说，"我没有带奶瓶！"

"我去买！"李谦说，立刻冲出大门，我叫着说：

"半夜三更，哪儿有奶瓶卖？"

"我家里就有！"他说着，人已经跑得没影子了。

我们大家你看看我，我看看你，妈妈瞅着诗晴笑了笑，诗晴这才涨红了脸说：

"医生刚刚说大概是有了，这个神经病就把奶瓶尿布全买回来了。"如果不是因为小双正有气无力地躺在那儿，这一定是件大家起哄乱闹的好材料。可是，现在全家的注意力都在小双的身上。诗尧望了她好一会儿，就跑去冲了一杯热咖啡来。奶奶到厨房里煎了两个荷包蛋，又烤了几片面包，我们都猜她一定饿坏了。果然，她用双手紧捧着那杯咖啡，身子直抖。奶奶坐过去，用手臂环绕着她，扶着她的手，把咖啡喂进她的嘴里。她喝了几口咖啡，脸色才有些儿人样了。奶奶又把面包和蛋送到她嘴边，她也毫不犹豫地吃了。诗尧坐在那儿，贪婪地望着她，满脸的痛楚和怜惜。这时，我怀里的彬彬开始大哭起来，小双伸手问我要。我把孩子放在她怀里，小双低头望着孩子，用手指抚摩着孩子的泪痕。接着，就有几滴泪珠，一滴滴地从小双眼里，滴落到孩子的嘴边。那孩子显然是饿坏了，一有水珠滴过来，她就以为是可以吃的东西，居然唑着那泪珠吃起来了。我看着这情形，只觉得鼻子里酸酸的，眼睛里也不由自主地湿了。大家都怔怔地望着她们母女二人，连安慰和劝解的话都忘了说了。

李谦满头大汗地跑回来了，他不只带来了奶瓶，居然连奶粉、尿布和婴儿的衣裳、小包裹全带来了。诗晴看得直脸红，奶奶这才紧抱了诗晴一下，以示快慰之情。接着，大家就都忙起来了，冲奶的冲奶，洗奶瓶的洗奶瓶，只一会儿，那孩子就唑着奶嘴，咕嘟咕嘟地咽着奶水，一面睁着眼睛望着我们笑。从不知道婴儿的笑是那样天真无邪的，从不知道婴儿的笑是那样美丽动人的。孩子吃饱了，妈妈把她接了过去，摸了摸，笑着说：

"幸好带了小衣服和尿布来呢！李谦想得真周到，将来一定是个好爸爸！"

然后，妈妈和奶奶又忙着倒洗澡水，给小彬彬洗了澡，扑了粉，换了干净衣裳。经过这样一折腾，那孩子就舒舒服服地，带着甜甜的笑，进入沉沉的睡乡了。奶奶把孩子放在她卧室的床上，盖上了被，折回客厅来，对小双说：

"小双，今夜，奶奶帮你带孩子，你赶快去睡吧，瞧，两个眼睛都凹进去了，这一个晚上，你不知受了多少罪呢！有什么事、什么话，都明天再说吧！今晚，大家都睡觉去！"

"不！"小双忽然抬起眼睛来，对满屋子环视了一眼，她的泪痕已经干了，精神也好多了，只是脸色仍然苍白，下巴瘦得尖尖的。她的眼神坚定，语气坚决，"难得大家都在，为了我，全家一定没有一个人休息过，我知道大家都累了，但是，有几句话，我非说不可，请你们听我说完，再去休息。"

大家都坐了下来，呆呆地瞅着她，诗尧尤其是动也不能动，直望着她。她的声音里，有种使人无法抗拒的力量。

"今晚，"她静静地说了，声音很平静，平静得像是在叙述一件别人的事情，"我抱着孩子跑出去的时候，我是决心不要活了，是决心带着孩子图一个干脆的了断。我不忍心把彬彬交给她父亲，让她继续受罪。我想，我死，孩子也只有死，死是一种解脱，只要死了，就再也没有烦恼和悲哀了。叫了一辆计程车，我到了火车站，想去卧轨，但是，看到那轨道时，我犹豫了，我不能让我的孩子死得血肉模糊。于是，我走到了十三号水门，想要去跳水，站在水边，我看到了水里的倒影，水波荡漾，我和孩子的影子也在水里荡漾，我又觉得跳不下去，我不能把我的女儿投进这冰冷的水中……"

我不自禁地和诗尧交换了一个注视，诗尧深深地抽着烟，他的脸笼罩在烟雾里，显得好模糊，他的眼睛却亮晶晶地凝视着小双。

"……就在我迟疑不决的时候，彬彬哭起来了，"小双继续说，"我低头望着孩子，看到她那张好无辜、好天真的小脸，我心里一动，我想，我即使有权利处死我自己，我也没有权利处死这孩子。于是，我爬上了河堤，满街走着，想找一个安全的地方，托付这个孩子，我也——曾经到这儿来过。"她扫视我们，我们明明看到她现在好端端地在眼前，并未卧轨或跳水，却都忍不住懊恼地低叹一声，如果我们派个人坐在门口，不是当时就可以抓住她了吗？"我想把孩子放在你们门口，相信你们一家人那样热心，那样善良，一定会把这孩子抚养成人。可是，就在我要放下孩子的时候，我又犹豫了。孩子的生命是我给她的，不是她要求的，更不是朱家给予的，我有什么资格和权利，放弃自己应尽的义务，把这样一副沉沉重担，交给朱家？于是，我又抱着孩子走了。我又想，孩子有父有母，如果母亲死了，她就该跟着父亲活下去，抱着孩子，我又折向浦城街，可是，我忽然想起，友文说过，孩子并不是他要的，是我要生的，当初他确实想拿掉这孩子，是我坚持不肯才生下来的。我望着孩子说：不，不，我不能把你给友文，因为他并不要你！事实上，友文除了梦想之外，他什么都不要。如果我把孩子留给他，那一定比带着孩子投水更残忍！这样，我走投无路，彷徨无计，抱着孩子，我在街头无目的地踯躅徘徊，孩子饿了，开始一直哭，她越哭，我的心越绞扭起来。人，想自杀的念头常是几秒钟的事，度过了那几秒钟，求死的欲望就会平淡下去。逐渐地，我想通了，我不能死！因为我还有责任，因为这孩子是我生的，因为我最恨没有责任感的人，自己怎能再做没有责任感的事！我要活着，我必须活着！不只为了孩子，还为了许多爱我的人；我死去的父母不会希望我如此短命！还有你们：朱伯伯，朱伯母，奶奶，诗卉，诗晴，诗尧。"她的眼光在诗尧脸上温柔地停了几秒钟，"你们全体！我的生命不像我想象的那样渺小、那样不值钱，我要活着，我必须活着，所以，我回来了！"她住了口，轻轻地啜着茶，我们全不自禁地透出一口长气来。奶奶立刻用手环抱着她，拍着她的身子，喘着气嚷着：

"还好你想通了！还好想通了！多么险哪！小双，你以后再也不可以有这种傻念头了！答应奶奶，你以后再也不转这种傻念头了！你瞧奶奶，七十几岁的人了，还活得挺乐的，你小小年纪，前面还有那么一大段路要走呢，你怎么能寻死呢？"

"小双，"诗尧这时才开口，他的眼神说了更多他要说的话，"再也不可以了！你再也不可以这样了！"

小双瞧瞧奶奶，又瞧瞧诗尧，她点点头，正色说：

"我答应，我以后再也不寻死了。只是，我也有事，要求奶奶、朱伯伯和朱伯母做主！"

奶奶怔了一下，说：

"你说，是什么事，只要你好好的，有任何为难的事，奶奶都帮你解决！"

小双低下头去，她默然片刻，终于，她又抬起头来了，神情平静而严肃，庄重而坦白，她说了：

"要承认自己的幼稚和错误，是需要一些勇气的，是吗？要招供自己婚姻里的失败，是需要更大的勇气，是吗？不，不，雨农、李谦，请你们都不要离开。我既然带了孩子回到这儿来，这儿就是我的家，你们都是我的家人，我要对你们坦白说出我这一年半以来的遭遇！"我们都静静地瞅着她，她停了停，叹了口气。

"你们总记得卢友文第一次出现的那一天，他谈文学，谈写作，谈抱负，谈理想，谈梵高，谈诺贝尔奖。他漂亮潇洒，他才气纵横，我几乎是一下子就被他收服了。然后，我和他做了朋友，我眼见他吃得苦中苦，就以为他必然能做人上人！我和他交了七个月的朋友，他没写出一篇东西，却有成千成万的理由，最主要的一条理由，是我害了他！他说，除非我嫁给他，要不然，他牵肠挂肚，既没有家，又没安全感，天天担心我被别人抢去，在这种心情下，他怎能写作？他的口才，你们是都知道的，他又说服了我！而且，那时，我爱他，尊敬他，崇拜他，对他已经五体投地。再加上，刚好那时我遇到一些困扰，于是，当机立断，我和他结了婚！"

她又停了停，我再看了诗尧一眼，我明白，那"困扰"指的是什么，诗尧也明白，他的眼睛隐藏到烟雾后面去了，痛楚和懊悔又扭曲了他的脸庞。小双喝了口茶，吸了口气，继续说：

"婚后，我一心一意扶持他成为大作家，他写不出东西，我帮他找借口；他沮丧，我鼓励他；他灰心，我给他打气。逐渐地，他怪天怪地怪命运。家里经常过的是炊烟不举的生活，他不管，我偶尔谈起，他就说我是拜金主义者，既然吃不了苦，怎配嫁给他那种拿诺贝尔的人才！接着，又说我用柴米油盐这种小问题来妨碍他写作，影响他前途，吓得我什么话都不敢讲。诗卉送了钢琴来，他赶走我每一个学生，说是琴声影响了他的灵感。这时期，他的脾气越变越暴躁。他动不动就生气，气极了就骂人，骂完了又自怨自艾。我爱他，我怜惜他，我认为这一切都是过渡时期，每个天才都有怪脾气，不是吗？梵高还曾经把自己的耳朵割掉呢！他去上班以后，我的生活更惨了，他开始骂我，怪我，说是为了我才要工作，拿不到诺贝尔奖唯我是问！诗卉，"她看着我，"你一定奇怪，为什么你每次来，都碰到我们在吵架或闹别扭，事实上，那时已经无一日不吵，无一日不闹，他说我是他命里的克星！娶了我是他天大的错误！"

"小双，"李谦插了进来，"这种人，亏你还跟他生活在一起，你早就该离开他了！"

小双看了李谦一眼：

"你以为我没有尝试离开他吗？我就是泥巴人也有个土性儿呀！我说了，我试过，不敢提离婚，我只说要分居，让他一个人安心写作，他会立刻抱住我，对我痛哭流涕地忏悔，说他是写不出东西，心情不好，说他有口无心，说他'鬼迷了心窍'，才会得罪我这样'像天使一般的女孩'，说如果我离开他，他会伤心而死。于是，我哭了，抱着他的头，我反过来安慰他，发誓不离开他，我原谅他所有的一切。但是，他又开始赌钱了！从此，是我真正的末日来临了！家里能偷的他偷，能拿的他拿，连他手上的结婚戒指，他都在赌桌上输掉了！为了他赌钱，我哭过，我求过，他竟说，因为家里没有温暖，他才要向外发展！我认真地考虑了，认真地反省过。我想，他的话也有道理，我一定不是个吸引人的好妻子，才造成这种结果。但是，如何去做一个好妻子呀？如何才能拴住丈夫呀？我不懂，我真的不懂。他又说，赌钱是他唯一的麻醉，可以让他忘记失败的痛苦，所谓失败，是指他的写作，而我，却是他失败的主要因素！"

她停了停，喝了一口茶，她的眼神悲哀而凄苦，注视着茶杯里的茶叶，她并不在"看"那茶叶，她的眼神穿过了茶杯，落在一个不可知的地方。

"总记得第一次见到他，他曾如何侃侃而谈，批评现在的作家都一钱不值！后来，他说要写一篇《天才与疯子》，有很长一段时间，我怀疑他到底是天才还是疯子，是圣人还是坏蛋，现在，我总算有了结论，他不是天才，也不是疯子，不是圣人，也非坏蛋，他只是个力不从心的可怜人！他确实痛苦，确实苦闷，因为他做不到他想做的，于是，我成为他唯一的发泄者！"

我注意到，爸爸微喟着点了点头。诗尧熄灭了烟蒂，他只是贪婪而怜惜地看着小双，似乎恨不得把她整个人吞进肚里，揣进怀里。

"我的婚姻到这个阶段，已经完全失败了。你们能够想象吗？我最初是崇拜他，后来是同情他，最后是怜悯他！一个女人，当她对她的丈夫失去敬意时，这婚姻就已经不能维持了。然后，发生了抢坠子的事件，当我死里逃生，在医院中醒过来的时候，说真话，我的心已经冰冰冷了。我已经决定不再同情他，不再原谅他，不再接受他任何的道歉了。可是，那天，我又心软了，而主要的，是奶奶的一句话说服了我！"

奶奶睁大眼睛瞅着小双。

"是吗？"奶奶迷糊地问，"我说了什么？"

"奶奶，你说：当初你既然选择了他，好歹都得认了这条命！我想，是的，人是我选择的，婚姻是我自己做的主，连伯父母的同意与否都没有请示！而我，居然这么快就认输，就逃避了！我如何向伯父母交代？我如何向新生的孩子交代？于是，我又原谅他了。"小双吸口气，深深地叹息了。

"明知道是鬼门关，却不能不往里跳！人类的悲剧，怎么能到这种地步？重新和他生活在一起，我所受的苦难绝非你们所能想象。诗卉，你了解我，但非万不得已，我是不诉苦的，我是多么要强要胜的！但是，他整天骂天骂地骂神灵，骂我骂孩子骂工作，骂一切的一切！他说他为我和孩子工作，今天我以孩子起誓，我从没拿到过他的薪水，因为每到发薪的日子，那些要赌债的人会在他办公室里排队，等着接收他的薪水。我和孩子，只是靠唱片的钱，在苦苦支持着！"

她抬眼望着我们，忧郁，疲倦，平静，苍白。

"今晚发生的事，不用我再来复述。事实上，从他要卖钢琴，而我不肯的时候起，他就口口声声说这是件爱情纪念品！各种胡言乱语，并不是从今晚开始……其实，他心里也明白是在冤枉我，却用来打击我的傲气和尊严，当我生气之后，他又会忏悔万状。他折磨我，也折磨他自己。说真话，我同情他，但我再也忍受不下去了。"她转头望着爸爸，"朱伯伯，朱伯母，奶奶，我一向不求人，我太要强，太自负，连我父亲下葬，我都不肯当着人掉一滴眼泪，而今天，我不再要强，我不再自负，我承认，我对人类和人生都了解得太少，为了这个，我已经付出了极大的代价……"她望着爸爸妈妈，终于说了出来，"我思之再三，唯一救我、救孩子、救卢友文的办法，是我和他离婚！"她停住了，室内有片刻的沉寂。

然后，爸爸深深地望着小双，沉重地问：

"小双，你知道离婚的意义吗？"

"我知道！"小双凝视着爸爸，"离婚，是经过我仔细考虑过的，绝非一时冲动。我说过，不只为了救我，也为了救卢友文，我现在成了他不能成功的最大借口，拔除了借口，或者他能成功了！除非他获得成功，否则他永远会折磨我，也折磨他自己！我已经看准了，我在他身边，是三个人的毁灭，我离开他，或者是三个人的新生！谁知道呢？朱伯伯，今晚，我曾徘徊在生死边缘，放弃一个婚姻，总比放弃一条生命好！"

"但是，"妈妈开口了，"他会同意离婚吗？"

"他不会。"小双肯定地说，"所以你们一定要支持我，去说服他。他会认为我小题大做，他会告诉你们他多爱我，他会着急，他会忏悔……但是，如果我真原谅了他，一切会变成恶性循环！最后我仍然是死路一条！"

"我支持你，小双！"李谦坚决地说，"这情况是非离婚不可！但是如何离婚呢？"

"雨农应该可以解决！"诗尧这时才插嘴，他显出一种反常的热心，"法律上说，只要有两个证人在离婚证书上签字，就生效了。"

妈妈死盯了诗尧一眼，我心里也在想，他倒把离婚手续都弄清楚了！诗尧对我们的眼光置之不理，只是热烈地注视着小双，他诚挚地说：

"我想，我们全体都会支援你！"

小双不语，仰着头，她只是祈求地望着爸爸，那哀愁的眸子里，重新漾起了泪光，爸爸叹口气，终于对她点了点头，说：

"你既然深思熟虑过，我看，这大概是最理智的办法！好吧，小双，我们支持你！"

于是，小双猝然失去了所有的力气，她长长地吐出一口气来，"唉"了一声，就整个人都瘫痪在沙发上。

20

那天，当我们睡觉的时候，天已经亮了，大家都是一早就要上班有事的人，实在没有多少时间可以休息了。于是，奶奶做了主，给我和诗晴都请了假，雨农一早要出庭，不便于请假，他仍然赶去法院，中午就赶回来了。李谦和诗尧，都是午后才需要去电视公司，倒还都睡了睡，至于，经过这样一场风波和一阵混乱以后，谁睡得着，谁睡不着，就无法细述了。

小双那天又睡在我的下铺了，奶奶坚持帮她带孩子，要她"务必"睡一睡。小双很明显是已经筋疲力尽，躺在那张她曾睡过一年的床上，她只说了一句：

"诗卉，我好像一匹奔跑了好久的倦马，跑过沙漠，跑过峡谷，跑过崇山峻岭，失过蹄，受过伤，现在，我又回到自己的槽里来了。"

毕竟和卢友文相处了两年，我想，连说起话来也文绉绉的了。可是，我也不能像以前那样去打趣她。帮她拉好棉被，我注视着她，她也注视着我，然后，我笑了，说：

"欢迎回来！"

她摇摇头，似乎有很多话要说，却终于咽了回去，闭上眼睛，她是倦极了，只一会儿，她就呼吸均匀地睡着了。我爬上上铺，觉得事情还没有完，还有许多事要安排，还有许多事要细细思想。但，我的头才碰上枕头，我那些要想的事、要安排的事就都飞得无影无踪了，我睡得好香好沉，连梦都没有做。我是被一阵喧闹声所惊醒的，睁眼一看，窗外的阳光又灿烂又刺目，对下铺望望，小双早已没影子了。看看手表，十二点半！呵！我可真会睡。慌忙爬下床来，侧耳倾听，外面在大声说话的原来是卢友文，他总算福至心灵，知道到"娘家"来找太太了。

我去浴室随便地洗了一把脸，就一头冲进了客厅，等我到了客厅，我才知道我是来得最晚的一个，全家老老小小、男男女女都已经聚全了，连小彬彬，都在奶奶怀里咿呀唔呀地啃自己的小拳头玩呢！小双坐在沙发里，正一脸的坚决、严肃和木然，那小脸板得紧紧的，一点儿笑容都没有。相反地，卢友文坐在她对面，却是满脸赔笑地、低声下气地说：

"……你想，小双，人在生气的时候，什么话说不出来呢？你怎么可以去和生气的人认真？何况，你是了解我的，你是全世界最了解我的人。你明知道，我这些日子身体又不好，脉搏动不动就跳到一百多下……"他自己按了按脉搏，数了数，"瞧，现在又已经一百零五下了。我身体不好，情绪当然受影响。我写不出东西，你不知道我心里有多急，看到你和孩子都又瘦又小，营养不良，我就觉得自己是个好差劲好差劲的丈夫，我常常整夜自责，自责得通宵不能睡觉。在这种情况下，人的火气难免就旺一点，火气一旺，说的话就全离了谱了。反正，千言万语，我错了！你宽宏大量，就不要再计较吧！你瞧，小双，当着朱伯伯一家人面前，我向你认错，这个面子也够大了吧！我这个丈夫，也算是够低声下气了吧！小双，你不是不通情达理的人，你一向最体贴、最温柔、最善良！就算有时候你口齿锋利一些，我知道你也是无心的，你也用过最重最难堪的句子来说我，我还不是都能谅解吗？那么，你也谅解我了吧！昨晚，我完全是鬼迷了心窍，自己都不知道怎么会做出那么多错事来！现在，当着你的面，我对诗尧、诗卉、雨农统统认个错，好了吧？一天乌云，也该散了，你也别再打扰朱伯伯一家人了。"

说真话，假若我对卢友文认识少一点，假若不是经过一番亲眼目睹的事实，假若没有昨晚小双的一篇长篇叙述，我非被卢友文这一篇"自责"和"道歉"所"说服"不可。事实上，即使我知道他的"自责"和"道歉"都不可靠，我仍然有点心动，总之，人是爱听好话的动物，别人对你赔不是，说好话，你就很难把脸继续板下去。但是，小双寂然不为所动，一直到卢友文说完，她的脸色连变都没变过一下，这时，她才开口。

"你说完了吗？"她问。

"说完了吗？"卢友文叹了口气，焦灼和忧虑飞上了他的眉梢，他似乎看出事态的严重，他的笑容收敛了，显出一股真正的失神落魄的样子来，"小双，你对我的好处是说不完的，我犯的错误也是说不完的……"

"那么，"小双冷冷地打断了他，"也不用再说了，大家都很忙，也没时间听你慢慢说。"她回头望着雨农，"雨农，我托你办的东西呢？趁今天大家都在场，我们快刀斩乱麻，就把事情解决了吧！"

雨农从口袋里拿出两份公文一样的东西来，他有些犹豫地望着小双。

"东西我是准备了，"他讷讷地说，"可是，小双，你是真下了决心这样办吗？"

"还要变卦吗？"小双幽幽地说，"人一生有多少时间让你来反反复复、出尔复尔？如果我不能这样办，我就永远是一个恶性循环的悲剧演员！不，我已经下定决心了。"她伸手取过雨农手中的文件来，低头研究着。卢友文狐疑地望着这一切，看看雨农又看看小双，他的脸发白了。

"你们要干什么？"他问。

"请你填这两份离婚证书！"小双把那文件推到他面前，"我们没有财产可分，没有金钱的纠葛，唯一我们所共有的东西是彬彬，我想，我该有监护权……"

"慢着！"卢友文站了起来，脸色大变，他的眼睛直直地瞪着小双，"谁说我们要离婚？"

"我说！"小双斩钉截铁地，"你愿意好好签字，我们就好聚好散，以后，最起码还是个朋友。你如果不愿意好好签字，我也是要离婚，那就会做得很伤感情！我宁可到法院去控告你虐待，我也要达成离婚的目的！"

"虐待？"卢友文的眼睛瞪得更大了，"天知道！我什么时候虐待过你？"

"许多虐待，我或者提不出真实的证据，至于你连夜不归，流连赌场，可能都构不成虐待的罪名！但是，宏恩医院至少有我受伤开刀的记录……"

　　"那是意外事件呀！"卢友文叫，"难道妻子早产，就要和丈夫离婚吗？你这种理由也未免太牵强了吧！"

　　"是的，那是意外。"小双静静地说，脸上仍然是麻木的，毫无表情的，"只是，我们的生活里，意外太多，我无法和你再共同生活下去，等待一次又一次的意外。总有一天，这些意外会杀死我，所以，卢友文，你也算做件好事，你也算功德无量，你就放我一条生路吧！"

　　卢友文呆了，他似乎不敢相信地望着小双，然后，他掉转头来，看着房间里的我们。大约在我们的脸上，他找不到任何"同情票"，于是，他的眼光就落到奶奶身上去了。

　　"奶奶，你说！"他急急地开口，额上冒着汗珠。那正是七月的大热天，室内虽然有一架风扇，但是仍然不管用，每人都是汗涔涔的，"你说，夫妇吵架归吵架，闹别扭归闹别扭，哪里有一闹别扭就提离婚的？如果天下的夫妻，吵了架都要离婚，那么，现在的世界上，还有没离婚的人吗？奶奶，你说，小双是不是有一点儿任性？你——你就劝劝她吧！"

　　奶奶抱着小彬彬，那孩子现在正趴在奶奶肩上，玩奶奶的衣服领子。奶奶一面拍抚着孩子，一面对卢友文说：

　　"你问我吗，友文？奶奶可是落了伍的人了，早不是你们这个时代的人了。奶奶结婚的时候要凤冠霞帔，三媒六聘，你们只要到法院去签个字就行了！时代变了，就什么都变了！奶奶结婚的时候是父母之命，媒妁之言。你们结婚就只需要爱情，所以，我想，这时代的婚姻，好像什么都不重要，什么门当户对啰，什么父母之命啰，都是老掉了牙，该推翻的玩意儿。那么，最重要的就是爱情了。你们结婚，是'爱情'让你们结的，你们离婚，也去问'爱情'吧，怎么问奶奶呢？奶奶是什么也不懂的！你们相爱，当然不会谈到离婚，你们不相爱，要婚姻又干吗呢？你们这些新派的孩子，有你们新派的做法，别问奶奶，奶奶只要小双快乐，别的都不管！"

卢友文更急了，他用衣袖擦着汗，望向小双。

"小双，你并不是真的要离婚，是不是？"他焦灼地、迫切地问，眼睛里充满了祈求的、哀恳的神情，"你只是和我生气，是不是？小双，你瞧，我在这世界上无亲无故，我只有……"

"你只有我和孩子两个，"小双静静地接了口，神态哀愁而幽怨，她像背书一般流利地背了下去，"我们就是你的生命，你的世界，你的一切的一切！如果我们离开了你，你就一无所有了。你的生命就再也没有意义了！假若我能原谅你，你一定洗面革心，从头做起！你会和你以前的灵魂告别了，生命就是一串死亡与再生的延续，你要死去再复生，做一个全新的人……"

卢友文怔怔地看着小双，愣愣地说：

"我说的，你是世界上最了解我的人。"

"是的，我最了解你，"小双注视着他，声音里充满了悲切和绝望，"我太了解你了！就因为我太了解你，所以，我不会再受这一套！你的发誓赌咒，你的甜言蜜语，你的长篇大论，我知道都是真心话，但是对我已经再也没有意义了。"

"我绝不是说空话，"卢友文大叫了起来，抓住了小双的手臂一阵乱摇，"如果我再说空话就不得好死！小双，我告诉你，我不要离婚，不管你多轻视我，不管你多恨我，你要再给我一次机会，因为我爱你！"

"爱？"小双轻轻地说，眼光迷迷蒙蒙，像在做梦一样，声音低而清晰，"你怎么能随便说'爱'字？你是如何爱我的？当我在医院里动手术的时候，你在哪里？当我病得快要死去的时候，你在哪里？当冬天的漫漫长夜，我发着抖倚门等待的时候，你在哪里？当小彬彬出麻疹，我抱着她彻夜走来走去的时候，你在哪里？爱？你怎么能这样去'爱'一个女人？……"

"你不能因为我犯了一些错误，就说我不爱你呀？"卢友文大叫着，汗珠一粒粒从他额上滚下来，他激动得满脸通红，"如果我真不爱你，我现在签字离婚就算了，我为什么还要苦苦求你？要抹杀一个男人的自尊，当着朱家所有的人面，向你认错？如果我不爱你，我何苦来？何苦来？你说！"

小双静静地凝视着他，幽幽地说：

"这样说来，你是爱我的了？只是你不会表现，使我误解。再加上你又容易犯错，所以总弄不对劲，何况，你的写作不顺利，更使你心情恶劣……"

"对了！对了！"卢友文一迭连声地说，"就是这样！就是这样！"

"唉！"小双长长地叹息，眼光清柔如水，声音平静而恳挚，"知道吗？友文，如果是这样，就是更大的悲剧。爱而不会爱，比根本不爱更悲哀。我相信你说的也是真心话，但是，我和孩子的存在，据你说，已妨碍了你的前程，我是谋杀了你才华的刽子手！友文，我努力想做个好妻子，却成了刽子手。今天我辞职了，不再谋杀你，不再耽误你，你是气话也好，你不是气话也好，我辞职了。"

"这么说来，你还是要离婚？"卢友文瞪着眼睛说。

"是的，我还是要离婚！"小双坚定地说。

卢友文转向了爸爸，他求救似的说：

"朱伯伯，你讲一句公平话吧！小双这样做，是不是有些过分？"

"我讲一句公平话。"爸爸沉着地、稳重地、沉痛地说，"卢友文，你原是个很有才气、很有前途的青年，但是，你的好高骛远、逃避现实和自我陶醉的个性毁了你，你的悲剧，是你自己造成的，谁也无法帮助你！卢友文，小双是我把她从高雄带来的，她等于是我的女儿，今天我必须讲句公平话，让她和你继续生活，她总有一天会憔悴至死，我要救这个孩子！卢友文，你就签字吧！"

卢友文不敢相信地蹙起眉头，然后，他转向妈妈：

"朱伯母……"

"如果问我，我和奶奶的意见一样。"妈妈立即说，"而且，我认为，小双有全权决定她的事情。她当初有全权决定嫁给你，现在也有全权决定离开你！"

卢友文显然是昏乱了，他望着我们全家的人，一个个地望过去，他发现他是孤独的，没有同情者，也没有赞助者。绝望中，他又一把拉住小双。

"小双！"他喊，"你不能这样做！你不可以这样做！结婚的时候，我们都发过誓要白头偕老，你怎可以如此翻脸无情？言犹在耳，你就忘了？"

"我没有忘，忘了的是你！"小双悲哀地说，"结婚以前，你发誓要照顾我，要爱护我，结果，你照顾了多少？爱护了多少？你发誓要写作，要拿诺贝尔，结果，你写了多少字？你拿了什么奖？"

"我懂了！"卢友文暴跳着，用手猛敲着桌子，"你因为我倒霉，我穷，我不走运，你就不要我了！你虚荣，你势利，你以成败论英雄，你当初嫁的不是卢友文，而是诺贝尔！滑稽，天下有几个诺贝尔？你居然无知到这种地步，现实到这种地步！因为我没拿诺贝尔，你就不要我！这种离婚的理由，普天下大概找不到第二件……"

小双望着他，眼光里的悲哀更深更重了。带着一种几乎是绝望的语气，她说：

"不要鬼扯！卢友文。不要'欲加之罪，何患无辞'！诺贝尔奖是你口口声声要拿的，不是我要你去拿的！你一再说，因为娶了我倒霉，害你要工作，害你拿不到诺贝尔奖，现在，我是还你自由，除你霉气，让你去发挥你的天才，去拿你的诺贝尔奖，你懂吗？你说我以成败论英雄，你知不知道'失败'也要尝试过才能叫'失败'，根本不工作叫'游手好闲'，不叫'失败'！如果你今天真写出十万二十万字来，不管有没有报纸要，不管有没有成功，我都会认为你是个英雄，因为你做了，你尝试过了，你努力过了！我对你的灰心和失望，不在于你穷，你没钱，你没拿到诺贝尔，而在于你的不事振作，你的各种借口，你的怨天尤人和你的不负责任！再有，"小双轻声说，"你躺在床上哼哼唧唧说你生病了，上班不能上，却流连赌场数天数夜！这种日子，我受够了！卢友文，你好心，就放了我吧！"

卢友文的眉毛可怕地纠结了起来，他的眼睛直勾勾地瞪着，焦灼和无奈显然在燃烧着他。尤其他在"理"字上实在辩不过小双，这使他又恼羞成怒了。指着小双，他忽然口不择言地大骂了起来：

"杜小双，你不要仗着朱家人多势众，你就这样侮辱我！我告诉你，我对你的心理摸得透彻极了！当初，朱家有人追求你，你嫌人家是个跛子，就看中了我，好逃避那个跛子！等你嫁了我，发现我又穷又苦又没背景，你就又后悔了。何况那跛子有权有势，越爬越高，你就回过头来想要和人家好，嫌我碍了你的事！你真正要离婚的理由，不是为了我，而是为了朱诗尧！"

一直很平静的小双，被这几句话气得浑身抖颤起来，抖得沙发都跟着发颤。同时，诗尧忍无可忍，他怒吼了一声，就排众而出，一直走向卢友文。眼看又有一场大战要发生，空气里充满了紧张的、火药的气氛。爸爸及时大叫了一句：

"卢友文，住口！"

卢友文转头望着爸爸：

"你们父子要联合起来对付我吗？没关系，我今天豁出去了。我是一个人，你们有祖母、爸爸、妈妈、儿子、女儿、女婿、准女婿……你们统统上来吧！了不起打死我，你们倚众欺人，也不见得就能成英雄好汉！朱诗尧，你有种，你今天就打死我，要不然，我准告你勾引我老婆，破坏家庭……"

"卢友文！"诗尧重重地呼吸着，紧紧地盯着卢友文，他沉重地、清晰地、一个字一个字地说，"我不打你，我绝不打你，我不打一个没种的男人，这些年来，不管我心里对你有怎样的敌意，我总认为你仍然不失为一个人才、一个君子！现在，我才知道你只是一堆垃圾！你肮脏，你卑鄙，你甚至不惜以最下流的话，来侮辱一个你自认为深爱的女人！卢友文，你扪心自问，你骂小双的话，你真认为是真的吗？你说！你说！"

诗尧的脸上，绽放着一团正气，他的声音，凛凛然、朗朗然，充满了正义与威严。我从没见过我这哥哥如此可爱，如此健谈过。那卢友文被震慑住了，他毕竟不是一个"坏人"，退后了一步，他怔怔地望着诗尧。诗尧喘了口气，他大声地、继续地说：

"是的，我是个跛子，我从小就是个跛子！让我告诉你，卢友文，我一生以我的跛脚为耻，一生为此自卑，为此痛苦，为此遗憾！我以为，我终身摆脱不掉这跛脚的阴影！但是，从昨晚到现在，你帮我摆脱了！我再也不以跛脚为遗憾了，因为，人生有多少的悲哀，多少的遗憾，是远远超过跛脚的。卢友文，你的脚不跛，你长得比我漂亮，甚至于，你的聪明才智、你的口才应对都超过了我，但是，我比你强，因为，我的心地光明，我的思想正确，我的行为端正！别看我跛，我却脚踏实地，你不跛，你却站在悬崖边缘。是的，我追求过小双，这不是秘密，这更非耻辱！小双没有选择我，她选择了你，在情场上，我确实败了一仗。胜败乃兵家常事，败了只要努力，不会永远败，胜了如果放弃，也会转胜为败。我可以坦白对你说，对全天下的人说，只要你和小双离婚，我还会继续追求她！你如果怕我追到她，你不妨霸占住你丈夫的那个名义，去做消极的抵抗！至于你说我勾引她，甚至于暗示我们有越轨的行为，那是你以小人之心，度君子之腹。今天，我的祖母在这儿，我的父亲在这儿，我的母亲和全体家属都在这儿，我以我全家的名誉，做郑重的誓言，我从没有和小双做过任何不可告人之事！卢友文，相信也在你，不相信也在你！不过，假如你是个男子汉大丈夫，别去侮辱一个为你受尽辛苦与创伤的女人！"

诗尧说完了，我真想鼓掌，我真想大叫，我真想跑过去抱住他，告诉他我有多欣赏他，多爱他，多敬佩他！我的哥哥，我那跛脚的哥哥，他不见得有多漂亮，有多神气，但是，现在，我觉得他好高好大，站得好挺好直！他这篇话，不只震住了卢友文，也震住了妈妈爸爸和满屋子的人，包括小双在内。因为，她用好特殊、好奇异、好惊喜、好感激的眼光望着他。半晌，室内一点儿声音都没有。最后，还是奶奶转头对爸爸说了句：

"自耕，我总觉得你一生也没什么好，但是，你总算给我养了一个好孙子哇！"

爸爸望着奶奶，摇摇头，困惑地说：

"我觉得，要了解一个人实在是很难的，他是我儿子，我到今天才认识他呢！"

卢友文是被折服了，他被打倒了，他终于被打倒了……失去了他的趾高气扬，失去了他的张狂、跛扈，他跌坐进沙发里，忽然间变得一点儿威风也没有了。用手抱着头，他又是那副沮丧与痛苦得要死的样子。我们都呆着，要看他和小双这段公案如何收场。好一会儿，卢友文抬起头来了：

"小双，你一定要和我离婚？"

"是的。"

"为了朱诗尧吗？"

"不，为了你。"小双说，眼光里又重新浮起了那片悲哀的温柔，她坦白而真挚，"我不愿成为你事业上的障碍。"

"你知道那只是借口。"

"我也不愿意成为你的借口！"

"你决定，不再给我机会了？"卢友文的声音变得好悲哀、好无助、好可怜。

"不，你有机会，离婚以后，你还有机会，"小双深深地注视着他，"如果你还爱我，你仍然可以追求我，仍然可以表现给我看，别说我以成败论英雄。离婚后，我将等着，只要有一天，你拿着你的第一部长篇小说到我面前来，不管会不会发表，不管能不能成名，只要有那么一天，我就和你破镜重圆！"

卢友文的眼睛里燃起了光彩，他紧紧地盯着她。

"你说真的？"他问。

"我说真的！我发誓！"她环顾四周，"在场的每一个人，都是我的证人！我发的誓，不像你发的誓那样不可靠，我是认真的！"

我们满屋子的人都有些发愣，我实在料不到小双还有这样一招。离婚就离婚吧，怎么又闹出个"破镜重圆"的办法来了，看样子，小双仍然对他有份感情。我们都怔着，而卢友文，他和小双对视着，显然，小双又鼓起了他奋斗的意志。

"好！"卢友文终于下决心地一点头，"我签字！今日的失败，不见得是永久的失败，是不是？"

"我希望，"小双盯着他，语重而心长，"今天的失败，是你以后成功的垫脚石！友文，别说我无情，别说我冷酷。我会等着你，等你拿出成绩给我看！"

"我会的！"卢友文一迭连声地说，"我会的！我会的！我会的！我发誓，我会做到的！我还要把你再娶回来！我发誓！我会的！"

他在离婚证书上签了字，同时，放弃了彬彬的监护权。签得出乎我们意料之外的爽快和干脆。

"反正，我还会把她们母女都争取回来的！"他用充满了信心的声音说，昂首阔步地走出了我家的大门。那份坚定和自信好像又恢复到了好久以前，他第一次出现在我们家时的样子。

小双就这样离了婚。

21

小双离婚以后，我们全家都以为，倦鸟归巢，"我们的"小双，经过一番疲乏的飞行，经过一番风雨的折磨，经过一番痛苦与挣扎，然后，她回来了。剩下的工作，是休憩她那疲累的翅膀，刷干她淋了雨的羽毛，抚育她那弱小的幼雏。于是，奶奶热心地收拾诗晴的房间，因为有了小彬彬，她总不能再挤在我的下铺上。妈妈也忙碌地准备出毯子、被单、棉被等一切应用物品，要给她布置一个比以前更温暖、更舒适的"窝"。连诗晴和李谦，都把他们那还有八个月才用得着的婴儿用品，全部送来，把小彬彬打扮得又干净、又漂亮。这样，我们以为小双可以稍得安慰了。最起码，在这世界上，她不是孤独的！在这世界上，有我们这一大家子人，由衷地、热烈地爱着她！谁知道，我们的准备工作都白费了，第三天，小双就对我们宣布：

"你们别为我操心，也别为我这样忙碌吧！因为，我不能住在这儿，我要搬出去住。"

"胡闹！"我第一个叫起来，"这简直是莫名其妙！我们这儿是你的'家'，你不住在家里，你要住到哪里去？何况我们这样喜欢你，你真搬出去，就不但是不够意思，而且是毫无感情了！"

"小双，"奶奶也跟着说，"你既然和卢友文分了手，当然就该回娘家住哇！咱们家，诗晴和你嫁出去之后，就寂寞得什么似的。你回来了，奶奶也可以有个伴呀！何况，带小娃娃，你是不行的，奶奶可是熟手哇！为了彬彬，你也该在咱们家好好住下去呀！不是奶奶说你，小双，"奶奶紧盯着她，"你外表是个文文弱弱的孩子，做起事来，却任性得厉害，你吃了这么多苦，受了这么多罪，虽然怪命运不好，你的任性，也多少要负点责任！现在，小双啊，听奶奶的，别再任性了吧！"

小双坐在沙发里，面容严肃而宁静，她的眼光注视着奶奶，眼底是一片柔和与真挚。她的声音既诚恳，又坚决，和她往常一样，她总有那种使人无法抗拒的力量。

"这次不是任性，"她轻声说，"而是理智的抉择，我必须搬出去！"

"为什么？"我问，"说出你的理由来！"

小双望着我，微蹙着眉梢，她似乎有千言万语，不知从何说起的样子，半晌，才说了句：

"诗卉，你应该了解的！"

我应该了解的？我可糊涂得厉害！我什么都不了解，我觉得小双越来越深奥，越来越令人费解了。我正在纳闷，爸爸却开了口：

"好吧！小双，我想，没有人能勉强你做任何事，你如果决心搬出去，你就搬出去吧，但是，你预备搬到什么地方去呢？你一个单身女人，又带着个孩子！"

"我会想出办法来的。"小双低语。

爸爸点了点头，深深地凝视着小双，似乎在研究她内心深处的问题。然后，爸爸说：

"好吧！只要记住我一句话，千万别忘掉！朱家的大门，永远为你而开着，随时随地，欢迎你回来！不管……"爸爸的声音很低很沉，"你是什么身份！"

小双感激地注视着爸爸，然后她悄然地垂下头去。诗尧在我们讨论中间，始终一语不发，这时，他猝然站起身来，一声不响地走了。

这事似乎已成了定论。晚上，小双把孩子哄睡了之后，她来到我屋里，说：

"诗卉，我知道你心里充满问题，你对我的行为完全不解，我不能让你误解我'不够意思''毫无感情'，让我告诉你……"

她的话还没说完，我房门口传来一个清清楚楚的声音，朗然地打断了小双："让我来告诉你吧！"我回过头去，诗尧大踏步地走进了屋里，随手关上了房门，他的眼睛定定地望着小双，他的眼光那样深邃，那样敏锐，那样燃烧着火焰，使我又莫名其妙地紧张起来。他稳定地走向小双，站在她的面前，清晰地说：

"你不得不离开，因为朱家有个危险的人物，对不对？你不能不避嫌疑，你不能不在乎卢友文的疯言疯语，对不对？很好，小双，你听我说，你不用搬出去，如果你这样介意，那么，我搬出去！"

小双望着诗尧，她眼中逐渐涌起一层哀恳的神情。

　　"诗尧！"她轻声叫，"请你谅解……"

　　"我谅解！我很谅解！"诗尧急促地说，"你虽然离了婚，你对卢友文仍然未能忘情。你虽然离了婚，你仍然在意他对你的看法！所以，你要搬出去，你要逃开我！听我说，小双！"他一把抓住了小双的手臂，"如果我的存在对你是一种威胁，我走！你不能走！"

　　"诗尧！"小双无力地叫了一声，往后瑟缩地退着。诗尧却牢牢地抓住她的手臂，急切而热烈地打断了她：

　　"别说话！你听我说！当着卢友文的面，我就说过，我不会放过你，现在，你无论逃到世界的哪个角落，我都不会放过你！你又何必逃呢？但是，如果你固执地要避开我，请你听我一句话！你还这么年轻，这么小，这么柔弱，又有个小彬彬，你如何单独生活？难道你受的苦还不够多？受的折磨还不够深？请你帮我一个忙，算是你好心，你帮我的忙，留在朱家！这儿，至少有妈妈、奶奶、爸爸……大家可以照顾你！而我，我是个男人，什么地方都可以住，也不会有任何危险！我搬，我明天就搬！只请你留下来！留在一个安全的、有爱、有温暖的地方！行吗？"他热切地紧盯着她，"你做做好事，小双！留下来！别让我每天把心悬在半空中，担心你遭遇不幸，担心你出事！行吗？小双？"小双怔怔地瞅着他，眼里浮上了薄薄的泪影，她的眼光迷迷蒙蒙地、不信任似的看着他。

　　"诗尧，"她费力地低语，"你何苦这样？你……你必须明白一件事，我离婚，并不是就表示我对你……"

诗尧迅速地用手一把压住了小双的嘴，哑声说：

"别说出来！你离婚是一件事实，对你的意义和对我的意义是不同的！我不管你心里怎么想，你也别管我心里怎么想！我只请求你留下来，让我搬出去！"

小双微微地摇头，诗尧的眼睛发红了。

"小双！"他低唤，努力地在克制自己的脾气，"你讲不讲理？"

"我讲。"小双挣开他的手，轻声说，"诗尧，让我告诉你，我离婚的时候，友文口口声声说我是为了你，我今天住在朱家，这罪名永远洗不清了。这倒也罢了，反正人只要无愧于心，也管不了别人的闲言闲语。可是，我答应等友文，等他写出书来的那一天，再和他破镜重圆，我要守这个诺言！不管过多久，不管多少年，我要守这一句诺言！搬出你家，让他了解我并没有和你有任何纠葛，让他能专心写作！"诗尧重重地点头。

"我说对了，"他打鼻子里哼着说，"你对他仍然无法忘情！你的离婚原来只是个手段，要他成功的手段！"

"诗尧，"小双轻叹一声，显得好成熟好执着，"一夜夫妻百日恩，我和他做了一年半的夫妻！离婚是我要离的，不是他要离的，这是我给他的最后一针强心剂，我想，说不定经过这个刺激，他会真正去努力奋斗了，只要他发愤图强，立定脚跟，重新做人，我依然是他的妻子。你不要以为我坚持离婚，就是和他恩断义绝。你认为这是一个手段也罢！反正，我要守那一句诺言，我要等着他拿出作品来和我破镜重圆！"

"如果他二十年都写不出东西来呢？"诗尧大声问。

"我等他二十年！"小双轻声而坚决地说。

诗尧紧盯着她。

"小双，你疯了。"他从齿缝里说。

小双迎视着他的目光，默然不语。

"很好，"诗尧喘着气，"你等他二十年，我等你二十年！让我们三个，就这样耗下去吧！"

小双睁大了眼睛，惊愕而激动地瞅着诗尧。

"诗尧，"她哑声说，"你也疯了。"

"是的，"诗尧点着头，斩钉截铁地说，"你要发疯，我只好陪你发疯！唯一不公平的……"他咬牙切齿，"你是为别人发疯，而我是为你发疯！"

小双怔着，站在那儿，她一动也不动，好半天，才有两颗大大的泪珠，从她面颊上滚落下去。诗尧用手指抹去那泪痕，酸楚地、苦涩地说：

"你这两滴眼泪，是为我而流的吗？"

小双不说话，而新的泪珠，又滚落了下来。

诗尧长叹一声，猝然间，他张开手臂，一把把小双拥进了他的怀里，低下头去，他找寻着她的嘴唇。小双迅速地挣扎开来，她一下子退到屋角，拼命地摇着头，她脸上泪痕狼藉，眼睛却睁得大大的。

"不，不，诗尧！"她连声地说，"请你不要！请你——饶了我吧！"

诗尧瞪着她，站立在那儿，他竭力在压抑自己。

"好，我不碰你！"他沙哑地说，"我答应，再不碰你，但是，你也答应，要留下来！"

小双摇头。

"你一定要留下来!"诗尧命令地说。

小双仍然摇头。

"你非留下来不可!"诗尧凶恶地说。

小双更猛烈地摇头。

"你……"诗尧往前跨了一步,面目几乎是狰狞的,小双挺立着,寂然不为所动。于是,诗尧泄了气,掉转头去,他用力甩头,在桌上重重地捶了一拳,暗哑地说:"我竟然拿你一点儿脾气也没有!"他咬得牙齿格格发响,然后,他再一甩头,冲出房间去了。

三天后,小双搬出了我们家。

她在厦门街,租了一层小小的公寓房子,只有一房一厅,所喜的是家具齐全,原来是租给单身汉住的。她去浦城街,搬来了她的钢琴,重新登报招收学生,过她教授钢琴的生涯。去搬钢琴那天,是我陪她去的,因为她不愿再单独面对卢友文。那天,卢友文表现得很有君子风度,他望着小双,显得温和、诚挚而彬彬有礼。

"小双,"他深沉地说,"你会守信用吗?"

"一诺千金,是不是?"小双说。

"恨我吗?"卢友文问,他的眼睛,仍然那样深情,那样忧郁,似乎又恢复了他追求小双的时期。人类,岂不奇怪?得到的时候不知珍惜,失去了却又依依难舍了。

"不。"小双坦白地低语,"如果恨你,我就不会等你,既然等你,又怎会恨你? 我只希望……你……你不要重蹈覆辙!"

"小双！"卢友文的脸色变得郑重而严肃，他沉着地说，"再发誓也没有用了，是不是？我以前发了太多的誓言，却从来没有兑现过！现在，我不发誓，我要做给你看！因为，小双，我不能失去你，我爱你！"小双的长睫毛闪动着，眼底又燃起了光彩。

"友文，"她恳挚地说，那么恳挚，那么温柔，如果我是卢友文，我准愿为她粉身碎骨，"现在，你再也没有家庭的羁绊了，现在，我解除了你所有的包袱，不拖累你，不妨碍你，但愿你——有所成就！那时候，如果你还要我，不嫌我是你的累赘，我随时跟你走！"

"我知道了！"卢友文盯着她，"你用心良苦！如果我再不发愤图强，我就连猪狗都不如了！小双，你放心，我们不会这么容易就分手。我已经辞去了工作，下星期，我要到南部去！"

"南部？"小双怔了怔，"去南部干吗？"

"我决定到一个人烟罕至的荒村小镇里去隐居起来，我想过了，都市对我不合适，到处都充满了诱惑，而我又逃避不了诱惑！我要远离尘嚣，到一个小乡村里，或者山地里去埋头苦干！等我，小双！"他握住她的手，"一年之内，我必归来！那时，将是我们一家三口团圆的日子！"

"我等你！"小双坚定地说。

我站在一边，心里有股好奇异的感觉，看到一对已经离婚的夫妻，谈论他们"重圆"的"美梦"，好像是件非常荒谬的事！我打赌写成小说，别人都会以为我在杜撰故事。但是，看他们这样握手话别，殷勤嘱咐，我却依然感动。或者，卢友文这次是真有决心了，我想。或者，他真会做出一番事业来了，我想。到那时候，我那可怜的哥哥将会怎样？我摇摇头，我不能想了。

钢琴搬到小双的公寓里，小双打开琴盖，一张信笺从里面飞了出来。小双惊愕地抓住那信笺，读着上面的文字，然后，她抬头望着我，满脸绽放着光彩，她把那信笺递到我面前。于是，我读到下面的文字：

我要用我毕生的一切，我的整个生命，来追求小双，来改变她对我的观念。

我要重新做人，我愿奉献一切，不求任何回报。我的真心话是如上，赤诚的话。至于她对我的绝望，皆因为我自己的所作所为造成的，都是我应得的。她怜悯我，我感激，但愿日后能造成她对我有重燃的感情。一年半以来，她对我的种种好处，我不知珍惜，如今我去了，才知道我的世界就是她。经此打击，我觉得任性和懒怠是我最大的缺点。现在我已认清了爱的真谛，即使毫无希望，我都会努力争取，一定要使她对我重新有了信心。

我已经想好一个长篇的材料，将立刻下笔写出，把成绩贡献到她面前……（不要说，只需做！）

我看完了，抬头望着小双。

"你认为，"我说，"他的话是可信的吗？"

小双静静地看着我。

"太多的失望以后，是很难建立信心的，是不是？"她安静地说，"我想，我是在等待一个奇迹！"

奇迹！是的，小双在等待着奇迹！以后的岁月中，她就一直在等待着奇迹！不只她在等待着奇迹，诗尧也在等待着奇迹，只是，他们所等待的"奇迹"是不一样的。就在这等待中，日复一日，月复一月，年复一年。时间在流逝着，不停地、不断地、无止无休地流逝着。转眼间，小彬彬已经三岁半了。

在这三年中，发生了不少的事情。我和雨农早已结了婚，也住在厦门街，和小双只隔了几条巷子。诗晴的儿子也已两岁多了，长得又胖又壮，成为李谦最大的骄傲。诗尧升任了经理，李谦当了编审组组长，雨农通过了司法官考试，正式成为法官了。而爸爸妈妈的"日式改良屋"也已拆除改建了，他们住进了一栋六十坪的公寓里。小双往日在浦城街的旧居，早已踪迹全无，被一栋四层楼的公寓所取代了。小双呢？她忙于作曲，忙于编套谱，忙于电影配乐，诗尧给她接了许多工作，使她连教授钢琴的时间都没有了。而她所作的歌曲，早已脍炙人口，她是我们之中收入最多的一个，"贫穷"已成为历史上的陈迹。但是，她仍然住在那栋小公寓里，连搬一个比较好的房子都不肯。她的理由是：

"房子拆的拆了，改建的改建了，大家也都搬了家了，卢友文回到台北，这儿已面目全非，让他到哪里去找我？我不能搬家，我得等着！"

"少傻了！"我叫，"卢友文一去三年，杳无消息，谁知道他怎样了？连封信都没写过，你还等什么？而且，真要找你，也不是难事，你已非昔日小双，只要打个电话到电视公司，就可以查出你的地址了。"小双耸耸肩，对我的话置之不理。

彬彬长得活泼可爱，她成为奶奶的宠儿，她学会的第一句话，既非"爸爸"，也非"妈妈"，而是"太奶奶"。奶奶常抱着她说：

"彬彬是奶奶的，彬彬该是咱们朱家的孩子呢！"

诗尧呢？他和彬彬之间，倒建立起一种奇怪的感情，我从来不知道我的哥哥是那样地爱孩子的，他可以和她一起在地上爬，当马给她骑，和她耐心地搭积木，做"火车嘟嘟"满屋子绕圈子。因此，三岁半的彬彬，对诗尧的称呼是"火车嘟嘟"，只要一两天没见到诗尧，她就会用软软的童音说：

"我的火车嘟嘟呢？火车嘟嘟怎么不理彬彬呢？"

"火车嘟嘟"怎么可能不理彬彬呢？他是三天两头地往小双家里跑啊！彬彬常常左手牵着诗尧，右手牵着小双，跳跳蹦蹦地走在铺着红砖的人行道上，嘴里呢呢哝哝地唱着她在幼稚园里学来的歌曲：

老鸡骂小鸡，

你是个笨东西。

我叫你唱咕咕咕，

你偏要唱叽叽叽！

每次看到他们这个局面，我心里就有种好心酸、好特殊的感觉，如果……如果彬彬是诗尧和小双的孩子，那有多好！我不知道小双的感觉是怎样的，难道她真的发起痴来，要等卢友文十年二十年？我看，诗尧似乎也是准备长期抗战到底了，已经豁出去跟她耗上了。我常私下对雨农说：

"我真不知道这幕戏如何结束呢！"

那年秋天，我身体不太好，雨农常常拉着我出去散步，到郊外走走，我们总是约着诗尧和小双，带着彬彬一起玩。一天下午，我们带彬彬去了儿童乐园。彬彬好开心，跟着诗尧和小双坐缆车、骑木马，又蹦又跳，又叫又笑。孩子的喜悦是具有传染性的，小双的面颊也被喜悦所染红了。扶着栏杆，她注视着那驾着小汽车到处乱冲乱撞的小彬彬，嘴角边充溢着笑意。我注意到，诗尧走到她身边，和她并排站着。

"小双，"诗尧说，"你觉不觉得，彬彬需要一个父亲？"

"她有父亲。"小双轻声说，脸上的笑容消失了一大半，只有一小半了。

"那父亲在什么地方？"诗尧问。

"总在某一个地方！"小双说，脸上，那一小半的笑容也失去了。她的眼光迷蒙地望着孩子，手握紧了铁栏杆。

诗尧把手盖在小双的手上，握住了她。

"小双，"他微蹙着眉，热烈地说，"一定要继续这样等待下去吗？我们是不是在做傻事？你真要等二十年吗？"

"我没有要你等，"小双低语，"你早就该物色一个女孩成家了。"诗尧一定紧握了小双一下，因为小双痛得耸了耸肩。

"不要太残忍，小双！"他说，"我告诉你，这么多年，我都等了，我不在乎再等十年二十年或一百年！"

小双转过头来，注视着诗尧。

"你何苦呢？"她问，"世界上有那么多女孩子！你聪明一点，就该放开我，你让我去做傻事吧，你何必跟着我傻呢？我还要等下去，不知道等多久！"

"很好，"诗尧冷静地说，"你做你的傻事，我做我的傻事！

你等多久，我就等多久！”

"你知道吗，诗尧？"小双说，"即使他永不回来，我也不会和你怎样，所以，你的等待是没有意义的，到头来，一定是一场空！"

"是吗？"诗尧紧盯着她，"咱们走着瞧，好吗？"

"没有用的。"小双摇头，"你为什么这样固执？"

"因为……"诗尧的话没有说完，小彬彬已开完汽车，连蹦带跳地扑向诗尧和小双，嘴里又笑又叫地唱着：

"老鸡骂小鸡，你是个笨东西……"

"因为……"诗尧乘机结束了他的话，他一把抱起彬彬，说，"我是个笨东西！"

小彬彬笑着扑在诗尧的肩头，用双手环绕着诗尧的脖子，她把小脸好可爱地藏在诗尧的领子里，细声细气地笑着嚷：

"妈妈，火车嘟嘟是一个笨东西！"

小双的眼眶骤然地红了，她把头转了开去。我挽紧了雨农，小声说：

"我希望，不管是哪一种'奇迹'，都尽快出现吧！"

22

冬天来临的时候，医生说我患上了轻微的贫血症，在奶奶和雨农的坚持下，我辞去了银行的工作。生活一轻松下来，雨农又整天上班，我就天天待在小双家里，帮她抄套谱，帮她填歌词，帮她陪小彬彬玩。小双，她已经成为一位忙碌的作曲家，而且名气越来越响了。

在那段日子里，诗尧每到下班以后，总是固定地到小双家里小坐。小双学奶奶，也在屋里生起了一盆炉火，燃烧着满屋子的温馨。晚上，我和雨农，诗尧和小双，加上一个绕人膝下、笑语呢喃的小彬彬，常常在小双那小公寓里，度过一个温暖而安详的夜晚。于是，我有时禁不住会想就这样过下去，也没什么不好。人如果不对任何事苛求，只享受片刻的温暖，不是也很快乐吗？但是，人算总不如天算！我经常回忆起那个"晚上"，我在客厅外偷听诗尧和小双的谈话，假如我不冒冒失失地"摔"进去，会不会整个历史改写？

然后，又一个"晚上"来临了。

那晚，我和雨农在小双家吃过了晚餐，三人在客厅里闲聊着，平常这时候，诗尧一定也加入了我们，但，那晚他没有出现，也没来电话，情况就显得有点特殊。八点多钟，小彬彬睡着了，小双把她抱进了卧室，出来继续和我们聊天。炉火烧得很旺，室内是一屋子的温暖。窗外却下着相当大的雨，而且风声瑟瑟。小双拨弄着炉火，不时抬头看看窗子。窗外夜色幽暗，风在呼啸着，雨点疏一阵、密一阵地紧敲着玻璃窗。不知怎的，我竟有份"山雨欲来风满楼"的感觉。小双似乎也有份下意识的不安，她看了好几次窗子，忽然说：

"诗卉，记得我第一次去你家的那夜，和今天晚上的天气一模一样。那晚好冷好冷，你家却好温暖好温暖。"

我回忆着那个晚上，暗中计算着时间，六年！真没料到，一晃眼就六年了！这六年，大家都在轨道上行走，只有小双，她经过了多少事故，结婚，离婚，等待，折磨，困苦，煎熬，至今仍不知"情归何处，梦落谁边"。我想着，心里有点儿酸涩。小双呢？她也沉默着，似乎也在回忆着什么，一时间，室内好安静。

忽然间，急骤的门铃声打破了我们的静谧。雨农跳起身来，去打开了房门。立即，诗尧从外面直冲进来，带来了一股寒风和一头雨雾，我们讶异地望着他，他站在客厅中央，没穿雨衣，也没打伞，夹克已被雨水湿透了，头发也在滴着水，他显然淋了好一阵雨，看来相当狼狈。但是，他脸上却充满了笑意，脸色红润而激动，眼睛里闪耀着热烈、兴奋和喜悦的光华。他紧盯着小双，愉快地说：

"猜三次，如果我要送你一样礼物，你猜我会送什么？"

准是又帮小双接了什么配音工作，我心里想着。要不然就出了张《杜小双专辑唱片》，反正，他对小双的事最热心，尽管凄风苦雨，也阻止不了他的满怀热情！

"我不猜。"小双轻声地说，望着他，"我所希望的东西，不是你的能力做得到的。"

她的眼光暗淡了一下，我的心情也沉了沉，她在想着那早已失踪的人！接着，她振作了起来，仰着头，她微笑着。

"你淋湿了，我去帮你拿条大毛巾来！"

她从诗尧身边走过，诗尧一伸手，抓住了她。

"别走！"他哑声说，脸上的笑容隐没了，他的眼光深邃而苦恼地望着她，"猜都不愿意猜呵！"他说。

小双被动地站住了，被动地望着他。

"那么，"她说，"奥莉维亚·纽顿－约翰的原版唱片？"

诗尧摇头。

"我所有歌曲的卡式录音带？"

诗尧又摇头。

"如果你要送我一套四声道的唱机之类的东西，"小双郑重地说，"我是不会收的，目前这一套已经够好了！你别再玩送钢琴的老花样！"

"不是！不是！都不是！"诗尧猛烈地摇头。

小双有些困惑了。

"那么，我真猜不出了。"

诗亮一眨也不眨地望着她，眼神十分怪异。半晌，他才慢吞吞地从夹克口袋里，非常慎重、非常小心翼翼地掏出一个红绒的首饰盒来。托着那首饰盒，他一直送到小双面前。我和雨农交换了一个注视，我心想，诗尧又疯了！好端端的，他就要找钉子碰！明知小双那份执拗的脾气，现在怎是"求婚"的时机？果然，小双的面色倏然变色，她像被什么尖锐的东西猛刺了一下似的，迅速地挣脱了诗尧的掌握，她一下子向后面退了三步，急速地摇着头，一迭连声地说：

"不！不！不！我不收！我不收！"

诗尧定定地站在那儿，雨水沿着他的头发，滴落到面颊上，他固执地、沉着地、一字一字地说：

"不收，没关系，打开看看，好不好？"

"不好！不好！"小双更固执，"你拿回去，我看也不要看！"诗尧的脸色发白了，眼光暗淡了。

"仅仅为了让我有一点点安慰，"他轻声地，几乎是祈求地说，"我冒着雨去取货，奔波了不知道多久，你甚至不愿意看一看？"

小双有些动容了，她凝视他，终于，在他那恳切的注视下软化了。她低声说：

"我只看一看，但是不能收。"

"看完再作决定，好吗？"

小双接过了那首饰盒，慢慢地打开来。诗尧一脸的紧张，专注地盯着她。我心想，诗尧这些年来，也赚了不少钱，说不定一股脑儿去买了颗大大的心形钻戒了！我正想着，却听到小双一声激动地大叫："我不相信！我不相信！诗尧！我不相信！"然后，她喘着气，泪水满盈在她的眼眶里，她又是笑，又是泪地转向了我，"诗卉！你来看！诗卉！我不相信！我不相信！你看！你看！是坠子！奶奶给我的坠子！诗尧，这不可能，这完全不可能……"她急促地乱嚷乱叫，激动和意外使她的脸发红而语无伦次。

我冲了过去，心里还在想，诗尧这一招真是出人意外，他准是照样模仿着镂了一个假的！但是，一看那坠子，我也惊愕得目瞪口呆！那是奶奶的坠子！真真实实的坠子！碧绿晶莹，上面镂着双鱼戏水！我忍不住大叫了起来：

"哥哥！你怎么弄回来的？"

诗尧不看我，他的眼光仍然专注地盯着小双，说：

"我整整用了四年的时间，来追寻这个坠子！最初，找到和卢友文赌钱的那个工人，他已经把坠子卖入银楼；我找到银楼，坠子已被一位太太买走；我找到那位太太，她说她把坠子让给了一位电影明星，而那明星已去香港拍片了！我辗转又辗转地托人去香港找那明星，那明星却拒绝出让这坠子。于是，迫不得已，我写了封长信给那电影明星，告诉她这坠子的重要性……然后，终于，今天晚上，她托人带回来这个坠子……"他眼里燃着热烈的光彩，"所以，小双，如今是物归原主了！"

我抓起了那坠子，上面的金链子还是当初的！我迫不及待地把坠子挂到小双脖子上，兴高采烈地大嚷：

"噢！小双，太好了！小双，太妙了！咱们朱家的祖传至宝，你让它依然属于朱家吧！"

我兴奋之余，这句话未免说得太明显了。小双那喜悦的脸孔骤然变了变，握住坠子，她想取下来，说：

"诗卉，我看还是你拿去戴吧，放在我这儿，搞不好又弄丢了。"我一把按住她的手，叫着说：

"奶奶给你的东西，你敢取下来！"

诗尧往前跨了一步。

"小双！"他声音里充满了激情，"总记得你在医院里哭着要坠子的情形！你如果不肯收啊，还给我，我砸了它……"

小双松了手，她让那坠子垂在胸前，慌忙一迭连声地说：

"我收！我收！诗尧，别生气！我收！我再不知好歹，也该了解你四年来找寻它的一片苦心，我……我只恨我杜小双，无以为报，我……"她忽然把头埋进了我胸前，哽塞地嚷，"诗卉，诗卉，我欠你们朱家太多太多了！我，我怎么办呢？"

我让开了身子，把她轻轻地推到诗尧面前，诗尧立即用双手扶住她的手腕。他的眼光热烈地盯着她。小双被动地站在那儿，被动地仰着头，被动地迎视着他，眼里泪光莹然，脸上是一片可怜兮兮的婉转柔情。我心中忽然被狂欢所充满了，暗中握紧雨农的手，我想，或者不用等二十年了，或者"奇迹"已经出现了，或者……或者……或者……但是，在许许多多的"或者"中，我却绝未料到一个"或者"！它击碎了我们所有的宁静，带来了惊人的霹雳！

首先，是门铃声忽然又狂骤地响了起来，惊动了小双和诗尧，真煞风景！我心里还在暗暗咒骂，雨农再度跑去开了门，一时间，又一个浑身滴着水的人直冲了进来，我定睛一看，是李谦！我正惊愕着，李谦已急匆匆地、脸色阴晴不定地喊：

"小双！我给你带来了卢友文的消息！"

一刹那间，室内是死一般的沉寂，我们全体都呆了。诗尧的机会又飞了！小双的脸上迅速地绽放了光彩，她冲到了李谦面前，仰着脸，紧张、期待而迫切地喊：

"告诉我！他在哪儿？"

"在高雄！"李谦说，声音沉重，面容灰白，眼神严肃，"我去拍摄大钢厂的纪录片，在高雄碰到了他！"

小双研究着李谦的脸色，她的嘴唇变白了。

"他又失败了，是吗？"她轻声说，嘴唇颤抖，"他依然写不出东西来，是吗？还是……"她仔细地凝视李谦，"他骂我了？他爱上了别人？他……"

李谦摇头。

"小双，"李谦的声音低哑，"他快死了。"

小双后退了一步，身子晃了晃，我跑过去，一把扶住了她，小双靠在墙上，她抬着头，仍然死盯着李谦。雨农焦灼地对李谦喊：

"怎么回事？你别吓小双，好好的人，怎么会快死了？你说说清楚，是怎么回事？"

"是真的，"李谦说，脸上一丝一毫玩笑的成分都没有，"我在民众医院碰到他，我是害了流行性感冒，去民众医院看病，他正好从里面冲出来，瘦得只剩下一把骨头。医生追在后面，叫他住院，他不肯，我一看是他，就跑过去抓住他。他匆匆忙忙，只对我说了两句话，他说：'李谦，告诉小双，我的作品快完稿了！'说完就跑走了。我觉得不大对劲，就去看他的医生，那医生听说我是卢友文的朋友，像抓住救星似的，他说，卢友文的病历卡上无亲无故无家属，他不知道如何是好，又不敢告诉卢友文本人，因为——他害了肝癌。医生说，这病在他身体里，起码已经潜伏了五六年。现在，他最多只能活三个月！"李谦停了停，我们全怔在那儿，我只觉得脑子里像有万马奔腾，心中慌慌乱乱，根本不太能接受这件事实。小双把眼睛瞪得大大的，一眨也不眨地望着李谦，她的脸白得像大理石，嘴唇上一点儿血色也没有。半晌，她才开了口，她的声音像来自遥远的深谷，低沉而沙哑。

"你有没有他的地址？"

"我从病历卡上抄下来了。"李谦慌忙说，"我不敢采取任何行动，就直接回到台北来找你们！"

小双用手握住我，她的手指冷得像冰。她在我耳边，挣扎地、无力地低语：

"诗卉，我快晕倒了。"

我手忙脚乱地把她扶到沙发上去，她靠在那儿，长发半遮着脸庞，显得又苍白、又衰弱、又奄奄一息。诗尧很快地冲到电话机旁边，翻着电话号码簿，在我还没弄清楚他要干什么以前，我听到他在电话里说：

"我要两张飞机票，明天早上飞高雄的！"

"不！"小双忽然坐正了身子，把长发掠向脑后，她努力地振作了自己，深吸口气，挺了挺她那瘦小的肩膀，坚决地说，"我不能等到明天！我坐今晚的夜车去高雄！"

"今晚！"雨农说，"现在已经九点半了！"

"十点半还有一班车！"李谦说。

小双从沙发上直跳起来，由于跳得太猛，她还没有从晕眩中恢复，这一跳，就差点栽倒下去。诗尧一把搀住了她，心痛地蹙紧眉头。小双挣扎着站稳了，甩甩头，她显出一份少有的勇敢与坚定，她说：

"诗尧，我能拜托你一件事吗？"

"你说！"

"记得上次我们到外双溪为《在水一方》录影，我曾经说那儿新盖的几栋别墅很漂亮，请你立刻帮我去租一栋，不管价钱要多高。如果我的钱不够，你帮我去借，我将来作曲来还！"

"我立刻去进行！"

"不是进行！"小双几乎是命令地说，"我要在三天以内，和卢友文搬进去住！所以，三天之内，我要它一切就绪！李谦，我能拜托你帮诗尧布置吗？友文这一生，没有过过一天好日子，他一直说他不舒服，是我忽略了，我以为他在找借口，没料到……"她喉咙哽塞，"现在……我要——给他最丰富的三个月！你们都是我最亲近的人，你们了解我，请你们帮助我！"

"三天之内！"李谦坚定地说，"你放心！小双！包在我和诗尧身上！"他取出一张纸条，交给小双，"这儿是卢友文的地址，你记住，他自己并不知道病得那么重！"

小双点点头，转向我：

"诗卉，你陪我去高雄！"她望着雨农，"雨农，我必须借诗卉，我怕自己太脆弱……"

"不用解释！"雨农很快地说，"我会把彬彬送到奶奶那儿去。诗卉，你好好照顾小双！"

一切好混乱，一切好突然，一切好悲凉，一切好意外，一切好古怪，一切好不真实……总之，一小时后，我和小双已经坐在南下的火车中了。我不知道别人的情绪是怎样的，我却完全昏乱得乱了章法，我只是呆呆地坐在车子里，呆呆地望着身边的小双。奇怪！小双怎能如此平静？她坐在那儿，庄严肃穆得像一座雕像！眼睛直勾勾的，脸上一无表情。火车轰隆轰隆地前进，小双的眼皮连眨也不眨，我忽然恐惧起来，伸手摸摸她的手背，我惊慌地叫：

"小双！你没有怎么样吧？"

"我很好。"小双幽幽地说，"我在想，我命中注定孤独，六年前，爸爸死于癌症，六年后，友文又得癌症！我常告诉自己要坚强，却真不知如何去和命运作战！"

她的声音平平板板，一无感情，我忽然想起她第一夜来我家的情形，她也是那样麻麻木木的，后来却在床上失声痛哭。我望着她，知道在她那平静的外表下，她的心却在滴着血。小双，小双，为何命运总在戏弄你？我伸过手去，紧紧地握住了她的手。也在那一刹那间，我才了解小双用情之专之深之切！

我们在清晨到达了高雄，天才蒙蒙亮，台北虽然下雨，高雄却显然是晴朗的好天气。下了火车，小双拿出地址，叫了一辆计程车，我们直驶向卢友文住的地方。

车子停在苓雅区的一个小巷子里，我们下了车，小双核对着门牌，终于，我们找到了。那是一栋二层楼的木造房子，破旧不堪，楼下还开着脚踏车修理店，显然，卢友文只有能力分租别人的屋子。小双在门口伫立了几秒钟，低下头，她看到胸前的坠子，在这种情绪下，她依然细心地把坠子放进了衣领里，以免卢友文见到。然后，伸手扶着我的肩膀，她把头在我肩上靠了一会儿，半晌，她毅然地一仰头，脸上已带着笑意，她对我说：

"笑笑吧！诗卉！"

我真希望我笑得出来，但是我实在笑不出来。小双伸手按了门铃，一会儿，一个睡眼模糊的小学徒开了门：

"找谁？"

"卢友文先生！"

"楼上！"

我们沿着一个窄窄的小楼梯，上了楼。这才发现楼上用木板隔了好几间，卢友文住在最后面的一间，正靠着厕所，走过去，扑面就是一阵浓烈的臭味，使人恶心欲吐。我心想，住在这样的地方，难怪要生病！到了门口，小双又深吸了口气，才伸手敲门。

"谁？"门内传来卢友文的声音。

小双靠在门框上，闭了闭眼睛，无法回答。

"哗啦"一声，门开了，卢友文披着一件破棉袄，站在门口。一头乱蓬蓬的头发，满脸的胡子，深陷的眼眶，尖削的下巴，我一时几乎认不出他来。只有那对漂亮的眼睛，仍然闪烁着一如当年的光芒。看到我们，他呆住了，似乎以为自己在做梦，他伸手揉了揉眼睛，对小双"努力"地"看"过去，讷讷地说了句：

"好奇怪，难道是小双？"

小双拉着我走进屋内，关上了房门。她对卢友文凝视着，苦苦地凝视着，嘴角逐渐浮起一个勉强的微笑。

"是的，是我，"她轻柔地说，眼底充满了痛楚与怜惜，声音里带着微微的战栗，"不欢迎吗？"

卢友文的眼睛张大了，惊愕、困惑和迷茫都明写在他的脸上。但是，一瞬间，这所有的表情都被一份狂喜所取代了，他张开了手臂，大声说："如果是真的，证实它！小双！因为我最近总是梦到你来了！"小双纵身投进了他的怀里，用手攀着他的脖子，她主动地送上了她的嘴唇。立刻，他们紧紧缠在一块儿，热烈地、激动地拥吻着。那份激烈，是我一生也没见过的。小双似乎要把她全身的热力和全心的感情，都借这一吻来发泄净尽，更似乎想把她所有的生命力都在这一吻中注进卢友文的身体里。卢友文更是狂热而缠绵，他不住地吻她，不停地吻她，用手牢牢地箍紧了她，好像只要他一松手，她就会飞掉似的。

终于，卢友文抬起头来了，他眼里蕴满了泪光，他捧着小双的脸庞，不信任地看着她，看了又看，看了又看，不知道看了多久，他好像才真有些相信，这是小双了！他的眼光渴求地在她脸上逡巡，好一会儿，才低低地说：

"你来了，是表示原谅我了吗，还是同情我？是李谦告诉你的，是吗？他说我病了，是吗？其实我很好，我只是过度疲劳，我很好……哦，小双！"他叫，"如果我生病能使你来看我，我宁愿生病！"

小双的牙齿咬紧了嘴唇，她几乎要崩溃了，但她始终勇敢地直视着他，好半天，她才放松了咬住的嘴唇，激动地、幽怨地、低哑地说："友文，你好狠心，离开这么多年，你连一点儿消息都不给我，你好狠的心！"

卢友文惶恐而慌乱。

"在我没有拿出成绩来以前，我还能给你消息吗？离婚那天，你是那么坚决，那么锐利，那么盛气凌人，我如果再拿不出成绩，我怎能面对你？小双，你记得……"

"我已经忘了！"小双说，"我只记得我们美好的时刻！"

"别骗我！"卢友文哑声说，"我不能相信这个！我们在一起，何曾有美好的时刻？我做了那么多的错事，给了你那么多的折磨……哦，小双！"他大大地喘气，"你还在恨我吗？告诉我！"

"如果恨你，我就不来了。"

卢友文的身子战栗了一下，狂喜燃亮了他的脸。

"小双，你知道吗？人在失去了一样珍宝之后，才知道那珍宝的价值！这些年来，我反复思索，有时竟不相信自己会做错了那么多事！"

他用手指抚摸小双的面颊："小双，你真有这样的雅量吗？难道你还能原谅我吗？我想过几千几万次，我一定失去你了！我不能要求你做一个神，是不是？我给你的折磨和侮辱是一个神都不能忍受的，怎能再要求你原谅？你用离婚来惩罚我是对的，失去你我才知道多爱你，这些年来，我只能刻苦自励，所有的思想和意志，都集中在一件事情上，写一点儿东西给你看！我写了，你知道吗？这次，我是真的写了，不是只说不做！"

他住了口，望着她。小双的大眼睛里，泪珠终于不受控制地涌出来，沿着面颊滚落到衣服上去。卢友文凝视着她，逐渐地，他的眼眶潮湿了，猝然间，他把小双紧拥在胸口，哽塞地说：

"小双，小双，我那么爱你，为什么总是伤害你？我为什么总把你弄哭？小双！我到今天才承认，我根本不值什么，我的骄傲、自负，都是幼稚！我的张狂、跋扈，只是要掩饰我的无能！我欺侮你，冤枉你，给你加上种种罪名，因为你是我唯一的发泄者！小双，我对不起你！这些年来，我痛定思痛，只觉得太对不起你！可是……"他忽然推开她，脸色因兴奋而发红了，"为了重新得到你，我写了！我真的写了！再给我三个月时间，我可以把它写完！"他冲到桌子前面，拿起厚厚的一大沓稿纸，放在小双手中，像个要博老师欢心的孩子一般，他说，"你看！我是真的写了！"

小双低头看着那沓稿纸，她翻开第一页，似乎相当专心地在阅读，只一会儿，她眼里已充满了泪，燃满了光彩，她把那沓稿纸紧紧地、珍贵地压在胸口。她郑重地、坚定地、热烈地望着卢友文：

"你已经做到了我所要求的，现在，我来接你回家去！"

卢友文屏息片刻。

"我有没有听错？"他问。

"没有听错！"小双扬着眉毛，"我早就说过，只要你有成绩拿出来，就是我们破镜重圆的一天！"

"可是……"卢友文急促地说，"我还需要三个月时间，预计再过三个月，我可以完成它，等我完成了……"

"你应该回家去完成它！"小双严肃地说，"除了当一个作家之外，你还是个丈夫，而且，是个父亲！"

卢友文又屏息了片刻。

"你保证我没有听错？"他怀疑地问，"你保证你还要我？"

小双踮起脚尖，去亲吻他的嘴唇，她的面容好庄重，好高贵，好坦白。

"来找你以前，我是出自怜悯，看了你的原稿，我是出自尊敬。友文，我诚心诚意，要你回家！因为，我爱你！"

于是，在外双溪畔，小双和卢友文重新组成了一个"家"。他们的房子就在水边，早上，他们采撷清晨朝露，黄昏，他们收集夕阳落照。小彬彬从早到晚，把无数笑声，银铃般地抖落在整栋房子里。那时期，我经常往他们家跑，卢友文工作得很辛苦。回台北后，小双曾强迫他又去医院检查过，结论完全一样，药物只能帮助他止痛，因而，他似乎已有所知，自己的时间不多了。所以，他拼命在把握每一分钟、每一秒钟。我常想，如果他们当初一结婚时，卢友文就能和现在一样努力，即使到今天，卢友文仍会得病，也可多享受好几年的甜蜜。人的一生，能有多少幸福，是不是都是命中注定的？

卢友文在两个月后，就完成了那本著作，书名叫《平凡的故事》。小双奔波于帮他校对、印刷和出版。那时，卢友文已十分衰弱。一天，我去看他们，卢友文正坐在躺椅中，在水边晒太阳，小彬彬在芦苇中嬉戏。卢友文那天的神情很古怪，他一直若有所思地在想着什么。当小双拿药来给他吃的时候，他忽然拉住小双的手，微笑地望着她说："谁帮你找回了那个坠子？我猜，除了朱诗尧，不会有第二个人！他一直心思细密，而用心良苦！"

小双有点窘迫，这两个月以来，她显然一直收藏着那坠子，没有戴出来，却不料仍然给卢友文发现了。小双想说什么，卢友文却轻叹一声，阻止了她。

"明天起，你要戴着那坠子，那是你的陪嫁！"他说，侧着头想了想，"小双，记得你骂过我的话吗？你说朱诗尧不是残废，我才是残废！"

"吵架时说的话，"小双垂着头，低声说，"你还记在心里做什么？"

"我在想，"他握紧了小双的手，"你只是一个小小的女孩子，又纤弱，又细致，但是，你却治好了两个残废！"

他讲这句话的时候，我正和小彬彬在水边捡鹅卵石玩，听到他这句话，在那一瞬间，我觉得心灵震动，而眼眶发热。我说不出来有多么感动、多么辛酸！也在那一瞬间，我明白了卢友文为何值得小双去热爱，去苦等了！原来在他那多变的个性下，依然藏着一颗聪明而善良的心！

卢友文说完这句话的第二天，就因病情恶化而住进了医院。他没有再从医院里出来，但是，在他临终以前，小双赶着把他那本《平凡的故事》出版了。因此，他看到了自己这一生的第一本，也是最后的一本书。

我不知道那本书写得好不好，也不知道那本书能不能震动文坛或拿诺贝尔奖，我想，这些都不重要，重要的是，他终于"写"出来了。但是，那本书一开始的第一页，有个序言，这篇序言却曾令我深深感动：

　　我一直认为自己是一个天才，而且，是个不可一世的天才！

　　既然我是天才，我就与众不同，在我身边的人，都渺小得如同草芥。我轻视平凡，我愤恨庸俗。但是，我觉得我却痛苦地生活在平凡与庸俗里，于是我想呐喊，我想悲歌。然后，有一天，我发现大部分的人都自以为是天才，也和我一样痛恨平凡与庸俗！这发现使我大大震惊了，因为，这证明我的"自认天才"与"自命不凡"却正是我"平凡"与"庸俗"之处！换言之，我所痛恨与轻视的人，却正是我自己！因此，我知道，我不再是个天才！我只是个平凡的人！我的呐喊，也只是一个平凡的人的呐喊！我的悲歌，也只是一个庸俗者的悲歌。

于是，我写下一个平凡的故事，献给那深深爱我，而为我受尽伤害与折磨的妻子——小双。如果这世界上真有"不凡"，我认为，只有她还配得上这两个字！

这一页，也就是当时小双在苓雅区的小楼上，所读到的句子。

尾声

　　小双的故事，写到这儿，应该可以结束了。但是，有许多事，却仍然值得一提。卢友文去世以后，葬在北投附近的山上。小双仍然带着小彬彬，住在外双溪那栋别墅里。她的琴声和彬彬的呢喃笑语，经常流泻在那山谷中，和着潺潺的溪水和山间的松籁，共奏着一支美丽的歌。

　　我想，在那栋别墅中，小双真正享受过"爱情"，真正享受过"婚姻"，真正欣赏过她所爱的男人！虽然只有短短的两个多月，对小双来说，这两个多月却是"永恒"！因此，没多久，她和房东商量，开始以分期付款的方式，买下那栋别墅，大有"终老是乡"的打算。

　　我们全家仍然都关心着小双，热爱着小双，我们年轻的一群，像李谦、诗晴、我、雨农，当然还有诗尧！我们都依然是小双家中的"座上客"。有时，我们会做彻夜的倾谈，谈晚了，就在她家沙发上、地板上，横七竖八地睡着了。小双，已从一个无邪的少女，变成了一位解人的少妇。她优雅、温柔、细致、清灵……坐在钢琴前面，常常让一连串动人的音符，跳跃在那温柔如梦的夜色里。

卢友文那本《平凡的故事》，并不十分畅销，但却引起了文艺界的重视和震动。可惜卢友文墓草已青，尸骨已寒，他是无法目睹这番成就了！我常想，当初假若没有小双毅然提出"离婚"的一举，焉能刺激得卢友文真正写出一篇杰作！可见卢友文毕竟还是有才华的。小双，她常常坐在溪边的大石头上，膝上放着那本《平凡的故事》，一坐数小时之久。我猜，那本书里的字字句句，她早已能倒背如流，她却依然喜欢捧书独坐。每当她坐在那儿的时候，溪水在她脚底潺潺流过，她长发垂肩，一脸的宁静与飘逸，水中，反映出她的影子，在水里飘荡、摇曳……我就会忍不住想起《在水一方》那支歌。在水一方！在水一方！我们的小双，果然像我所预料的，总是"在水一方"！

奶奶常去看小双，她仍然疼小双，几乎超过了疼我和诗晴，私下里，她还是爱讲那句话：

"小双，她该是咱们朱家的人呢！"

小双，她真能成为我们朱家的人吗？我们谁也不知道。但是，我那傻哥哥，却自始至终没有改变过，也自始至终没有放弃过！当卢友文刚去世那段日子，诗尧从不和小双谈感情问题，他只是悄悄地照顾她，帮她谈生意，帮她弄唱片，帮她解决许多经济上的问题。他常去看她，坐在那客厅里，衔着一支烟，默然相对，而不发一语。有时，我会忽发奇想，怀疑人类"因果"的传说，是不是全然无稽？我猜，前辈子，小双是欠了卢友文的债，而诗尧，却欠了小双的债！

转眼间，又是一年。这天午后，我、雨农和诗尧结伴访小双。小双正和彬彬坐在溪边，彬彬看到我们，就飞奔而来，两条小辫子在脑后抛呀抛的。小双站起身子，我望着她，她长发飘然，亭亭玉立。水中，她的影子也如真如幻地在浮漾着。我忍不住叹口气，就轻轻地哼了两句：

      绿草苍苍，白雾茫茫，

      有位佳人，在水一方。

      我愿逆流而上，依偎在她身旁，

      无奈前有险滩，道路又远又长……

诗尧看了我一眼，这支歌显然使他震动了。他忽然抛下我们，就对小双奔去。我愕然地站着，拉着彬彬的手，望着他们两个。诗尧跑到小双的面前，站定了，他深深地望着她，问：

"小双，咱们两个，是不是真预备这样耗下去了？"

小双低下了头，睫毛垂着，默然不语。

"很好，小双！"诗尧说，紧盯着她，"这些年来，你对于我，始终是水里的一个影子！既然你永远这样如真如幻地在水一方，那么，我也可以永远逆流顺流地追寻着你！你瞧，小双，河对面在盖新房子！"小双很快地朝河对岸看了一眼。

"盖新房子与我有什么关系？"她低哼着说。

"我要去买一栋！"诗尧肯定地、坚决地、不疾不徐地、从容不迫地说，"我要住在里面，隔着这条河，永远看着你，不论清晨还是黄昏，月夜还是雨夜，我要永远看着你，一直等你肯在这条河上架起桥来的那一天！"

小双抬起睫毛，楚楚动人地瞅着他，半晌，才说一句：

"你何苦呢？"

"谁说我苦？"诗尧扬着眉毛，"大仲马老早就说过，人生就是不断地等待和期望。既然有所等待和期望，我又有什么苦？"

小双怔怔地望着他，不再说话了。

水中，他们两个的影子在一起浮漾着。

太阳在水面反射出点点粼光，我一抬头，正好看到小双脖子上的坠子。迎着阳光，那坠子晶莹剔透，像个发光体！朱家祖传之物，应该属于朱家，不是吗？

我忽然充满了信心，忽然充满了酸楚与柔情。挽紧了雨农，我们牵着小彬彬，走向了耀眼的阳光里。

——全书完——

一九七五年

（京权）图字：01-2025-0195

图书在版编目（CIP）数据

在水一方 / 琼瑶著． -- 北京：作家出版社，2025.1.
（琼瑶作品大全集）． -- ISBN 978-7-5212-3236-3

Ⅰ. I247.5

中国国家版本馆 CIP 数据核字第 2025X957D9 号

在水一方（琼瑶作品大全集）

作　　者：琼　瑶
责任编辑：刘满潇　单文怡
装帧设计：棱角视觉　纸方程·于文妍
责任印制：李大庆　金志宏
出版发行：作家出版社有限公司
社　　址：北京农展馆南里 10 号　　邮　　编：100125
电话传真：86 - 10 - 65067186（发行中心）
　　　　　86 - 10 - 65004079（总编室）
E - mail: zuojia@zuojia. net. cn
http: // www.zuojiachubanshe.com
印　　刷：北京盛通印刷股份有限公司
成品尺寸：142 × 210
字　　数：206 千
印　　张：9.625
版　　次：2025 年 1 月第 1 版
印　　次：2025 年 1 月第 1 次印刷
ISBN 978 - 7 - 5212 - 3236 - 3
定　　价：2754.00 元（全 71 册）

品　琼　瑶　经　典

忆　匆　匆　那　年

琼瑶作品大全集